로레이의 멜티스 교회, 지하 영묘……. 두 번 다시 이곳에 발을 들이고 싶지 않았다. 하지만 안 좋은 소문이 끊이지 않는 성녀 오르비스가 노라노라 대주교와 함께 나타난 순간, 그 소원은 허무하게 무너졌다. 나에게 거부권 같은 것은 없었다.

지금 나는 지하 영묘의 최심부에서 최상위 소생 법술, 그레이터 레저렉션을 발동시키려 하고 있다. 결코 깨워서는 안 된다고 하는 봉인된 마물, 그 세 마리를 깨우려 하고 있는 것이다. 아, 틀림없이, 틀림없이……, 가르침에 어긋나는 행동이다. 용납될 행동이 아니다.

"……내, 내 힘으로는 한 번에 전부 되살리진 못해."

"급하다고, 말씀드렸을 텐데요."

"급하다 해도 못하는 건 못해! 의식을 치르다 실패한 반동으로 내가 죽으면 이것을 일으킬 기회는 영원히 사라질 거야. 확실하게 성공시키기 위해 협력해달란 말이다!"

"어쩔 수 없군요. 그럼 우선, 이 자부터."

그레이터 레저렉션을 발동시키다 실패하면 대가가 터무니없이 크다. 내가 대주교 자리를 얻을 수 있었넌 섯은 파거에 이 법술을 성공시켰기 때문이다. 하지만 대가를 알지 못했던 젊은 시기의 치기였다. 이 법술의 위험부담을 알고 있는 지금은 절대로 발동시킬 생각이 없다.

혼만 무사하다면 아무리 육체의 손상이 심각하다 하더라도 완전히 재생된 상태로 부활시키는 최상급 법술…… . 그 절대적인 효과를 얻기 위해서는 돈으로 살 수 없을 만큼 귀중한 촉매와 막대한 양의 마나가 필요하다. 만에 하나라도 둘 중 하나, 또는 둘 다 없으면 실패하게 되며 발동시키는데 실패한 반동으로 인해 사용자는…… , 죽는다.

생명의 이치를 일그러뜨리는 법술이다. 당연히 대가도 그만큼 크다…… . 젊은 시절에 성공시켰을 때는 마나가 아슬아슬했던 탓에 죽을 위기에 처했었다. 사흘 밤낮으로 고열에 시달리며 지옥의 사냥개에게 계속 쫓기는 악몽을 꾸었다. 지금 살아있는 건 운이 좋았을 뿐이다.

그런데 '급하니까 셋 다 동시에 해줘'라고……?! 나에게 죽으라고 하는 거나 마찬가지다. 이 녀석이 성녀는 무슨, 이 녀석은 악마야! 자신들의 이익을 위해서라면 다른 사람들을 아무렇지도 않게 이용하다 내팽개치는 녀석들, 악마보다 무시무시한 무언가다. 사람의 피가 흐르지도 않을 것 같아!

하나씩 하게 해달라고 말한 건 최소한의 저항이다. 의식을 치르는 횟수가 3배로 늘어나면 당연히 사용할 촉매의 양도 3배가 된다. 이 녀석이 얼마나 모아두었는지는 모르겠지만, 적어도 조금이나마 손해를 입혀줘야 내 성이 풀릴 것 같다.

"시간이 더 걸리나요?"

"평범한 사람을 천재하고 비교하지 말아줘. 이래 봬도 서두르고 있다고."

"흐음……. 그럼 최대한 서두르시죠."

죽고 싶지 않아, 아직 죽고 싶지 않아……. 어째서 내가 이런 꼴을 당해야만 하는 거지? 나는 그저 평화롭고 조용하게, 부족함 없이 살 수만 있다면 그것으로도 충분했는데. 주여, 여신 멜티스시여, 부디 잔혹한 악당인 그녀들 일행에게 벌을 내려주시옵소서. 그리고 지금부터 봉인된 자들을 되살리는 죄를 지을 저를 부디 용서하옵소서…….

가이드 담당 천사를 때려눕혔더니 사령술사가 되었습니다

~비밀 이벤트를 가장 빠르게 발견한 결과,
세계가 종언을 맞이한다네요~

WHEN I BEAT UP THE ANGEL WHO WAS MY GUIDE,
I BECAME A NECROMANCER

03 엘리제
Illustration 가와코

AK NOVEL

줄거리

돈타

사령술사 린네로서
두 시종을
동료로 삼고,

오렐리아

히메치요

프리오닐

톱 길드
[화서의 꿈]에
가입.

핫게

낮잠 정말 좋아

린도 아마네
플레이어 네임 : 린네

바빌론

린도 아마네는 친구의 초대를
받아 VR 온라인 게임
[멜티스 온라인]을 시작한다.

정말 싫어하는
천사를 때려눕혔더니
숨겨진 이벤트
[마신 바빌론 강림]을
발견해 버리는데?!

07XB785Y

『인어공주 나탈리아 고스트가 폭발, 완전히 소멸하였습니다.』

『마이스터 도겔 고스트가 폭발, 완전히 소멸하였습니다.』

"휴우~. 속이 시원하네……."

도겔이 쓰려고 했던 사령폭발이 이렇게 도움이 될 줄이야. 시체 안치소에는? 좋아, 안 들어왔네. 사령폭발로 폭발시킨 사령은 완전히 소멸하는구나. 최고잖아. 마음에 들지 않는 녀석은 다들 쓰러뜨리고 언데드로 만들어서 사령폭발시키면 산산조각낼 수 있겠어! 최고야.

"저게 아짱의 절대로 밟아서는 안 되는 지뢰니까 조심해야 한답니다!"

"조, 조심할게요!!"

『아, 아우우?!(나를 폭발시키긴 않을 거지?!)』

『(((; ﾟДﾟ))))』

"절대 린네 공을 천사라 부르지 않게끔 조심하겠습니다 ……."

"어, 도겔히고 나탈리아는 진짜로 폭발해서 소멸한 건가요……?"

"괜찮아. 너희는 사령폭발의 대상이 되지 않게끔 보호해두었으니까."

"안심이 되네요……."

"휴우……."

『아우~(다행이야~)』

『(*´ω`*)』

돈타 일행에게는 확실하게 [시체 안치소] 쪽에서 즐겨찾기, 보호 버튼에 체크를 해두고 보호를 해제하고 실수로 폭발시키지 않게끔 보호를 해제할 때는 확인을 몇 번 하게끔 되어 있으니까. 너희를 소멸시키진 않을 거거든? 너희를 만나지 못하게 되면 엄청나게 쓸쓸할 테니까. 마음이 확 꺾여버릴지도 몰라.

『금지된 낙원을 [D 엔딩]으로 클리어하였습니다. 기록 중입니다……. 잠시만 기다려주십시오……』

D 엔딩……? 뭐, 그렇겠지. 일반적인 클리어는 아니었을지도 모르겠어. 아마 A가 일반적인 격파, B하고 C는 둘 중 어느 한쪽을 먼저 격파했는지, 그런 조건에 따라 바뀌려나?

"A부터 C 엔딩까지 뛰어넘었네요……."

"봐, 나탈리아가 있던 제단 아래. 이건 뭘까."

"어? 아, 정말이네요. 뭘까요……, 이상한 공간이……."

레나짱이 제단 아래에 묘한 공간이 있다는 걸 발견해 주었다. 딱히 뭔가 있는 것 같지는 않은데……. 응? 왠지 이상하게 튀어나온 부분이 있네. 아, 움직인다……, 이거 누를 수 있을 것 같은데? 자, 찰칵. 우와, 왠지 제단이 움직이네?! 제단이 멋대로 올라오는데?!

『숨겨진 보수 [도겔의 비밀서고]를 발견하였습니다.』

"어머나?! 뭐죠?!"

"아, 아~……."

"응, 침대 아래에 망측한 책을 숨기는 거나 마찬가지. 이상한 책, 잔뜩 있어."

"책 말인가요? 흥미가 있는데요!"

"리아짱에게 해로운 게 있는지만 확인하게 해줘!!"

"네에~……."

침대 아래에 이상한 책을 숨기는 것처럼 이런 곳에 책을 넣어두지 말아줬으면 좋겠는데?! 우선 리아짱이 보더라도 괜찮은지만 확인할게!

"루테오라 성왕국, 그림자의 영웅이라는 책이 있답니다."

"루테오라 성왕국, 검은 공주……?"

"죽음을 초월하는 방법……, 오, 마도서인가?! 아, 아닌 것 같네……. 이건 황금은 어디로 사라진 것인가……. 미스터리 소설이려나? 위대한 힘의 수수께끼……, 사라진 신들, 왠지 이상한 책들만 있네."

"소문들을 모아둔 건지도 몰라. 나탈리아를 부활시키기 위해서 아무리 사소한 가능성이라도 좋으니 추적하고 다녔나? 그럴싸한 책들뿐?"

그렇구나. 나탈리아를 위해서 이런저런 정보를 모아왔다고 생각하면 이렇게 통일성이 없는 책들도 납득이 되네. 그만큼 진심이었던 것이겠지만, 그 결과가 아무런 죄도 없는 사람들까지 끌어들인 인체실험이었으니…….

"아, 마신 강림의 서라고 적혀 있어."

"바빌론 니임!! 부르자?! 지금 당장, 여기서!!"

『아우우~?!』

"저도 만나보고 싶어요!"

『(°Д°)』

"그, 그렇게 가벼운 마음으로 강림시켜도 괜찮은 겁니까……?! 만약에 마신님의 심기를 거슬리기라도 한다면 저희는……!!"

"아마 바빌론 님이라면 관대하게 용서해 주실 거랍니다~!"

마신 강림의 서까지 있었어?! 이건 이제 부를 수밖에 없지! 만나보고 싶다는 사람들이 이렇게 많으니까 부르자, 부르자고~!! 이 책을 펼치면 올 거야~!! 내 최애가 와버려, 와버려! 온다~! 아아아 아아아아!

"오시옵소서, 바빌론 님~."

『─────네에~♡ 불러서 튀어나온 바빌론……, 아, 잠깐만, 기다려, 그만……?!』

"으응……, 끌어안게 해줘. 저기, 결혼. 결혼?"

『못해! 못한다고!! 잠깐만, 이상한 곳을 간지럽히지 말아줘……, 하아아♡』

"하아아?! 어억."

"마음껏 즐겼어……. 이제 오늘은 죽어도 좋아……."

『안 죽일 거야! 정말!! 처음부터 다시, 네에~♡ 마신 바빌론쨩 강림이야~!』

방금 바빌론 님이 낸 교성, 최고잖아? 나도 레나쨩처럼 끌어안고 바빌론 님의 몸을 즐기고 싶은데……. 하지만 내게는 그럴 용기가 없어……. 귀가 행복해, 눈이 행복해, 죽는다……!

"바빌론 님의 멋진 목소리를 즐길 수 있어 행복합니다. 지금까지 감사했습니다……."

『잠깐마안!! 맛이 간 여자, 멋대로 죽으려 하지 말아줄래?!』

"바빌론 님을 곤란하게 만드는 천재가 둘이나 있네……."

"이, 이 정도로 엄청난 힘을 지니고 계신가요, 마신 바빌론 님……! 마력에, 짓눌려서……!"

"모, 몸이 움츠러들어서 움직이지 않습니다……."

『끄으으으으으으으응……, 크으으으응…….』

『((((;ﾟДﾟ))))』

얘들아……, 나도 알아. 좋지, 바빌론 님……. 돈타도 몸을 웅크리고 부들부들 떨고 있네. 만나게 된 게 그렇게 기뻐? 너도 이해하는구나. 오니짱도 기뻐서 계속 부들거리고 있네. 나도 알아.

『잠깐만, 잠깐마안? 저기, 저기, 내 말 좀 들어볼래? 맛이 간 여자. 내가 이쪽 세계로 나오는데 조금~ 걸리적거리는 영역이 있단 말이지~♡』

"어딘가요! 온 힘을 다해 신속하게 산산조각 내버리겠습니다!"

『그래, 그래♡ 내 말을 좀 들어줬으면 좋겠는데~, 맛이 간 여자 ……♡』

어억!! 내 머리를 쓰다듬어주고 계셔!! 이제 머리 안 감아도 되나? 되겠지. 죽을 것 같다. 지금 당장 죽는다.

『로레이의 멜티스 교회, 그 성역이 정말정말 걸리적거리거든~♡ 거기를.』

"네! 폭파하겠습니다!!"

『내 말 좀 들을래~? 응? 부탁이야, 뽀뽀해줄 테니까~. 쪼옥♡』

어……어어어어어어억!!!!!!!!!

『[마신 바빌론의 총애]를 획득하였습니다.』

이제, 이제, 죽는다————! 아니, 참아!! 모처럼 바빌론 님

을 지점 만났는데 지금 죽으면 인생을 손해 보는 거라고!! 나는 이런 곳에서 죽을 수 없어!!

『당신은 가사 상태가─────, 상태이상을 저항하였습니다.』

"으아!!"

"오~, 안 죽었네~."

"아쌍, 엄청난 끈기네요!!"

"후우욱……. 그래서 언제까지 그 교회의 성역을 폭파하면 될까요……."

『어머, 갑자기 차분해졌네! 무서워!!』

의욕이 천장을 돌파해서 왠지 깨달음의 경지 같은 곳에 도달했네요. 대단해, 뭐지? 전능감? 지금이라면 뭐든지 해낼 수 있을 것 같은 기분이 들어. 아, 바빌론 님을 끌어안는 건 역시 못하겠구나.

『아무튼! 맛이 간 여자가 쓰러지기 전에 여러모로 가르쳐 주고 싶은 게 있다고!』

"네, 네!"

"알겠답니다!!"

"응!"

어라, 어라~? 대답을 세 명밖에 안 했네요~? 돈타하고 다른 시종들은 어째서 대답하지 않는 거야~? 바빌론 님의 어전이거늘, 불경하다!! 아, 안 되겠네. 모두 기절해 버렸어. 바빌론 님의 고귀함을 견디지 못했나? 그긴 이쩔 수 없지. 거기서 뻗어 있도록 해.

『마계는 인간계나 천계와 연결고리가 끊긴 상태이고, 지금까지 한 번도 인간계에 진출한 적은 없거든. 그 이유는 말이지, 요소인 곳에 성역이라는 결계가 쳐져 있기 때문이야. 그곳이 멜티스 교회지, 로레이에도 있잖니? 그곳이 아무래도 걸리적거리거든♡』

"그렇군요, 응……? 그럼 이 교회의 터는 어떤가요?"

『예리하구나. 하지만 이곳은 안 돼. 이곳은 세계를 잇는 힘이 너무 약해서 진출하려면 시간이 너무 오래 걸리거든. 연결고리가 좀 더 강한 곳이어야만 해!』

"꾸물거리다간 멜티스에게 들켜서 쫓겨나 버리는 거군요!"

『맞아~♡ 어머, 페르세우스는 금방 이해하는구나~♡』

"우후후후……!"

끄으응, 나도 칭찬받고 싶어. 칭찬받고 싶다고!! 치사해!!

"그래도, 이쪽에서 계획을 말하면, 멜티스, 들켜? 방해, 받아."

『그·러·니·까! 과계의 세계에서 당신들이 나를 부른 지금이 기회지~!!』

"아, 과거……. 아무리 그래도, 과거까지는 감시, 안 해?"

『이런 곳까지 감시하고 있다면 더 이상 방법이 없겠지. 하지만 그런 짓은 우리 일행 중에 있는 시공마술 전문가도 못해. 틀림없이 문제없을 거야.』

과거의 시간을 감시하는 건 불가능하긴 하겠지. 방범 카메라로 실시간 영상을 감시하면서 과거 영상에 문제가 없는지 체크하는 거나 마찬가지니까. 그래서 바빌론 님과 지금 접촉한 건 문제가 없고, 그렇구나, 그렇구나……. 아, 그래서구나!!

"그래서 감시하지 못하는 개인 공간이나 시공의 틈새 같은 곳, 환생할 때나 시작할 때 같은 곳에서만 바빌론 님을 만날 수 있는 거군요?!"

『어머, 딩동댕~♡ 정답~♡』

"끄……, 윽……!"

내 머리를 쓰다듬어 주고 계셔 파트 2……! 뇌에 직접 느껴지네~……. 뇌가, 녹아버려~……♡

『이야기가 다른 곳으로 빠졌구나! 그래, 계속 이런 곳에서만 접촉할 수 있으니 너무 불편하고, 인간계로 진출하는 게 늦어지면 늦어질수록 우리는 불리해져! 그·래·서♡ 이번에는 반대로 내가 당신들에게 부탁을 하고 싶거든~♡』

"교회의 성역을 파괴하면 되는 거군요!"

"그래도, 힘들 것 같은데? 가능해?"

『성역은 마계 쪽 방어가 엄중하긴 하지만 인간계 쪽 방어는 허술하거든! 약점이 없는 결계는 존재하지 않고 강력한 결계에는 큰 대가가 따르는 법이야! 그걸 어떻게든 파괴해서, 마계의 인간계, 진출, 을…….』

"바빌론 님……?"

어라, 왠지 바빌론 님의 몸이 투명해지기 시작한 것 같은데……?

『이렇게, 시간이 짧아……?! 그 성역에는, 강력한, 해적의 왕———, 로렐라이가————, 가엾은 그———, 악———, 귀족은————, 필요 없————…….』

『마신 바빌론이 시간 경과로 인해 원래 세계로 귀환하였습니다.』

"앗……."

"사라져 버렸답니다……."

"응, 진짜 바빌론 님을 즐기기 위해서라도 로레이의 성역을 파괴해야 해."

"맞아요! 좋았어, 얼른 파괴하러 가자고요!!"

시간이 지나니 바빌론 님이 귀환해 버렸어! 바빌론 님의 첫 심부름, 반드시 성공해야지! 그건 그렇고, 성역은 어떻게 파괴해야 하는 거지? 혹시 바빌론 님이 방법을 가르쳐주기 전에 돌아가 버린 건가……? 아니, 설마, 그럴 리는 없겠지. 분명히 나라면 알아낼 거라 기대하고 일부러 가르쳐주지 않은 게 분명해! 그 기대에 반드시 부응해야겠어!

그리고 해적의 왕이나 로렐라이가 어쩌고저쩌고 했는데, 무슨 소리지? 가엾다고 했는데, 혹시 성역에 붙잡혀 있는 건가?! 로렐라이라고 하면 로레이하고 이름이 비슷한데. 그리고 아름다운 노랫소리로 사람들을 유혹해서 뱃사람들을 파멸시키는 마녀와 이름이 같네. 이 두 사람은 구해주는 게 좋다는……, 뜻이겠지!

그리고 귀족은 필요 없다고! 좋았어, 마지막에 뭘 말하고 싶었는지 완전히 이해했다!

"이야기를 정리하자면, 바빌론 님은 인간계로 진출하고 싶어해. 그런데 로레이의 성역이 걸리적거리고 그곳 말고는 연결고리가 약하니까 반드시 그곳이어야만 하지! 그리고 그 성역에는 해적의 왕과 로렐라이라는 가엾은 두 사람이 붙잡혀 있고 귀족은 필요 없다고……, 다시 말해서! 로레이 영주의 도움은 받으면 안 된다는 뜻이겠지! 그리고 파괴할 방법은 이미 우리가 가지고 있는 스킬일 거야! 이거 봐!! 엄청난 타이밍에 퀘스트도 떴잖아!!"

『마신 바빌론으로부터 긴급 진영 퀘스트 [로레이의 성역을 파괴해주렴♡]을 받았습니다. 참가는 강제가 아닙니다. 추가 참가 희망자가 존재할 경우, 퀘스트 멤버로 리스트에 등록됩니다. 추가 멤버에게도 활약에 따라 마찬가지로 보수가 주어집니다.』

"그렇군요, 알겠답니다! 우리끼리만 해내야 하는 거네요!"

"낮잠 같은 사람들도 불러보자~."

"그럼 얼른 돌아가서 준비해야겠네요! 아, 소리 내어 말하면 안 되니까 채팅으로!"

"응, 채팅으로 전달할게. 소리 내어 말하는 건 엄금. 멜티스에게 들켜."

"네, 알겠답니다! 자, 기절한 분들에게도 알려주고……, 어머, 보수를 받는 걸 깜빡 잊고 있었네요. 우선은 보수죠!!"

"아, 완전히 잊고 있었어. 던전 클리어 보수."

좋아, 그럼 던전 클리어 보수를 받은 다음에 돈타 일행을 깨워서 함구령을 내려야지. 바빠지겠어~!

[세계의 연결고리]

인간계, 마계, 천계의 연결고리는 끊긴 상태이며, 마음대로 오갈 수는 없다.

단, 인간계에 다른 세계와 연결고리가 강한 지점이 여러 군데 존재하며, 그곳을 통해 다른 세계로 오갈 수 있다.

멜티스는 바빌론보다 먼저 태어나 인간계를 지배하고 있었기에 이미 마계와의 연결고리가 강한 곳에는 성역을 전개해두고 진출을 저지하고 있다. 그것을 파괴하고 마계의 인간계 진출을 성공시키는 것이 린네 일행에게 주어진 진영 퀘스트이다.

그리고 린네는 바빌론이 마지막으로 한 말을 완전히 착각하고 있으며, 올바르게 요약하자면 『성역에 잠들어 있는 해적왕과 로렐라이는 가엾은 아이들이니까 깨워주고, 잔혹영애는 절대로 깨우면 안 돼.』이

"으음……!! 음……, 한 그릇 더 주십시오!!"

『아우아우!! (한 그릇 더!!)』

"이봐, 이봐, 좀 전에 시험삼아 만든 거대 드래곤까스가 벌써 없어졌잖아. 말도 안 돼."

대단하네. 돈타와 치요짱의 뱃속에 신문지를 펼쳐 놓은 정도 넓이는 될 정도로 크고 두꺼운 거대 드래곤까스가 빨려들어가고 있어……. 참고로 치요짱의 소개는 이미 마쳤다. 처음에는 길드 사람들과 잘 지낼 수 있을지 걱정이었지만, 핫게 씨가 방금 만든 거대 드래곤까스를 보고 눈을 빛내고 있다가 먹어도 된다는 말을 들은 순간에 달려들어서 활짝 웃으며 먹는 모습을 선보인 때부터 완전히 모두와 사이좋게 이야기를 나누면서 친해졌다니까.

어, 오니짱? 순식간에 녹아들었지. 순식간에. 남자 일행들하고 금방 사이좋게 지내게 되었고, 바로 모의전을 하자거나, 이모티콘이 짜증난다거나 재미있다거나, 그런 이야기를 하면서 신이 났더라고.

『그래서, 핫게는 교회 박살내러 갈 거야?』

『고민이 좀 되는데……, 낮잠은?』

『어떻게 할까~.』

『뭐여, 역시 그 교회를 박살낼라고? 그래도 레벨이 문제인디.』

『전직한 지 얼마 안 된 사람은 레벨이 낮긴 하지..』

『그게 문제란 말이여.』

참고로 지금은 그룹 채팅 기능으로 낮잠 씨, 핫게 씨, 레나짱, 페르짱, 레이지 씨, 에리스 씨와 이야기를 나누고 있는 느낌이다. 채팅은 모험자에게만 보이는 기능일 테니 이걸 통해 작전회의를 하자는 거지.

방침이 정해지면 길드 멤버 모두에게 정보를 전달하고 참가하고 싶은 사람을 모집해서 교회에 돌격한다 뭐, 이 상황을 외부인이 보면 이른 점심식사를 하면서 잡담하는 것처럼 보이기만 하겠지. 설마 이제 곧 교회를 파괴하러 갈 거라 생각하진 않을 거야.

『검귀가 된 지 얼마 안 되가꼬 레벨도 별로 못 올렸응께…….』

『나도 전투용 스킬은 거의 없단 말이지.』

『뭐 나도 거의 못 올렸는데, 음~, 어떻게 할까?』

『숨겨진 클래스를 선행 체험하는 것 같아서 왠지 우월감이 드니까 에리스짱은 현상유지가 더~.』

『바빌론 님을 위해서!! 진짜 바빌론 님 강림을 위해서예요!! 반드시요!!』

『에리스 씨! 그래선 바빌론 님께서 실망하실 거랍니다!』

『맞아~, 맞아~, 클래스가 사라지면 로리콘만 남는다고.』

『어, 그건 말이 심하지. 너무해, 그것 말고도 뭔가 남는 게 있을 텐데…….』

『로리콘밖에 안 남것는디.』

『에리스, 포기해~. 에리스에게서 로리콘을 빼면 아무것도 안 남아~.』

『말이 너무 심한 것 같기도 하다만, 뭐, ㄱ맇긴 하겠군.』

에리스 씨……. 뭐, 으음~, 그러게요. 리아짱이 경계할 정도로는 진짜, 시죠. 처음에는 너무 푸대접을 받는 것 같아서 가엾긴 했지만, 행동이 진짜배기니까…….

"어라? 좀 전부터 빛가루가 되어 사라져 버리는 분이 계신 것 같습니다만……."

"어? 아! 치요 씨, 린네쨩이나 나 같은 사람들은 이 세계가 아닌 다른 세계를 오가고 있거든. 그쪽 세계에서 문제가 생기거나 볼일이 생기면 일단 돌아가야만 해."

"그렇군요. 그런 거였습니까! 그럼 한 그릇 더 주십시오!"

"그, 그래……."

그렇구나, 우리가 원래 세계로 돌아가는 순간이 신기한 현상으로 보이긴 하겠어. 나중에 시종이 늘어나면 그런 것도 내가 확실하게 가르쳐 줘야지.

"아, 돈쨩. 게시판에서도 복슬복슬 인기 좋아."

"어, 아! 문에 끼었을 때 도와주신 분들이 올린 게시물인가요?"

"맞아. 너무나도 프리티하대. 귀여운 건, 사실."

『그리고 언젠가 돈쨩 같은 울프를 사역할 수 있는 클래스가 있을 거라는 답에 도달하는 플레이어들이 반드시 나타나겠지.』

와아, 레나쨩이 별것 아닌 잡담을 하면서 진심을 채팅으로 입력하는 재주를 부리고 있어……! 음~, 그렇긴 하겠네요. 언젠가 우리 말고도 바빌론 님의 눈에 드는 플레이어들이 나타나겠지. 그때가 되면 행동하지 못하고 기대에 부응하지 못하는 사람보다는 기대에 부응할 수 있는 사람을 선택할 테니까……. 어떻게든 설득해야 해.

『지금 하지 않으면 다른 누군가가 선수를 칠지도 몰라요. 그리고 지금 우리가 할 수 있으니까 이 퀘스트가 나온 거겠죠. 바빌론 님이 기대하고 있어요! 톱 길드잖아요. 지금이 선두를 달릴 때다, 저는 이렇게 생각해요!!』

이러면 어떨까……. 어라? 뭐지? 엄청 조용해져버렸는데……! 치요짱하고 돈타까지 이변을 눈치채고 식사를 멈출 정도로 조용해졌는데요……?

『어리석군.』

『참말로 맞는 말이여.』

『아~, 그게 말이야~.』

『응, 맞아.』

『여러분!! 린네 양이 이렇게나!!』

아, 죄송합니다……. 신입인 제가 이런 말을, 정말 죄송합니다. 일개 길드 멤버일 뿐인데, 길드에 대해 아무것도 모르는데 설쳐버려서…….

『전투 스킬이 없는 것 정도로 꾸물대다니, 톱 길드의 서브 마스터인데 말이지.』

『그라제. 레벨이 낮은 것뿐인디 어째서 겁을 먹었당가.』

『린네짱 말이 맞아. 우리 진영의 톱인 바빌론 님이 기대하면서 퀘스트를 주었는데 이것저것 이유를 대면서 미루려 하다니.』

『무조건 지금. 지금 당장 길드 전체에 이머전시 콜을 발동시켜야만 해.』

『어, 어머? 그, 그렇답니다! 지금 당장 해야만 해요!!』

『음~! 에리스짱은 리아짱에게 멋진 모습을 보여주기 위해서 열심히 해볼까~!』

여, 여러분……! 다행이야, 마음이 통한 반응이었군요! 왠지 폐르짱 혼자 반응이 조금 달랐던 것 같긴 하지만 정말 다행이야!!

『길드 메시지 : 길드 마스터 [낮잠 정말 좋아]가 [이머전시 콜]을 발동.』

"좋았어~, 해보자아~!! 긴급 소집! 전원, 길드 하우스로 집합!!"

"큼직한 일을 하는 건 오랜만이군."

"어, 저기, 말을 하면……."

"이 타이밍에서는 그쪽도 아무런 준비를 못할 것잉께!"

"하기로 결심했으면 전광석화! 상대방에게 전달되기 전에 빠르게 쳐들어가자!"

그렇구나, 채팅보다 구두로 전달하는 게 더 빠를 테고, 지금 당장 돌진하는 타이밍이라면 이제 문제가 없겠네요! 그리고 멜티스 교회는 길드 하우스 바로 뒤니까!

그럼 바로 멤버들이 모이는 대로 멜티스 교회로 돌격하자고요!!

[로레이의 멜티스 교회]

로레이가 해적에게 점령당했을 때는 전혀 움직이지 않았고, 해방된 뒤에도 무료 급식이나 치료조차 하지 않아 악평만 가득한 교회. 남몰래 해적들과 손을 잡고 있었다는 소문도 있으며 이단심문관이 부당한 이유로 돈이나 귀금속을 빼앗았다는 소문도 있을 정도다.

오늘 아침부터 묘한 움직임을 보이고 있으며 교회 내부에 출입이 금지되었다. 많은 플레이어들이 전직을 하기 위해 찾아왔지만 모두 로레이 말고 다른 교회로 가라며 쫓겨났다. 뭔가 들어갈 수 없는 이유가 있을지도 모르겠지만, 그 이유를 아는 플레이어는 존재하지 않는다.

"뭐여, 경비가 꽤 살벌한디……?"

"어? 이렇게 빨리 경비가 모였어? 설마~?"

"오늘 아침부터 이런 것 같드다! 게시판에서도 불평이 엄청 많던데요!"

"아, 그랬구나? 조~금 배드 타이밍인가아~?"

"아뇨, 굿 타이밍인 것 같네요. 저쪽에는 무언가를 경계해야만 하는 이유, 압도적으로 불리한 이유가 있을 거예요. 치려면 바로 지금이겠죠!"

"린네짱의 의욕하고 말솜씨가 엄청난데. 기쁘다고."

"아, 저기, 그게……."

"린네 양 말이 맞답니다! 치려면 바로 지금이에요!!"

교회의 경비가 엄중해진 모양이다. 평소 모습을 모르니까 경비병이 얼마나 늘었는지, 내부 구조는 어떤지, 그런 것은 전혀 모르지만, 그래도 하기로 결심했으니 해야지!

이쪽도 만반의 준비를 갖추기 위해서 바다의 동굴이나 교회의 이면 던전에서 얻은 장비를 모두에게 나눠주어 강화했고, 특히 강한 길드 마스터인 낮잠 씨나 서브 마스터 모두에게 고래 포식자나 멈추지 않는 살육처럼 강한 레전더리 무기를 나눠주었다.

게다가 이미 교회의 경비병들은 무장한 채 모인 우리를 눈치챘다. 지금 퇴각하더라도 아마 상황이 호전되지는 않을 것이다. 교회의 대문은 닫힌 상태이고, 대문 앞에는 경비병 수십 명이 무장한 상태로 대기 중이다. 뭔가 저 엄중한 경비를 아무런 피해 없이 돌파할 방법은 없을까……, 아, 맞다. 좋은 생각이 났네.

"그런데 린네 양, 어떻게 저 경비를 돌파할 생각인가요?"

"괜찮아, 나에게 좋은 생각이 있으니까. 리아짱, 풍속성 마술을 부탁할게."

"그것만으로는 막혀버릴 것 같은데요……, 앗! 알겠어요!"

"린네 공께서 좋은 생각을 떠올리실 때는 정말 멋진 미소를 지으시는군요……!"

『Σ(´∀`;)』

"뭔가 참말로 위험할 것 같은 분위기인디, 물러나 있는 것이 좋겠어……."

"오~, 린네짱이 싸우는 모습은 처음 보니까 기대되는데~."

"그럼 여러분, 물러나 계세요."

이 기술을 쓸 때는 모두가 물러나주지 않으면 위험하니까 미리 눈치채고 물러나줘서 다행이야. 리아짱은 풍속성 마술의 위력을 강화시켜주는 빗자루를 가지고 있지 않지만, 중요한 건 위력이 아니다. 속도와 효과 범위라고. 만에 하나 아무런 상관도 없는 플레이어가 맞는다면 미안하지만, 이 살벌한 분위기를 눈치채고 도망치지 못한 게 잘못이니까……, 간다!!

"어리석은 자들(게그 나우다스), 압도당하라(바스티), 파괴당하라(바스타), 이것이 바로 용의 일격(드라게람)!! 파괴의 숨결(버스터 캐논 브레스)!!"

『오렐리아가 [파괴의 숨결]을 발동, 공기가 격류로 바뀌어 전방으로 발사됩니다.』

『방어 태세! 습격이다!!』

『꽤 강력한 마술이군, 하지만 그게 전부야!!』

『바로 치료법술을!!』

그렇겠지, 이 정도로 죽어버린다면 교회 대문 경비를 맡진 못했을 거야. 나도 그 일격으로 돌파할 수 있을 거라 생각하진 않아. 그래서 내가 방금 떠올린 두 번째 공격. 받아줘……!! 이게 내가 내놓은 돌파 방법이야!!

"살아있는 시체가 되어라, 좀비 파우더!!"

"좀비?!"

"그게 뭐야?!"

『[좀비 파우더]를 발동, 스킬 링크! [파괴의 숨결]과 합쳐져 [사룡의 숨결]로 변화하였습니다! [사룡의 숨결]이 모든 것을 부패시킵니다!』

효과 범위가 좁은 좀비 파우더도 리아짱의 풍속성 마술에 실어 보내면 범위가 크게 확대된다. 그것도 대처할 시간조차 없을 정도로 압도적인 속도로!! 이러면 어떨까!!

『뭐야, 몸이, 뭔가 이상해……!!』

『모, 몸, 이, 이상, 해……, 아……, 아아아…….』

『치, 유를……, 무너, 져…….』

좀비 파우더, 상태이상 [좀비화]를 발생시키는 무시무시한 마술. 인간에게 사용한 건 이번이 처음이긴 하지만, 실험삼아 로레이 주위에 있던 몬스터 상대로 썼을 때보다 좀비화 진행이 이상할 정도로 빠르다. 혹시 방금 발생한 스킬 링크 때문인가? 나는 좀비화가 시작되어서 움직임이 둔해진 상대를 간단히 쓰러뜨릴 수 있을 거라 예상하고 썼는데, 이, 이건, 저기…….

"어, 언니? 이게 좋은 생각……, 예, 예상대로인가요?!"

"당연히, 그, 그렇지……! 예상대로……!!"

"저, 전멸……? 어, 린네쨩, 장난이 아니네……."

"나는 말이여, 린네쨩만은 절대로 화나게 만들면 안 될 것 같은 생각이 드는구먼."

"그래, 나도 그래야겠어."

"으, 으엑……. 에리스쨩은 이런 거 반칙 아닌가 싶은데……."

"애초에 마음이 썩어빠진 녀석들이었을 테니 몸도 썩는 게 어울린답니다!! 자, 교회로 돌격하시죠!! 저 페르세우스가 상대해드리겠답니다~!!"

예상했던 것보다 피해가 더 커서 모두가 정색하고 있잖아요. 아니, 그게 아니라고요, 이럴 생각으로 쓴 게 아니라고요!! 진짜예요, 믿어주세요……. 아니, 이 결과 앞에서 말해봤자 절대로 믿어주지 않겠죠. 네, 포기하고 뻔뻔하게 나가도록 할게요. 나는 좋은 생각이라는 명분으로 경비병 수십 명을 좀비로 만들어 버렸고.

"아, 대문이!"

"위험해, 무너진다!"

"으어어, 문까지 썩어부렀어!!"

『에리어 메시지 : 로레이의 멜티스 교회 정문이 파괴되었습니다!!』

『에리어 메시지 : 멜티스 교회의 [이단자 사절 결계]가 붕괴하였습니다!!』

오, 대문까지 썩히고 파괴와 학살의 극치를 이루어냈네요! 에잇, 이렇게 된 이상 이제는 뭐든 해주겠어! 이 녀석들은 로레이가 해적에게 습격당했을 때 위기를 보고도 못 본 척한 것뿐만이 아니라 해적들과 결탁해서 자기 배를 채우는 악당들이야! 그리고 이건 시체가 아니라 내 폭탄이지! 죽은 뒤에도 나에게 도움이 된다는 걸 영광으로 생각하며 폭발하라고!!

『[시체 안치소 5]에 [타락한 이단심문관 루크레나]를 수납하였습니다.』

『[시체 안치소 6]에 [타락한 이단심문관 나우다]를 수납하였습니다.』

"이게 뭐여, 땅바닥에서 관짝이 나왔는디?!"

"응, 린네는 시체를 회수할 수 있어."

"이봐, 이봐, 그런 걸 회수해서 어쩌게……."

『무슨 소란이냐, 이곳이 어딘지 알고 행패를 부리는 것인가!!』

『신성한 멜티스 교회를 파괴하다니, 만 번 죽어 마땅하다!!』

마치 벌집을 쑤신 것처럼 병사들이 교회 안에서 나오네. 걸리적거린다고, 바빌론 님께서 이 교회가 걸리적거린다고 하셨다고!! 바빌론 님하고 나를, 방해하지 마!!

"어떻게 할 거냐고요?! 이렇게 할 거예요!! 시체 투기, 발사!! 재가 되어 사라져라, 사령폭발!! 걸리적거려! 꺼져!!"

『[시체 안치소 5]에서 [타락한 이단심문관 루크레나]를 발사하였습니다.』

『[시체 안치소 6]에서 [타락한 이단심문관 나우다]를 발사하였습니다.』

『[사령폭발]을 발동, 발사한 시체가 폭발합니다!!』

『타락한 전투수도사 살레노가 데미지를 124559 입고 사망하였습니다.』

『타락한 전투수도사 니노가 데미지를 134850 입고 사망하였습니다.』

『타락한 전투수도사 도그가 데미지를 122500 입고 사망하였
습니다.』

『타락한 전투수도사……』

"이건 반칙이제……."

"좋았어, 나도 폭탄 승부라면 질 수 없지~, 린네짱~!!"

"아, 낮잠의 의욕 스위치가 이제야 켜졌네."

『낮잠 정말 좋아가 [포이즌 버스터 봄]을 투척하였습니다.』

이렇게 된 이상, 이제 멈추지 않아, 이제 누구도 멈출 수는 없
어! 지금 이 순간, 나는 선을 넘었다고!! 넘었으니 끝까지 가주겠
어, 자비를 완전히 버리고 끝까지!!

자, 죽고 싶은 녀석부터 덤벼. 폭탄으로 만들어 주마!!

$$(\; (\; \bullet$$

아무래도 교회에 떠돌이들이 쳐들어 온 모양이다. 어차피 나는
끝장이었던 건가?

멜티스교의 대주교쯤 되면 평생이 보장될 거라 생각했다. 내 배
를 채우기 위해 불량배들을 해적으로 꾸미고 다른 나라의 배를 습
격하게 해서 금품을 빼앗고, 그것들을 나에게 헌상하게 해서 유
유자적하게 살아간다. 그리고 멜티스교의 대성당이 있는 루나리
엣 성왕국에 강탈한 금은보화를 아주 약간 바쳤더니 성왕은 만족
하며 로레이에서 암약하는 것도 응원해 주었다. 전 세계의 흐름이
나를 응원해주는 순풍처럼 느껴지기까지 했다.

어째서 이렇게 되어버린 거지? 눈앞에는 내 목숨을 쥐고 있는 오르비스가, 지상에는 내 목숨을 노리고 쳐들어온 떠돌이들이, 진퇴양난이란 바로 이런 상황일 것이다. 의식은 아직 완수되지 않았다. 오르비스도 짜증난 기색을 감추지 않게 되었다. 하지만 초조해지면 이 의식 때문에 목숨을 잃게 되는 사람은 나다. 아직 활로는 있다. 아직, 아직 뭔가, 내가 살아남을 길이……!

　"……아치바르 대주교님!! 이곳이 발견되는 것도 시간 문제입니다!!"

　"교회의 암살자 부대, 검은 그림자를 공명석으로 호출하세요. 절대로 이곳에 다가오게 두어서는 안 됩니다."

　"아, 알겠습니다……!"

　"잠시만 기다려 주십시오, 오르비스 님! 검은 그림자에게 치를 보수가 없습니다!!"

　"이렇게 빠르게 쳐들어오는 자들을 상대한다면 어차피 죽겠죠? 죽을 사람에게 치를 보수를 걱정하기 전에 너는 얼른 그레이터 레저렉션을 발동시키세요!!"

　"하지만, 아직 완전히."

　"지금 당장 죽고 싶으냐!! 어서 발동시켜!!"

　드디어 본성을 드러냈구나! 그런데 이거, 진짜로 죽일 셈인가……?! 의식을 발동시키는 것보다 짜증을 해소하는 걸 우선시할 셈인가?! 이런, 지금 살해당할 수는……!!

　"지, 지금 당장 발동시키지! 물러나 주게!!"

　"……좋습니다. 발동시키세요."

　이제 더 이상 미룰 순 없어……! 젊었을 때보다 약해진 이 몸으로 그레이터 레저렉션을 성공시킬 수 있을지는 모르겠지만……!
신이시여, 부디 저에게 버틸 수 있는 힘을……!!

$$(\ \ (\ \bullet \ \bullet$$

『아우? 크르르르릉!! (어라? 바깥에 잔뜩 모여들고 있어!!)』

"언니! 증원이에요! 안쪽은 좁을 것 같으니, 제 마술로는……!"

"리아짱하고 돈타는 이곳에서 증원과 맞서 싸워! 오니짱은 리아
짱의 사각을 지켜주고, 치요짱은 나와 함께 안쪽으로 가자!"

"분부 받들겠습니다!"

"저도 갈 거랍니다!!"

『(ˋ ˙ω˙ ´)b』

"무기가 긴 녀석들은 안쪽으로 들어가 봤자 방해만 될 거여, 우
선 증원부터 막자고!"

"으엑, 플레이어들도 있는 것 같은데~."

길드 멤버들도 대단하네. 불려와서 자잘한 지시 같은 건 거의
받지도 못했는데 곧바로 자기가 유리한 포지션을 확보하며 능숙
하게 움직이고 있어. 게다가 이쪽은 모두 합쳐도 마흔 명 정도, 다
가오고 있는 상대는 두 배 이상, 더 늘어날지도 모른다.

이대로 가다가는 교회 안에 있는 녀석이 나오고 바깥에서 오는
증원도 우리를 포위해서 협공할 테니 불리한 상황이 될 거야…….
뭐, 안에서 나올 수 있다면 말이지만.

"이곳에서 농성하자. 린네짱은 우리는 신경 쓰지 말고 안쪽으로
가! 돈타 군하고 리아짱, 우리에게 힘을 빌려줘! 모두 앞으로 나가

지 말고 원거리전을 벌여, 근접 직업은 돌파해 오는 녀석들을 집중 공격하고!"

"네, 네!"

1층은 낮잠 씨가 지휘를 맡아서 지켜줄 것이다. 그동안 우리가 안쪽에 있는 녀석들을 해치우고 성역을 파괴하면————?!

『경고, 멜티스 교회의 성역에 침입하였습니다. 성역 내부에서 사망할 경우, 중대한 페널티가 발생합니다. 예측되는 페널티, [거점 부활 쿨타임 폭증].』

"기분 나쁜 감촉이로군요……."

"치요짱도 느꼈구나."

"네, 기분 나쁜 감촉이었답니다! 역시 상대방의 홈그라운드예요, 무리할 순 없겠네요."

"그러게, 신중하게 나아가자. 재가 되어 사라져라, 사령폭발!!"

『[시체 안치소 5]에서 [타락한 이단심문관 지노위]를 발사하였습니다.』

『[시체 안치소 6]에서 [타락한 이단심문관 세나]를 발사하였습니다.』

『[사령폭발]을 발동, 발사한 시체가 폭발합니다!!』

일단은 신중하게 나아가자. 모퉁이에서 잠복하고 있다면 문제니까 우선 사령폭발로 살펴봐야지. 그건 그렇고 시체를 발사해서 다이너마이트처럼 써먹을 수 있는 이 스킬은 편리하긴 하지만, 왠지 바빌론 님치럼 아름나움이 느껴지지 않는다고 해야 하나, 기품이 없다고 해야 하나……. 강하긴 하지만, 내가 생각하는 바빌론 님과는 어울리지 않는 스킬 같은 느낌이다.

『여신 멜티스를 모시는 성 멜티스 교회에 이 무슨 짓을!!! 이단 자들아!! 나 이단심문관 데란이————.』

『크리티컬! 타락한 이단심문관 데란이 데미지를 222251 입고 사망하였습니다.』

『크리티컬! 타락한 전투수도사 모리가 데미지를 222251 입고 사망하였습니다.』

"이게 어딜 봐서 신중한 건가요?!"

"어? 신중하게 모퉁이에서 잠복하고 있던 녀석들을 해치우고 있는데?"

"음……. 잠복한 병력을 없애는 건 신중하긴 합니다."

"치요 씨도 너무 린네 양 편만 드시네요?!"

『[시체 안치소 5]에 [타락한 이단심문관 데란]을 수납하였습니다.』

『[시체 안치소 6]에 [타락한 전투수도사 모리]를 수납하였습니다.』

"좋았어……."

뭐야, 신중하게 나아가고 있잖아. 어차피 침입했다는 건 들켰을 테니 상대방이 잠복한 타이밍을 망쳐버리는 게 더 편하게 나아갈 수 있는 방법일 거라고.

"상대방의 영역이니 상대방 방식에 맞춰주면 우리만 고생할 거야. 우리 방식을 밀어붙여서 조금이나마 유리해져야지. 정정당당하게 싸우는 건 상대방이 착실할 경우에만 성립해. 해적에게 습격당한 도시를 보고도 못 본 척한 쓰레기를 상대할 때는 이 정도로도 충분하다고."

"그러게요, 딱히 반박할 구석이 없답니다……!"

"우리의 방식을 밀어붙인다는 말씀이십니까……."

"그래, 유리한 상황에서 유리해지는 행동을 하는 거야. 그러면 상대방이 자연스럽게 불리해지니까."

어라, 내가 왜 이런 걸 알고 있는 거지……? 뭔가 스포츠를 하면서 이런 생각을 누군가에게 말해줬던 것 같은데……. 뭐, 지금 생각할 건 아니니까 됐어!

아무튼, 폭탄으로 써먹은 녀석은 사라져서 다시 못 쓰니까 쓰러뜨린 녀석을 회수해서 새로운 폭탄으로 삼아야지. 바빌론 님답지 않은 스킬이라 하더라도 지금은 이것에 의존할 수밖에 없으니까. 하지만 해적과 공모해서 자기 배만 채웠던 쓰레기 같은 녀석들이야. 아무리 많이 폭탄으로 만들어도 마음이 아프지 않다고. 마음에 걸리는 건 '바빌론 님답지 않은 스킬'이라는 점뿐이야.

『조무래기를 쓰러뜨린 것 정도로 으스대지 마라!! 이단심문관 부장, 머즐! 신벌을 대행하겠』

『히메치요가 [뇌광각]을 터득하였습니다. [뇌광각]을 발동. 크리티컬! 이단심문관 부장 머즐에게 데미지를 124500 입혔습니다. [기절·레벨 3] 상태가 되었습니다.』

"으음……. 무심코 다리가 나가버렸습니다."

『아―――아…….』

『머즐 님이?! 이, 이 녀석들을 살려두어서는 안 돼!』

『머즐 님을 구해드려라!!』

우와, 남자의 급소에 보이지도 않을 만큼 빠른 일격이……. 기절할 정도로 아프다고 듣긴 했는데, 진짜로 기절하는구나……. 그렇겠지, 보통은 죽었을 만큼 강한 위력으로 올려찼으니까. 오히려 안 죽은 게 기적 아닐까? 아, 그건 그렇고 이렇게 좁은 복도에서 잔챙이들이 달려드는데.

"이 앞에서 특히 기분 나쁜 파동이 느껴집니다. 길은 제가 뚫도록 하지요."

"그럼 부탁할까?"

"그렇다면, 요도(妖刀)……, 뽑도록 하겠습니다!"

『히메치요가 [비영·난화검무]를 발동, 붉은색 검섬이 주위로 날아갑니다.』

『타락한 전투신관 지나에게 데미지를 287878 입히고 격파하였습니다.』

『타락한 전투신관 쿠나에게 데미지를 2878 입히고 격파하였습니다.』

『타락한————.』

아……. 배틀 로그를 볼 필요도 없겠구나. 이미 모두 쓰러졌어. 살아남은 사람은 아무도 없다고. 달려든 여섯 명이 눈 깜짝할 새에 말없는 시체가 되었네. 사망 확인은 시체 안치소에 들어가는지 여부로 해도 되겠고.

어라? 시체 안치소의 칸이 열 개밖에 없으니까 둘은 안 들어가겠네. 어떻게 하지? 먼저 회수한 녀석을 발사한 다음에 앞쪽 모퉁이에서 폭파해 버리고 나서 회수하면 되려나?

"고마워, 치요짱. 회수하지 못할 녀석들부터 먼저 폭탄으로 만들어 버릴게."

"예, 예! 알겠습니다!"

이제 누구를 발사했다거나 누구를 수납했는지 확인하는 것도 귀찮고, 경험치조차 되지 못하는 걸 보니 레벨도 낮은 것 같고, 레벨이 높은 상대 말고는 로그를 띄우지 않아도 되려나.

『―――――아우우우우우우우―――――!!』

『돈타가 [초포효]로 주위의 적을 모두 [기절·레벨 2] 상태로 만들었습니다.』

으엑, 돈타의 초포효 소리가 여기까지 울리네. 뭐, 그 포효를 견디지 못한다면 교회 내부로 침입하는 것도 불가능하겠네요. 그런 게 있을지는 모르겠지만 기절 대책을 세우고 나서 다시 와주세요~.

"자, 발사, 발사~."

『[시체 안치소·5~6]으로부터 시체를 발사하였습니다.』

"재가 되어 사라져라, 사령폭발."

『[사령폭발]이 발동, 발사한 시체가 폭발하였습니다!』

『주위의 대상에게 데미지를 평균 180554 입히고 모두 격파하였습니다.』

오, 표시가 깔끔……, 너무 깔끔해졌네. 적어도 몇 명 쓰러뜨렸는지 정도는 보여줬으면 좋겠는데~……. 그런 설정은 없나? 아, 있네! 딱 필요한 건 다 있는 게임이군요.

"이거, 제가 필요한가요?"

"음~……."

『필요 없다. 여기서 죽어라.』

『암살자·검은 그림자의 카두(Lv.80)가 [어새시네이션]을 발동, 실패! 페르세우스는 데미지를 입지 않았습니다. 페네트레이트 감소·9.』

으에? 암살자? 교회에 암살자가 왜……, 그렇구나, 교회에서 키우는 사냥개라는 거지. 이렇게 살벌한 녀석을 몰래 키우다니, 점점 멜티스 교회 녀석들이 악당처럼 보이기 시작하네!

『뭐라고……?!』

"어머, 어머, 참 유치한 장난이로군요!!"

『페르세우스가 [마쌍검·하이퍼 슬래시]를 발동, 암살자·검은 그림자의 카두에게 합계 데미지를 348557 입히고 격파하였습니다.』

"일격에 상대방을 해치우지 못하는 암살자 따위는 허수아비나 마찬가지랍니다! 나중에 다시 오셔요!"

다시 오고 뭐고, 그럴 기회를 일격에 분쇄해 버렸잖아, 페르짱……. 그래도 노린 표적이 페르짱이라 다행이야. 우리를 노렸다면 아마 일격필살이었을 테고, 너무 방심했구나.

『지하 영묘에 다가가게 두지 마라!! 시간을 벌―――――.』

『히메치요가 [일도단철]을 발동, 즉사! 암살자·검은 그림자의 시타(Lv.79)의 목을 날렸습니다!』

"―――――……."

흐응~. 지하 영묘라는 곳에 가면 되는 거구나. 상대방이 정보를 알아서 토해내 주니 편하네.

『지금이다!! 쏴라!!』

『죽어라! 이단자들아!!』

『우리의 로레이를 지켜라!!』

어이쿠, 모퉁이 너머에서 크로스보우를 든 원거리 부대가 잠복하고 있었네. 벌집으로 만들어주겠다는 듯이 의기양양하게 쏴대고 있지만 말이지…….

『페르세우스가 원거리 공격을 무효화하였습니다.』

"어머어머, 어머어머어머어머!! 전혀 통하지 않는답니다~!!"

"어, 어째서……."

"괴물……!"

"제2사, 제2사 준비해라! 겁먹지 마라, 허세야!"

페르짱에게는 원거리 공격이 통하지 않는다고. 폭발물이 아니라면 말이지. 그리고 크로스보우는 다루기 쉬운 반면에 중대한 단점이 있어. 재장전이 느리거든. 제2사를 준비하라고? 준비할 시간이…….

"허세도 아니고, 제2사는 불가능할 거야."

『[시체 안치소·7~10]으로부터 시체를 발사하였습니다.』

『으아아악?! 뭐야, 지, 지나……?!』

"재가 되어 사라져라, 사령폭발!!"

『[사령폭발]이 발동, 발사한 시체가 폭발하였습니다!』

『주위의 대상에게 데미지를 평균 180941 입히고 6명을 격파하였습니다.』

있을 거라 생각하지 말라고. 어떻게 해서든 우리가 지하 영묘로 다가가게 두고 싶지 않다면 교회를 파괴해서라도 통로를 막아야지. 애초에 자신들이 숭배하는 여신을 모시는 교회를 파괴할 수 있다면 말이지만. 뭐, 그럴 순 없겠지. 나도 바빌론 님을 모시는 교회를 파괴해서 적을 막으라고 하면 그러지는 못하겠다고 명령을 거부할 테니까.

『암살자·검은 그림자의 우두머리 조라슨(Lv.90)이 [어새시네이션]을 발동.』

『암살자·검은 그림자의 오른팔 라파(Lv.85), 암살자·검은 그림자의 왼팔 미파(Lv.85)가 [어새시네이션]을 발동, 스킬 링크! [트라이앵글 데스]가 발동!』

암살자들의 우두머리?! 레벨이 꽤 높네, 하지만 노린 표적이 페르짱이라면!!

『MISS……. 페르세우스는 데미지를 입지 않았습니다. 페네트레이트 감소·3.』

『방금, 분명히……?!』

『어설프답니다!! 암살에 실패했는데도 손을 멈추다니!!』

『페르세우스가 [마세검·메테오르]를 발동, 크리티컬! 암살자·검은 그림자의 우두머리 조라슨에게 합계 데미지를 557550 입히고 격파하였습니다. 경험치 900000 획득.』

『히메치요가 [비영·난화검무]를 발동, 크리티컬! 2명에게 데미지를 평균 344889 입히고 격파하였습니다. 합계 경험치 1200000 획득.』

『히메치요의 레벨이 10으로 상승하였습니다.』

어설퍼, 어설프다고. 콤비네이션 암살기는 대단한 것 같긴 하지만, 그게 실패했을 때 다음 공격을 준비하지 않았다면 페르짱을 이길 순 없거든. 적어도 실패했다면 바로 도망쳤어야지? 레벨이 높긴 했지만 그게 전부였어. 나도 레벨만 높은 잔챙이가 되지 않게끔 조심해야지.

『[시체 안치소·8]에 [암살자·검은 그림자의 오른팔 라파]를 수납하였습니다.』

『[시체 안치소·9]에 [암살자·검은 그림자의 왼팔 미파]를 수납하였습니다.』

『[시체 안치소·10]에 [암살자·검은 그림자의 우두머리 조라슨]을 수납하였습니다.』

"좋았어, 강력한 폭탄을 얻었네."

"아아, 린네 양이 또 강력한 병기를……."

"방금 그 자들은 암살자 중에서도 실력자였던 겁니까?"

"응? 아, 방금 그게 우두머리하고 오른팔, 왼팔이었던 모양이야."

"그렇습니까……. 정말이지 실망이로군요."

아, 그렇구나. 아마 더 이상 강한 상대는 없을 테니 실망스럽기도 하겠어. 이게 최대 전력이었다면 여기가 최종 방위 라인이라는 건가? 다시 말해 이 앞이 우리가 다가가지 않았으면 하는 지하 영묘라는 거야? 이렇게 많은 사람들이 엄중하게 지키고 있었고, 게다가 암살자들의 우두머리까지 배치될 정도니까 정말 오지 않았으면 했던 모양이네! 그럼 가볼까요~ 지하 영묘~. 오, 왠지 리듬이 사네. 분위기 좋은데!

"아마 이곳에서 지하 영묘로 이어지는 것 같아. 그럼 저 너머를 향해 남은 잔챙이 폭탄을 던지도록 하겠습니다!"

"드디어 적의 방위 거점으로 침입한답니다~!"

『페르세우스가 [마순 아이기스]를 발동, 페네트레이트·10 상태가 되었습니다.』

마검을 대검으로 바꾸고 돌진할 생각이 가득한 공주 기사님, 너무 호쾌하고 믿음직스럽네. 자, 거기서 남몰래 뭘 하고 있었는지 보여달라고! 보인다, 이 계단 아래, 저 문 너머가 아마 지하 영묘일 거야! 좋았어, 페르세우스 선생님, 돌격 부탁드립니다!!

『평안하신가요!! 실례하겠답니다!!』

"큭! 하지만, 늦진 않았다!! 자, 부활하라!! 캡틴 토네이더!!"

"뭐?!"

나를 제쳐두고 언데드를 부활시키겠다고?! 그럴 순 없지, 내가 먼저야!! 캡틴이라면 아마 이게 바빌론 님이 말했던 해적왕이겠지! 그 언데드는 내 거야!

"일어나라!"

"어."

"앗."

『[애니메이트 데드]를 발동, [캡틴 언데드]가 언데드로 부활하였습니다.』

『캡틴 언데드가 당신의 시종이 되었습니다. 이름을————, 이름은 [토네이더]입니다.』

『그레이터 레저렉션!!』

『대주교 아치바르가 [그레이터 레저렉션]을 발동, MISS……. 대상이 존재하지 않습니다.』

"어머나~. 이건 가엾을 것 같은 예감이 든답니다……."

"저도, 그렇게 생각합니다……."

훗……. 한발 늦었구나!

"흐암~……. 잘 잤다……? 어~? 당신들은 뭐야?"

『오오, 되살아났나, 캡틴 토네이더! 잘 했다, 아치바르 공! 나는 이 도시의 지배권을 되찾기 위해 너를 부활시킨 대주교! 노라노라————어억……?』

『토네이더가 [기요틴 촙]을 발동, 대주교 노라노라의 정수리를 깨부수었습니다.』

"시끄럽다고!! 나는 자다 일어나서 기분이 안 좋단 말이다!!"

어……? 손날로, 머리를, 쩌억————, 갈라……? 한 방? 이 사람, 대체 힘이 얼마나 센 거야……, 아니, 캡틴 토네이더가 여자였어?! 우와, 크다! 키도, 어, 나보다 흉부 장갑이 훌륭하신 것 아닌가……?! 새빨갛고 긴 머리카락도 섹시해!!

그건 그렇고, 뼈 상태에서 단번에 몸까지 갖춰버리다니, 리아짱 때와는 전혀 다르네……. 바빌론 님께서 힘을 빌려주신 것도 아닌데, 어째서……? 혹시 이 지하 영묘에 잔뜩 놓여 있는 이 이상한 아이템이 애니메이트 데드의 효과를 강화시켜준 건가?! 그럼 아직 남은 아이템으로 나머지 한 명도 바로 부활시킬 수 있다는 뜻이야?

그럼 우선 여기 있는 아이템을 전부 회수할까. 이 전투 도끼는 무겁고 약할 것 같으니까 회수하지 않아도 돼. 회수를 마치면 토네이더 씨하고 이야기를…….

"아~……. 머리가 아프네, 술을 너무 많이 마셨나……."

"토네이더 씨, 그렇게 불러도 될까요? 여기가 어딘지, 알아보시겠어요……?"

"어~……? 뭐야, 정말 음침한 차림새인 아가씨잖아? 뭐어? 여기는, 내 배가 아닌데? 뭐야, 이 묘지처럼 어둡고 축축한 곳은?"

으으음……! 토네이더 씨, 보아하니 눈치채지 못한 모양이네, 자기가 죽었다는 걸!! 성격이 꽤 사나운 것 같으니까 은근슬쩍 돌려서 말해줘야지.

"아……, 혹시 내가, 죽은 거야?"

"음~~……. 혹시나, 그럴지도 모르죠……."

"혹시고 뭐고 사실이랍니다."

"그럼 여기가 사후세계라는 건가!"

"아뇨, 그건 아닌데요……!"

아, 뭔가 멋대로 해석하네……! 아니라고요, 그게 아니에요!!

"뭐?! 당신은 코르다 왕녀……?! 아니야……? 빼닮았지만, 다른 사람이군……."

"네? 저는 페르세우스! 당신을 부활시킨 사령술사, 린네 양의 친구랍니다!"

"페르세우스란 말이지, 알겠어. 나는 우는 아이도 울음을 그치는 해적왕, 캡틴 토네이더야!! 뭐야, 모른다고 하진 않겠지."

어쩌지, 모르는데. 우선 부활을 저지하려고 일어나게 했다는 말을 할 순 없어. 아으으으…….

"저는 알고 있습니다."

"어."

"엇."

어? 어째서 히메치요 씨가 알고 있는 건데? 말도 안 돼, 알고 지내던 사이야? 어어……?

"뭐어……? 아! 국가 붕괴자……!!"

"예, 정말 오랜만입니다. 설마, 이렇게 먼 이국의 땅에서 다시 만나게 될 줄이야."

"나라만으로는 부족해서 내 목도 욕심내는 것인가!!!"

"아니오, 그럴 생각은……. 그리고 저에게는 히메치요라는 이름이 있습니다."

"두 번 다시 그 낯짝을 보고 싶지 않았는데, 이게 대체 무슨 악연이야? 국가 붕괴자."

"히메치요입니다."

"……네가 그 때 이후로 전혀 늙지 않은 걸 보니 죽은 뒤로 시간이 별로 안 지났다는 건가? 아, 사후세계였나? 그야 늙지 않는 게 당연……, 그렇다면, 너도."

"아니오, 이곳은 현세. 사후세계가 아닙니다. 저도 최근에 깨어난 참이라."

어쩌지, 설마 해적왕이 치요짱하고 알고 지내던 사이고, 국가 붕괴자라는 이름을 알고 있는 걸 보니 꽤 관계가 싶은 것 같고, 그것도 모자라서 사이가 꽤 안 좋은 것 같은데요……!!

"이건……, 이게, 내 무덤인가?"

"그렇지요."

"……지금은 몇 년이야?"

"멜티나력으로 따지면 1147년입니다."

"322년이나 전이잖아?! 당신은 지금 몇 살이야?!"

"나, 나이는! 저기, 그러니까, 비밀입니다!"

"지금은 멜티나력 1170년인데요?"

"……저도, 23년이나 죽어 있었던 모양입니다!"

"아, 이런, 현기증이 나네……. 좀 더 자도 될까……?"

치요짱도 그렇게 오래 전부터 살아 있었구나……. 그렇다면 오니짱도 그 절벽 아래 동굴에 23년 동안 있었던 거고. 치요짱이 죽어버린 건 비교적 최근이라고도 할 수 있겠네.

『네, 놈……! 용서 못해……!』

"뭐어?! 머리를 깨부쉈는데도 아직 살아있나! 대주교의 생명력은 바퀴벌레 수준인 모양이지!"

"아직 나머지 한 명의 무덤을 찾아내지 못했어! 사령폭발은 지금 쓸 수가 없다고!"

"어쩔 수 없군요! 토네이더 씨는 어떤 무기를 잘 다루시나요?!"

"토네이더는 무기로 양손 도끼를 두 자루 다룹니다."

""양손 도끼를 두 자루?!""

잠깐만, 양손 도끼를 양손으로 드는 게 아니라 이도류로 다룬다고?! 오른손하고 왼손에 각각 양손 도끼를 들고 싸운다는 뜻이야?! 설마, 그런 전투 스타일이 회오리바람 같아서 캡틴 토네이더라고 불리게 된 건……, 앗, 어제 주웠던 바이킹 액스가 있어! 나머지 한 자루는~……, 아! 이 녀석들이 일부러 마련해 두었던 게 있잖아!

"토네이더 씨, 이걸 써요! 나머지 한 자루는 제단에 있는 걸 쓰시고!"

"그래! 오오?! 예전에 쓰던 무기와 닮았는데, 이 보라색 전투 도끼! 마음에 들었어!"

마음에 든 것 같아 다행이네. 우와, 그리고 이제야 눈치챘는데, 로그를 다시 확인해 보니 노라노라의 머리를 깨부쉈다고 적혀 있긴 한데 경험치가 안 들어왔어. 쓰러뜨렸다거나 사망했다고도 적혀있지 않고, 시체 안치소로 사망 확인을 제대로 하지 않은 내 실수야…….

『나는, 인간을, 그만두겠다아아!! 이것이, 그분께서 내려주신, 천사의 육체다아!!』

『대주교 노라노라의 육체를 수수께끼의 바이러스가 침식하여 타천사 노우라엘(Lv.100)로 변신하였습니다!!』

아. 어쩌지. 아직 로렐라이의 무덤을 찾아내지 못했는데 산산조각 내버리고 싶어졌어!! 내가 싫어하는 천사들 중에서 제에에에에에에에일로 싫어하는 녀석이 나타났다고!! 천사 주제에 악마 쪽으로 슬금슬금 다가오는 찌꺼기, 쓰레기!! 까만 천사의 날개를 달았다고 '악마입니다~'라며 우기는 구더기!! 악마 쪽으로 슬금슬금 다가온 주제에 '아뇨, 그래도 아직 천사라서~'라고 둘러대는 쓰레기 주제에……!!

"아~……. 아짱이 제일 싫어하는 타입이랍니다……."

"나도 저런 건 싫다고. 어설픈 쓰레기 녀석이잖아."

"린네 공, 물러나 주십시오!"

"아니, 참을 수 없어! 야! 죽어! 뚫어라, 커스 스피어!!"

『Weak! 타천사 노우라엘에게 데미지를 12881 입혔습니다! 저주 상태가 되었습니다.』

『크아아아아!』

"성속성!"

"그럼, 이번에는 같이 죽여볼까! 국가 붕괴자!"

"그 이름으로 부르지 말아주시지요!!"

저주가 잘 통해애!! 저주가 잘 통하네에!! 성속성이야, 성속성!! 토네이더 씨에게 건넨 전투 도끼, 바이킹 액스는 암속성이라고오!! 토네이더 씨의 공격은 저 녀석에게 잘 통하겠지!! 아, 페르짱도 공격을 암속성으로 바꿀 수 있었던가! 이얏호~!! 약점 공격 축제다~!! 천사는 모두 죽여야 해!! 멸종해라! 멸종!!

"아짱!! 찾을 게 있잖아요?!"

"아, 맞다. 그럼 맡길게."

『얕보지 마라아아아!!』

『페르세우스가 [마대검·하이퍼 슬래시]를 발동, Weak! 타천사 노우라엘에게 데미지를 433414 입혔습니다. 타천사 노우라엘이 쓰러졌습니다…….』

"어……?"

"이건……."

아, 노우라엘은 강적이었죠……. 아니아니아니아니, 페르짱의 압도적인 화력으로 일격인가요? 교회의 이면 던전에 나타났던 도겔보다 약한데요. 이런 잔챙이는 이 세상에서 말소시키는 게 낫겠지. 시체 안치소에 들어가는 건 마음에 안 들지만, 사령폭발로……, 어라, 어라? 안 들어가?

『타천사 노우라엘이 부활하였습니다.』

뭐어……? 멋대로, 부활했어……?

『나는 불사신! 몇 번이든, 되살아난다! 자, 신의 심판을 받아라!』

『타천사 노우라엘이 [파이널 카타스트로피]를 발동시킬 준비에 들어갔습니다!!』

"아, 이건 위험하겠어요!"

『히메치요가 [일도단철]을 발동, 즉사! 타천사 노우라엘의 목이 날아갔습니다.』

『타천사 노우라엘이 부활하려 하고 있습니다…….』

"기분 나쁜데, 바퀴벌레도 뭉개버리면 죽는데 말이지!"

『토네이더가 [더블 버스터]를 발동, 타천사 노우라엘이 산산조각

났습니다.』

『타천사 노우라엘이 부활하려 하고 있습니다…….』

우와, 아무리 산산조각내도 육체가 움직여서 달라붙네! 어떻게 해도 부활을 저지할 수 없는 거야?! 맞다, 대주교가 한 명 더 있었잖아! 그 녀석이 분명히 뭔가 알고 있겠지. 어디 갔지? 어디 숨었어……? 아, 알겠다! 아까 열려 있었던 관이 닫혀 있네!! 저 안에 숨었겠지, 분명히 그럴 거야! 자, 숨지 말고 나오라고, 겁쟁이 녀석!!

『으아아아, 으아아아아아!!』

"숨지 말고 나와!! 말해, 비밀이 있을 텐데!!"

『제일 안쪽 관이야, 그게, 그게 세이렌의 유해라고!!』

"그거 말고!! 아니, 그것도 알고 싶긴 했지만, 저 녀석의 약점을 말해!!"

『모, 몰라, 나는 모른다고. 노라노라가 저런 괴물이 되다니, 전이로 도망친 오르————.』

『타천사 노우라엘이 대주고 아치바르의 육체를 흡수합니다…….』

『입이 싸군……. 잠자코, 나의 힘이 되거라……, 크크큭…….』

『타천사 노우라엘이 부활하였습니다.』

마지막 순간에 방해를 받았어. 뭔가 중요한 정보를 알아낼 수 있을 것 같았는데! 이 녀석, 동료를 흡수해서 부활을 앞당길 수도 있구나……. 그렇다면 골치가 아픈데. 여기로 오면서 쓰러뜨린 녀석들의 시체도 흡수해서 한없이 부활할지도 몰라. 쉽사리 쓰러뜨릴 수 있다고는 해도 수십 번, 수백 번 부활하면 끝이 없으니까. 게다가 아까 발동시키려 했던 파이널 카타스트로피……, 그건 절대로 발동시켜선 안 돼. 음, 어떻게 하지……! 아니, 어떻게 하고 말고도 없어!!

"페르짱, 전속력으로 이곳에서 도망쳐서 지상으로 가."

"네?! 저도 싸우겠어요!"

"부탁이니까 얼른! 온 힘을 다해서!!"

"으으, 알겠답니다!!"

『나의 힘 앞에서 동료를 먼저 도망치게 하다니, 훌륭한 우정이로군…….』

성역 내부에서는 우리의 부활이 늦어지는 페널티가 발생하지. 아마 상대방에게는 반대일 테고. 성역의 힘을 다룰 수 있다면 부활을 앞당기는 힘이 있을 거야. 다시 말해, 성역을 박살 내지 않는 이상, 노우라엘은 몇 번이든 부활하겠지……, 내 추리가 정확하다면 말이야.

이대로 노우라엘을 계속 쓰러뜨리면 성역의 힘이 약해져서 바빌론 님이 말했던 조건을 달성할 수 있을지도 몰라. 하지만, 아까 흡수당해서 죽었던 통통한 아치바르라는 대신관이 말했던 '전이로 도망친 누군가'라는 동료가 아직 근처에 있을 가능성도 있어. 그 녀석이 성역을 계속 유지할 수 있는 능력을 다룰 경우에는 장기전, 또는 의미가 없는 싸움이 될 거야.

그리고 무엇보다 지상에서 농성전을 벌이고 있는 낮잠 씨 일행에게도 장기전을 벌이는 상황은 꽤 힘들 테고……. 언젠가 밑천이 바닥나서 농성도 뚫리겠지. 원래는 단기결전이 바람직했으니까.

『자, 각오는 되었나? 너희 다음은 아까 도망친 여자다!!』

"각오를 할 건……."

『[시체 안치소·5~10]의 시체를 전부 발사하였습니다.』

『[시체 안치소·4에 [히메치요]를 수납하였습니다.』

『[시체 안치소·5에 [캡틴 토네이더]를 수납하였습니다.』

『[시체 안치소·6에 [로렐라이의 유해]를 수납하였습니다.』

『하하하! 나에게 공물을 바치다니, 모든 것을 포기했느냐!!』

"————이제 곧 여기서 뭉개지는 건 너야!! 재가 되어 사라져라, 사령폭발!!"

나에게 이상적인 전개, 그 모든 것을 실현할 수 있는 방법이 떠올랐다. 몇 번이고 부활하고, 성역도 파괴하고, 단기결전으로 결판을 낼 수 있는 방법. 그것은 이 지하 영묘, 아니, 교회까지 통째로 전부 파괴해서 이 녀석을 뭉개버리는 거지!! 이곳에서는 전이를 쓸 수 있잖아? 그렇다면 이것도 쓸 수 있겠지!!

『길드 포탈을 열었습니다.』

『사령폭발을 발동, 모든 시체가 폭발합니다!!』

길드 포탈은 외부인 출입금지, 너는 이 포탈을 통해 밖으로 나갈 수가 없어! 페르짱을 먼저 도망치게 한 건 상대방이 설마 우리까지 도망칠 거라 생각하지 못하게 만들기 위해서였지.

『아차————!!』

『Weak! 타천사 노우라엘이 합계 데미지를 1981289 입었습니다.』

새파랗게 질렸겠지? 네가 몇 번을 부활하더라도 상관이 없는 비장의 처형법이야. 고맙게 받아들이고 영원히 계속 죽는 고통을 누리도록 해!!

"휴우! 위험했다, 위험했어, 일단 모두가 있는 곳으로 서둘러 가야지!"

안심하기는 아직 일러! 길드 포탈을 통해 길드 하우스로 돌아왔다고 해서 내 승리인 건 아니니까! 성역이 확실하게 파괴되었는지, 교회가 완전히 날아가 버렸는지, 낮잠 씨 일행이 괴로운 상태인지 아닌지 확인하러 가야 해! 아, 그리고 페르짱은 괜찮으려나?

"심연이여, 나의 길이 되어라. 어비스 워커!"

『[어비스 워커] 상태가 되었습니다. 돈타의 그림자로 전이하였습니다.』

『아우? 멍! (어라? 어서 와!)』

『[어비스 워커]를 해제합니다.』

"아, 돈타 군. 잔뜩 날뛰고 있는 것 같아 잘됐네······, 교회는 제대로 잔해가 되었구나."

휴우~. 내 예상대로 교회가 아까 그 대폭발로 무너져서 잔해 더미가 되었어! 으하핫, 타천사는 생매장이야, 생매장! 꼴 좋다!

"교회가······."

"파괴하다니, 제정신이 아니야!"

"오? 뭐야, 플레이어구나~. 치요짱~. 토네이더 씨~."

『[시체 안치소·4]에서 [히메치요]를 소환하였습니다.』

『[시체 안치소·5]에서 [캡틴 토네이더]를 소환하였습니다.』

"어라······? 바깥······?"

"크으~~~, 눈부신데······. 여기가 로레이야? 완전히 바뀌어 버렸잖아!"

자, 교회는 제대로 파괴했는데······. 성역의 파괴 완료에는 체크가 안 되었네······. 이 정도로는 아직 부족한가? 으음~, 이 이상 어떻게 해야 되는 거지?

노우라엘은 생매장시켰지만 사망 로그가 뜨지 않는 걸 보니 생매장 당했어도 계속 부활하려는 거겠지. 역시 성역을 어떻게든 해야겠어.

"뭐야? 이 커다란 멍멍이는! 귀여운데!!"

『아우?! 아우우우! (어? 누구야?! 그만해~ 아파~!)』

"불타 죽어라(구이·조다스)!! 절멸하라(아니에라)!!! 절멸소이탄(어나힐레이션 네이팜)!!"

『오렐리아가 절멸소이탄(어나힐레이션 네이팜)을 발동하였습니다』

"으아아아아아아아아아악!!"

"끄아아아아아아아아악!!"

"뜨거워!! 뜨거워어어어어어어!"

"불탄, 다⋯⋯아⋯⋯."

아, 복슬복슬한 돈타가 신경 쓰여서 미처 눈치채지 못했다. 이제야 주위를 보고 알게 되었는데, 주위가 불바다로 변한 건 리아짱이 마구 불태웠기 때문이구나. 배틀 로그가 시끄럽네⋯⋯. 플레이어를 얼마나 많이 섬멸한 거야?

우와, 리아짱, 엄청 악당 같은 표정이야! 오리지널리티가 강한 미소구나! 불바다에서 괴로워하는 플레이어들을 보면서 즐거워하고 있네! 어, 스샷 마구 찍어야지. 귀엽다⋯⋯.

"몇 번이나 불탔으니 대책 정도는 세운다고! 불 따위는 이제 통하지 않————."

"빠앙~."

『07XB785Y가 [스나이핑 샷]을 발동, 헤드샷! 쿠라시마가 킬 당했습니다.』

"젠장!! 어떻게 좀 안 되냐, 저 저격!!"

"저 대형 방패 든 기사가 엄청 튼튼해!!"

『Ⅲ(°Д°Ⅲ) 컴온~』

"짜증나는 이모티콘이나 쓰고!!"

리아쨩하고 레나쨩은 고지대에 진을 치고 오니쨩의 보호를 받으면서 마구 날뛰고 있구나. 화속성 대책을 세워온 플레이어는 반대인 수속성 마탄이라도 쏘는 건가? 화속성으로 면 공격을 당하고, 빠져 나온다 하더라도 수속성 점 공격을 당해 쓰러지는 거지. 그걸 빠져 나온다 해도 이번에는 낮잠 씨 같은 근접 직업 여러분이 기다리고 있고. 게다가 돈타가 정기적으로 범위 기절을 가하니 절망적인 상황일 거야.

어라, 어라? 사람이 꽤 줄어든 것 같은데……? 어, 낮잠 씨하고, 핫게 씨하고, 레이지 씨, 에리스 씨, 레나쨩, 리아쨩, 돈타밖에 안 남았어?! 이 멤버만으로 수십 명이나 되는 상대하고 싸운 건가요?! 우와, 단기결전을 선택하길 잘했네…….

『에리스가 [전갈의 춤]을 발동, 즉사! 여러 플레이어들이 킬 당했습니다.』

"으응~? 린네쨩도 나왔구나~. 어째서 이렇게 습격당하고 있느냐면 말이지, 상대 쪽은 여신 멜티스가 방위전 퀘스트를 준 것 같거든~."

"아……. 그렇군요……. 그래서 플레이어들이 이렇게 많이……."

아~, 낮잠 씨에게 상황을 들으니 이해가 되네. 저쪽은 여신 멜티스에게서 퀘스트를 받았고 우리를 토벌해야만 달성할 수 있는 거구나. 아직 실패로 간주되지 않는 걸 보니 역시 우리가 아직 목표를 달성하지 못한 거고. 그렇다면…… 성역인가…….

"오~호호호호호호!! 물러나셔요~!!"

"으엑?! 페르세우스?!"

"역시 있었냐! 젠장!!"

『페르세우스가 [애로우 레인]을 무효화하였습니다.』

아, 다행이야. 페르짱도 무사했구나. 잔해 안에서 나온 것 같은데, 내가 착각한 거겠지. 설마 휘말려서 잠깐 파묻혀 있었던 건……, 웅, 나중에 사과하자. 정말 미안해.

"앗, 어째서 통하지 않————."

『페르세우스가 [마쌍검·하이퍼 슬래시]를 발동, 고든과 세르나에게 데미지를 평균 45550 입히고 킬 하였습니다.』

"전리품 획득 방해? 킬 해도 전리품을 얻을 수 없는 건가요?"

"저쪽 퀘스트를 받은 녀석들은 보호를 받거든~."

아~, 그렇구나. 여신 멜티스의 방위전 퀘스트를 받은 녀석들은 보호를 받아서 전리품을 얻을 수 없는 상태구나. 상대방은 마음껏 좀비 어택을 할 수 있고, 우리는 소모되기만 하고, 골치가 아프네~, 너무 불리해. 교회를 파괴했는데도 성역이 아직 유지되는 상태라면 어떻게 해야 할까.

『토네이더가 [토네이더 스페셜]을 개시하였습니다.』

어, 말도 안 돼. 토네이더 씨도 가버렸네……! 괜찮으려나……? 아니, 웅! 토네이더 스페셜은 뭔데?! 양손 도끼를 들고 뛰어들기만 한 것처럼 보이거든?!

"이봐, 이봐, 이봐, 저거 양손 도끼 아니냐고!"

"말도 안 돼, 막아서 어떻게 할 수가 있나?!"

"모래의 방패여, 지켜다오! 샌드 실드!!"

"바람의 칼날!! 에어 슬래셔!!"

『토네이더가 [에어 슬래셔]를 흡수하였습니다.』

바람……, 흡수하시나요……? 토네이도에는 산들바람 따위는 의미가 없다는 건가요……? 이름대로 회오리바람 같은 분이시네요…….

"나에게 풍속성 마술을 쓴다고?! 배짱도 좋군 그래!!"

"오지 마, 오지마!! 꺄아아아아아악!!"

"샌드 실드가 있어! 진정————."

"허약해, 허약해, 허약해, 허약해!! 아하하하하하하하!! 아————하하하하하하하하하하!!"

『모이모이가 [토네이도 스페셜]을 맞고 샌드 실드가 붕괴! 마나 배리어가 붕괴! 머리 장비 파손! 몸 장비 파손! 다리 장비 파손! 합계 데미지를 250101 입고 사망하였습니다.』

『[토네이더 스페셜·레벨 2]로 성장! 공격 속도가 가속되었습니다!』

『크라나가 [토네이도 스페셜·레벨 2]를 맞고 샌드 실드가 붕괴! 마나 배리어가 붕괴! 머리 장비 파손! 몸 장비 파손! 다리 장비 파손! 합계 데미지를 280405 입고 사망하였습니다.』

『[토네이더 스페셜·레벨 3]으로 성장! 공격 속도가 더욱 빨라졌습니다!』

아니아니, 아니아니아니아니……. 전투 도끼를 무슨 막대기 휘두르는 것처럼 가볍게 휘두르지 말아주세요, 토네이더 씨……. 게

다가 회전 속도가 점점 빨라지고 있어⋯⋯!!

"어리석은 자들, 압도당하라, 파괴당하라, 이것이 바로 용의 일격!! 파괴의 숨결"

『오렐리아가 [파괴의 숨결]을 발동하였습니다.』

아⋯⋯!! 페르짱하고 토네이더 씨에게 풍속성 마술을 써도 괜찮다는 걸 판단한 순간, 리아짱이 풍속성 용마술을 날려 버렸어⋯⋯! 아~, 이제 멈추지 않아, 멈추지 않는다고! 이렇게 된 이상 계속 죽일 수밖에 없지! 알겠어, 그쪽은 맡길게!

『페르세우스가 [파괴의 숨결]을 무효화하였습니다.』

『토네이더가 [파괴의 숨결]을 흡수하고 [파괴의 태풍]으로 성장! 공격력이 300% 향상되었습니다!』

으아아아아아아⋯⋯. 그게 뭔데에⋯⋯.

"으아아아아악!!"

"이게 뭐야!!"

『미르니다가 [파괴의 태풍]을 맞고 모든 장비 파손! 합계 데미지를 533405 입고 사망하였습니다.』

『존스가 [파괴의 태풍]을 맞고 모든 장비 파손! 합계 데미지를 892405 입고 사망하였습니다.』

『사리아가 [파괴의 태풍]을 맞고 모든 장비 파손! 합계 데미지를 527774 입고 사망하였습니다.』

앤지 방금 낯익은 이름이 보였던 것 같은데⋯⋯. 아, 교회에 갈 때 덤벼들었던 PK 이름이구나. 사리아하고 미르니다가 그 PK였던 것 같다. 이 녀석들은 퀘스트보다는 우리 길드에 품은 원한 때문에 덤빈 건가? 음, 그렇다면 대형 방패를 든 녀석하고 암살자 같은 녀석도 근처에 있지 않을까?

"찾았다, 이 자식······!!"

『Σ(´ Ⅴ ` ;)』

아······. 아까 만나고 또 만났네······. 저 녀석은 교회로 가기 전에 해치웠던 알트라였던가? 리벤지 매치구나. 장비는 어쨌지? 왠지 초라해진 것처럼 보이는데.

"으랴앗!!"

『알트라가 [어새시네이션]을 발동, 프리오닐의 목을 날렸습니다!』

"좋았어! 이겼다, 꼴 좋군 그래!!"

아~, 죄송합니다. 그 사람의 머리는 말이죠, 장식이거든요······.

『프리오닐이 [실드 배시]를 발동, 알트라가 데미지를 5579 입었습니다. 스턴 상태가 되었습니다.』

『07XB785Y가 [퀵 드로우 샷]을 발동, 알트라가 데미지를 43771 입었습니다.』

『프리오닐이 [처형]을 발동, 알트라가 즉사하였습니다. [더크 +6]을 획득하였습니다.』

어, 그 녀석은 퀘스트도 안 받고 여기 온 거야? 바보 아닌가······?

『(* ´ ω ` *)』

"머리가 떨어졌어, 괜찮아?"

『(` ˙ ω ˙)b』

"괜찮구나. 그럼 다행이고."

알트라, 또 처형 당했어······. 또 오니짱에게 졌어······. 게다가 레나짱 같은 사람들도 근처에 있었는데, 당연히 무모한 짓이지. 악수도 이런 악수가 없네. 음~, 치요짱이 '아, 고기가 구워지는 냄새……! 배가 고픕니다……'라고 하는 걸 보니 조만간 충전이 바닥날지도 몰라. 이 사람은 배가 너무 고파지면 쓰러지니까……. 곤란하네, 성역을 파괴할 방법도 모르고, 얼른 승리하지 않으면 아무래도 밀릴 테니…….

"어찌 해야 우리가 승리하는 거여!!"

"아~, 모르겠어. 곤란하단 말이지~."

"길드 멤버들 부활이 너무 늦당께! 성역의 힘이 뭔디! 그냥 저주 아니여!"

"뭐, 우리에게는 그렇겠네~."

아, 성역은 우리에게 있어서 저주나 마찬가지일지도 모르겠네. 상대방에게는 축복이겠지만 말이야……. 응? 그럼 성역을 저주하면 파괴할 수 있지 않을까? 어때!

"가라앉아라, 네거티브 오라."

『MISS……. 대상이 존재하지 않습니다.』

"음~, 안 되나아…….."

네거티브 오라로는 의미가 없나~. 역시 이건 생물에게 통하는 거니까 건물에는 안 통하겠지~……. 어~……? 물건, 물건이라…….

"……시험해 볼 가치는 있으려나."

이거, 교회의 잔해는 물건으로 간주되겠지? 혹시 그것의 대상이 되진 않을까?

"바셔라."

『성 멜티스 교회의 [애니메이트 페티시]에 실패하였습니다.』

음~, 안 되나! 안 되겠지~, 역시 그렇게 잘 풀리지는……, 응? 대상으로 선택되기는 했어……? 어라, 좀 전에는 대상이 존재하지 않는다고 했는데, 이번에는 실패했다고? 어라? 어라? 되겠는데……?!

　잠깐만, 잠깐만? 잘 생각해 보라고, 린네. 애니메이트 페티시에 필요한 게 뭔지 잘 생각해 봐. 우선 대상이 될 장비, 이건 이번에는 교회에 걸 거야. 그리고 저주받은 아이템하고 시체도 필요하겠지? 다시 말해서 이 교회의 사이즈에 맞는 저주받은 아이템하고 시체가 있다면 발동에 성공한다는 건가?

　"낮잠 씨! 길드 하우스에 있는 아이템, 써도 되나요?!"

　"응, 이 상황을 타개하는 데 필요하다면 얼마든지~."

　"감사합니다! 치요짱, 길드 하우스까지 호위해줘!"

　"예! 제게 맡겨주시길!"

　길드 포탈은 방금 써서 쿨타임 때문에 아직 못 써. 저주받은 아이템을 창고에서 꺼내려면 걸어서 갈 수밖에 없지.

　"————홍련, 폭굉!!! 파이어 익스플로————전!!!!"

　『앗치나가 [파이어 익스플로전]을 발동하였습니다!』

　"린네 공!"

　"아, 화속성이라면 괜찮아. 치요짱만 피해."

　멍청한 녀석, 나에게 파이어 익스플로전을 쓰다니. 화속성은 크림슨 뱅글의 효과 덕분에 통하지 않는단 말이다…….

　『[파이어 익스플로전]에 명중당했습니다. 화속성은 효과가 없습니다.』

　『히메치요가 [수월]을 발동, 회피하였습니다.』

　『히메치요가 [일도단철]을 발동, 즉사! 앗치나의 목을 날렸습니다.』

　으~하하하하핫! 불사속성이 화속성까지 통하지 않는 게 치사하다고? 자신의 약점을 메꾸는 게 무슨 잘못인데. 나에게 통하는 건 성속성뿐이라고! 분하다면 홀리 익스플로전이라도 배워서 오려무나. 후후후……!

"그 빈틈, 잡았다!"

『프리오닐이 [실드 배시]를 발동, 마 씨가 데미지를 5522 입었습니다. 스턴 상태가 되었습니다.』

『(ˋ・ω・´)』

"가, 감사합니다!"

리아 쨩의 빈틈을 잘 커버해줬어, 오니쨩! 여전히 활약하고 있네…… 중후한 장인 같은 느낌이 정착되기 시작했어.

『아우우~!! (리아쨩에게 다가가지 마!!)』

『돈타가 [폭멸이단장]을 발동, 마 씨가 합계 데미지를 32872 입고 사망하였습니다.』

역시 돈타의 공격력은 끔찍하네. 게다가 덩치가 거대한 것치고는 재빠르단 말이지……. 자, 길드 하우스에 도착했어. 아무리 살아남은 사람들이 강하다 해도 전선이 점점 밀리고 있으니까. 리아쨩하고 레나쨩이 표적이 되기 시작한 건 꽤 위험해. 서둘러 돌아가야지!

"찾았다. 이 저주 받은 코인을 전부 써 버리자!"

"제가 먼저 밖으로 나가겠습니다. 린네 공께서는 뒤에서 따라와 주십시오."

"아니, 어비스 워커로 돌아갈게. 치요쨩에게는 양동을 부탁하고 싶은데."

"양동 말씀이십니까……! 예, 맡겨만 주십시오!!"

『[어비스 워커] 상태, 돈타의 그림자로 전이하였습니다.』

자, 치요장이 시끌벅적하게 날뛰는 동안에 어비스 워커를 써서 돌아가야지. 좀 전에는 재료가 부족해서 발동되지 않았지만, 이번에는 재료를 제대로 갖추었어. 만약에 발동되면……, 어떻게 되는 거지?

『아우? 멍! (어라? 어서 와!)』

『[어비스 워커]를 해제합니다.』

"아, 돈타 군, 아까도 이렇게 말했던 것 같은데?"

시체는 어떻게 할 거냐고? 무슨, 여긴 전장이거든요? 그리고 교회 지하에는 나와 마주치지도 못하고 죽어가던 녀석들이 납작해진 상태가 되었겠지. 그 녀석들이 시체 대상으로 선택되겠지?

다시 말해 부족했던 건 저주받은 아이템이었다는 뜻이야! 자, 발동시킨다! 이렇게 해서 안 되면 진짜 어떻게 해야 하지?? 아, 맞다. 폼을 좀 잡아야지!

"저주하라. 저주하라. 모든 것을 저주하라. 온갖 악, 어둠을, 심연의 힘을! 우리의 마신께 바치거라! 애니메이트 페티시!!"

자, 이건 어때!! 저주받아라, 저주받아 소멸해라! 바빌론 님을 방해하는 성역!!

『성 멜티스 교회가 저주받았습니다!』

떴다아아아아아아!! 이건 애니메이트 페티시로 저주했을 때와 똑같은 메시지야!! 분명히 이겼어, 분명히 성공했을 거라고~!!

『마신 바빌론, 사령술사 미샤, 주물사 카사, 반혼사 리자가 [애니메이트 페티시]를 발동, 스킬 링크! [애니메이트 믹스 페티시]가 발동!!』

『에리어 안내 : 로레이의 성역이 소멸하였습니다!!』

『성 멜티스 교회가 변질되었습니다!』

『마신 바빌론 교회로 변이하였습니다!』

『저주가 확대되어 대상이 추가됩니다!』

모, 모르는 사람들 이름이 잔뜩 떴는데……?! 대, 대상이 추가되었다고?! 뭐가 추가된 건데? 그러니까, 그러니까! 나는 뭘 하면 되는 거지?!

『저주가 더욱 확대, 로레이 에리어 전체가 대상으로 추가되었습니다!!』

어어, 어어어어?! 로레이 에리어 전체가 대상이 되었다고?! 성역이 파괴된 것뿐인데 그렇게 엄청난 기세로 세력이 확대되나요~?!

『시체가 부족합니다!!!』

시체가 부족해~?! 아니, 아니, 바칠 만한 시체는 이제 하나도 없는데요. 어쩌지? 어떻게 해야 하지……? 아~……, 바빌론 니임~! 죄송합니다~!!

『타천사 노우라엘이 압사당했습니다.』

앗, 시체가 늘었다. 성역이 소멸해서 부활하지 못하게 되었구나. 으헤헤헤, 운이 좋네.

『추가 시체 투입을 확인, 모든 조건을 달성하였습니다.』

『[애니메이트 믹스 페티시]가 발동됩니다!!』

하, 하하, 아하하……! 해냈다~!! 해냈다, 해냈다, 해냈다, 해냈다……!! 발동된다. 엄청나게 큰 주물이, 분명히 내가 머릿속에 떠올리고 있는 게 완성될 거야!!

『마신 바빌론 교회가 더욱 저주받았습니다!』

『마신 바빌론 교회가 주물화합니다!』

『에리어 알림 : 로레이 에리어에 [★마신전]이 출현합니다!!』

마신전?! 마신전이 완성되었어어어어!! 분명히 그 이름대로 마신님을 모시는 곳일 게 틀림없어. 바빌론 님의 지상 진출!! 그 첫걸음을 내가!! 이 손으로!! 우리가아!! 해냈다, 해냈어……!!!

성공했다아아……!! 아아아아아아————?!

"뭐여? 뭐여?! 발치에서 무언가가 솟구치는디!!"

"으아아아, 으아아아아아아아아아……?!"

"뭐죠?! 이건, 건물인가요?! 린네 양, 무슨 짓을 한 건가요?!"

『아우우우————!! (커다란 게 나와!!)』

"뭐야, 뭐야, 질리지를 않네, 즐겁다고!! 내 가슴이 이렇게 두근거리는 건 오랜만이군 그래!!"

『Σ(´∀` ;)』

발치에서 마신전이 솟구친다……! 교회, 길드 하우스, 옆에 있던 여관하고 근처 광장까지 전부 저주받은 진흙에 삼켜지고!! 거대한, 거대한 건물이……, 마신전이!!

『월드 안내 : 여신 멜티스의 [로레이의 성 멜티스 교회 방위전] 퀘스트가 실패하였습니다.』

『세력 안내 : 마신 바빌론의 퀘스트 [로레이의 성역을 파괴해주렴♡]이 성공하였습니다.』

『월드 안내 : 무역도시 로레이 및 로레이 에리어가 [마신 바빌론]의 지배를 받게 되었습니다.』

『월드 안내 : 무역도시 로레이가 [마계도시 로레이]가 되었습니다.』

『월드 안내 : 로레이 에리어가 [마계화]하였습니다.』

대단해……. 고딕 건축 양식에, 엄청나게 예쁜……. 회색 벽과 검붉은 지붕이 예쁜 성이……. 생겨나 버렸어……. 다들 입을 떡 벌린 채 아무도 말을 하지 못할 정도로 놀라고 있어…….

『에리어 안내 : 길드 [화서의 꿈]이 [★마신전]에 초대받았습니다.』

『에리어 안내 : 로레이 에리어에 강력한 마계 계열 NPC가 다수 출현하였습니다.』

『에리어 안내 : 마신 바빌론이 강림합니다!!』

바, 바빌론짱이, 강림한다고?! 저, 정말로?! 앗싸————.

『앗싸~!! 바·로·내·가! 염원하던! 마이, 호오오옴~♡♡♡』

"바빌론 니이이이이이이이이이이이이이임~!! 귀여워, 앗싸~~!!"

끄어어어어어어어어어어억! !

귀여워어!! 앗싸————! ! !

"······양! 린네 양!!"

"어······? 어, 어······?"

어~. 어······? 페르짱······? 오오······?! 바빌론 님이 강림한 뒤로 의식이 날아가 버렸어······. 엄청 귀여웠다고······.

아니, 그런데 정말 큰일이 벌어졌구나, 이거······. 지금까지 비밀스러운 존재였던 바빌론 님이 대대적으로 무대 위에 올라와 버렸잖아······? 그리고, 마계화는 뭐야······? 계기가 하나 생긴 순간부터 도미노가 쓰러지는 것처럼 사태가 진행되었는데!! 무슨 일이 일어난 건지 알 수가 없다니까?!

"엄마~! 이제 멜티스를 믿는 척 안 해도 되는 거야~?"

"그래, 이제 멜티스 신도라고 거짓말하지 않아도 된단다!"

"오오······! 진정한 구세의 여신님께서, 마신님께서 강림하셨다······, 오오오오······."

"여보! 그대로 꼴까닥해 버리면 안 돼! 이제부터는 날마다 참배하러 갈 거니까!"

"드디어, 드디어 우리가 멜티스로부터 해방되었다!! 좋았어, 좋았어어어어어어······!!!"

어어어······? 로레이의 주민 NPC들이 차례차례 집에서 나오나 싶더니 벌써 마신을 숭배하기 시작한 사람도 있는데요……? 혹시 로레이에는 멜티스 신도가 거의 없었나?

『길드 메시지 : 마신전으로부터 초대장을 받았습니다.』

"오……. 이런, 깜짝 놀라서 말도 안 나왔네."

"초대장, 이라고~……? 우리에게 온 것 같은데, 가볼까……?"

"이제 우리가 승리한 거 맞지……?"

"메일함에 초대장이라는 아이템이 들어 있는 것 같아~."

"초대를 받았으니께 가야제! 자, 핫게, 가자고!!"

"그래. 갈까! 멀리서 마신님의 강림을 보았는데, 차림새가 엄청 나더군! 근처에서 보고 싶어."

"저요! 제가, 제일 먼저, 갈 거예요!!"

"그래, 제일 먼저 가야겠지! 하하하!!"

"그렇게 서두르지 않아도 마신전은 도망치지 않을 것 같은데~."

어이쿠! 나도 주위 사람들이 움직일 때까지 멍하니 있었네! 마신전을 세운 장본인인데 입구에서 멍하니 주위를 관찰하기만 하고 있었어! 어서 가야지!!

『환영한다, 용감한 모험자들이여!』

『마신님의 초대장을 가지고 계시군요. 이쪽입니다, 3층으로 가십시오.』

"네, 네헤……!!"

우와, 마신전 안이 정말 예뻐……. 이렇게 멋진 곳에 바빌론 님이…….

『멍멍!! (안이 넓네~!! 아! 나하고 똑같이 생긴 애가 있어!)』

"똑같이……? 돈타가 두 마리……? 말도 안 돼……."

"어? 어머, 정말이네요?!"

마신전 안으로 들어간 순간, 돈타가 후다닥 달려가 버렸다. 그 앞에 있던 것은, 그래, 돈타와 똑같이 생겼고 커다란 늑대……. 돈타와는 전혀 다르구나. 그쪽은 멍멍이라기보다는 늑대다운 오라를 제대로 풍기고 있고 기품도 있으니까…….

『아우! (안녕하세요! 처음 뵙겠습니다!)』

『아우~……? 멍멍멍멍! (어라……? 동족이군요, 처음 뵙겠습니다! 안녕하세요! 만나게 되어 기쁘네요!)』

오, 사이가 좋아진 것 같네……. 서로 냄새를 확인하면서 빙글빙글 도는 거, 역시 와그끼리도 하는구나. 혹시 저쪽은 여자애 아닐까? 방금 들린 목소리가 여자애 같았는데?

"오, 뭐여, 돈타가 늘었는디?"

"동족……, 같은 애구나~."

『아우~, 멍멍! 아우? (나는 말이지, 돈타! 너는?)』

『멍멍! 아우! (저는 마랑왕 모치린느 3세, 당신은 돈타 씨? 귀여운 이름이구나! 오늘부터 친구야!)』

『멍멍!! (친구! 좋아~!)』

"모치린느 3세…………?!"

"어, 이 애 이름, 모치린느……?"

"이름이 모치린느 3세인가요?!"

"으, 응……, 마랑왕, 모치린느 3세……."

"모치린느 3세……."

"네……."

이 애, 이름이 모치린느 3세구나……. 아니, 응, 조금 통통(모치)

해 보이는 느낌이 귀엽긴 하네……. 혹시 이 마랑왕을 누군가가 사역하고 있다면……. 네이밍 센스가 내 정도 수준인 사람이 있다는 뜻이지……. 아니, 잠깐만? 이 마랑왕, 혹시 키우는 게………….

『멍, 아우아우? (우리 주인, 마신 바빌론 님께서 부르셨죠?)』

『멍! (그랬지, 또 봐!)』

좋은 소식, 바빌론짱, 네이밍 센스가 나와 별 차이 없다는 사실을 알게 되었어……!!

『아후……♡ (귀여웠어, 친구도 됐고♡)』

"잘 되었구나, 친구가 생겨서……."

"친구가 된 거여……?"

"그밖에도 척 보기에 인간이 아닌 것처럼 생긴 분들이 잔뜩 계시네……."

"어머, 보셔요?! 저 큰 계단 층계참! 바빌론 님의 황금상 아닌가요?!"

"……참말이네?! 저 큰 계단 앞쪽 제단이 일반 신자가 참배하는 곳 같은데."

"저게, 마신님인가……."

"응, 절세의 미소녀. 가능하면 결혼할 거야."

"그, 그래……."

"나는 진심이야."

마신전으로 들어와서 정면에 큰 계단이 있고, 그곳 층계참에는 바빌론짱의 황금상이!! 그곳에서 계단이 좌우로 나뉘어서 2층으로 올라갈 수 있는 것 같은데, 미노타우로스 두 분이 큰 계단 앞에서 길을 막고 있네~……. 엄청 세 보이는데, 지나가게 해주려나……?

『멈추게. 오, 이거 참⋯⋯! 부디 지나가시지요.』

『바빌론 님께서 기다리고 계십니다. 이곳을 올라가 3층으로 가십시오!』

"가, 감사합니, 다~아⋯⋯."

엄청 중후한 아저씨 목소리였어, 미노타우로스 씨! 이미지와는 좀 다른 목소리이긴 했지만, 저것도 나름대로 멋지네⋯⋯!

"⋯⋯절대로 못 이기겠는디."

"아, 무슨 말인지 알겠어~. 나도 절대로 못 이길 것 같다는 생각이 들었거든~⋯⋯."

"타겟팅, 했어? 난, 했어."

"레벨 표시를 알아볼 수가 없던데⋯⋯."

"분명히 강할 거랍니다⋯⋯. 도전하면 즉사할 거예요, 분명히."

"화려하면서도 너무 주장이 강하진 않고, 조용하면서 차분한 신전이구나~⋯⋯. 저거 봐, 벌써 많은 사람들이 흐느끼면서 감사하다는 말을 바치고 있어."

"어느새 엄청 늘었네⋯⋯."

"우리는 본인을 만나게 될 텐데요, 왠지 특별 대우를 받는 것 같아 두근거리네요!"

"우리가 직접 만나는 건가요⋯⋯?! 마, 마음의 준비가⋯⋯."

"저는 다시 만나게 되더라도 울어버릴 것 같습니다."

『((((;°Д°))))』

휴우━━━━━⋯⋯. 진정하자, 진정하고 바빌론 님을 만난 순간에 의식이 날아가 버리지 않게끔 마음을 다잡아야지⋯⋯. 3층으로 이어지는 이 계단을 올라가면 바빌론 님, 이 계단을 올라가면 바빌론 님, 아아아아, 심장이, 입 밖으로 튀어나온다!! 나오지 마, 멈추라고!! 아니, 멈추면 죽으니까 움직여!! 으아아아아아아 아아아!! 죽는다, 죽는다! 죽는다!!

『홍홍홍~♪ 마이 홈~♡ 마이 홈~♡ 앗따, 앗따따~♡』

『————화서의 꿈 일행분들이 도착하였습니다!!』

『아아아~, 왔네, 왔어~♡ 자, 좀 더 가까이 오려무나~!』

어억————, 아니, 아직 죽지 마, 린네. 방금 엄청나게 고귀한 걸 보긴 했지만 죽지 마……! 앗싸~가 아니라 앗따~라고 한 거야? 으헤, 으어, 아, 냄새 좋다……. 아아아아아, 미소녀……. 절세의 미소녀……. 이런……, 평소보다 1억 배는 더 빛나 보여……. 안 되겠다, 고귀해……. 심장이 멈췄어……. 멈추지 마……. 움직여, 움직이라고……!

"아아, 바빌론 니임……!!"

"좋아……, 좋아……."

『아우우우우우……, 끄으으으으웅…… (무서워어~……)』

『((((; °Д°))))』

흐에~……, 아름답네……. 무릎 꿇고 싶다. 다리를 핥고 싶다. 아니, 그건 너무 변태 같잖아. 우선 이마에 키스하고 싶다. 하는 김에 냄새도 맡고 싶다. 맡고 나면 오늘은 이제 숨을 안 쉬어도 되지 않을까? 아무리 그래도 죽으려나?

『자아~? 당신들, 정말 잘 해줬구나~♡ 내 교회가 생기면 운이 좋겠네~ 정도로 생각했는데 공물을 그렇게 많이 바쳐 주었잖아! 웃음이 터져 버렸다니까~!!』

"바빌론짱님의 집이 생겨서 저도 기뻐요!!!"

바빌론짱이 엄청 기뻐 보이네……. 옥좌에서 폴짝폴짝 뛰어올라서 귀엽다고……. 웅……, 공물……? 혹시 그때 저주받은 코인을 잔뜩 투입한 게 로레이 에리어 전역으로 마계화가 퍼져나간 원인이가?! 그렇게 강력한 저주 아이템이었구나, 그 코인…….

『그래서 말이지? 당신들 길드 하우스를 이곳 2층에 마련해 두었으니까~♡ 인테리어는 그대로 해두었고, 여관도 붙여두었으니까 방도 잔뜩 있어! 마음대로 쓰려무나~?』

"어, 있구나~……! 다행이야~, 없어져 버린 줄 알았는데~."

"감사합니다!!"

『기운차게 대답해서 기특하네♡ 아, 맞다, 미안해~! 금 고래 장식? 녹여 버렸어~! 내 황금상으로 만들었으니까♡』

"네!! 괜찮아요!! 아름답게 만들어져서 최고였어요! 가지고 가고 싶어요!! 나중에 키스할게요!! 날마다 침대에 누워 끌어안고 자겠습니다!!"

『안 되거든~? 그건 당신들 길드에 혜택을 줄 테니까~♡』

"네!! 안 가지고 갈게요!!"

"린네짱, 바빌론 님이 하는 말은 전부 들을 것 같네……."

"듣지. 죽으라고 하면 아마 죽을 거야. 다시 살아나라고 하면 살아나고."

"참말이여……?"

우후, 우후……. 잔뜩 수다 떨고, 최고야, 여기 살래……. 현실로 돌아가고 싶지 않아……!

『맛이 간 여자~. 나도 중요하긴 하지만, 자신도 소중히 여겨야만 해~♡ 제대로 밥 챙겨 먹고, 제대로 일상을 보내고, 건강하게 나를 숭배해야 한다~?』

"네!! 날마다 제대로 로그아웃해서 푹 잔 다음에 학교에 갈게요!!! 항상 마음 속에 바빌론 님을 품고 건강하게 생활할게요!!"

『기, 기운이 넘치는구나~……♡』

역시 날마다 제대로 건강하게 살면서 바빌론짱을 항상 숭배해야지. 최고야, 이제, 아, 안 되겠다, 눈앞이 어질거리기 시작했어……!

『아! 이거 실신하겠네~! 그러기 전에 할 일은 해야지~! 자, 상이야♡』

『마신 바빌론으로부터 [마신 바빌론의 사랑하는 아이]로 인정받았습니다.』

『카르마 수치의 하한선이 최저치로 감소하였습니다.』

『카르마 수치가 -1000이 되었습니다.』

사, 랑, 하, 는……, 아이……? 끄억……!!

((●

린네 양이 너무나도 기쁜 나머지 실신해 버렸기에 나중에 린네 양에게 설명할 때 알아듣기 편하게끔 바빌론 님에게 들은 정보를 정리해 두었답니다.

로레이의 주민들은 멜티스 교회에 대해 원한을 품고 있던 분들이 대부분이었고, 남몰래 교회측과 싸움 준비를 갖추고 있던 세력도 존재했다고 해요. 그 세력과 접촉해서 함께 싸우는 게 바빌론 님의 이상적인 계획이었던 것 같은데, 린네 양이 생각했던 것보다 더 마구 날뛰어준 덕분에 주민들에게 피해 없이 승리를 거두었기에 결과적으로는 바람직했던 것 같네요.

자, 갑작스럽게 탄생한 마신전의 주요 NPC는 [무기 장인, 육완의 귀인 아수라], [직조 장인, 재앙 아라크네의 올리비에], [전술 교관, 무인 로쿠도], [무술 교관, 마랑왕 모치린느 3세], [사격술 교관, 자동인형공주 그림힐데], [마술 교관, 재앙의 마녀이자 초대 스텔라벨체 여왕, 에키드나], [진리의 추구자, 연금마도사 아르스], [진리의 추구자, 마계 기술자 마그나], [장의사 미샤], [주물사 카샤], [반혼사 리자], [마신전 요리장 쿡], [조교사 사다나쨩], [마계 문지기 올 군, & 토로스 군], [마계 수문장 케르베로스쨩], [마신전 경비병 미노스], [마신전 경비병 타우로스], 그밖에도 다양한 불사 계열, 악마 계열, 영체 계열 NPC가 돌아다닌답니다.

그리고 로레이는 린네 양이 너무 열심히 한 영향으로 영지 전역이 마계화한 모양이고, 바빌론 님께서 마계에서 보호하던 주민들이 이곳 로레이로 이사 온 모양이예요. 로레이의 주민들을 약간 경계하던 것 같았지만, 모두가 우호적인 NPC라서 지금은 친목을 다지고 있는 것 같답니다.

"아, 페르쨩, 야호~."

"평안하신가요? 낮잠 씨. 길드원 여러분은 이미 전생을 하셨을까요?"

"응, 모두 망설임없이 마계 환생을 해버린 모양이야."

"새로운 바람이 불어왔으니, 앞으로 기대되네요."

"엄청나게 강한 태풍 같은 바람이지만 말이지~. 실시간으로 대형 업데이트가 된 것 같은 기분이야~."

"이런 대변동은 다른 온라인 게임에도 있는 건가요?"

"설마, 내가 알고 있는 게임 중에는 이런 게 없어~. 다들 깜짝 놀랐을 거라고."

"전대미문의 사건이었군요……."

낮잠 씨와 방금 나눈 이야기처럼, 마신전에서는 마계 환생을 신청해서 소속 진영을 마계로 전환할 수 있답니다. 교관 NPC에게 지도를 받으면 마계 쪽 전용 직업을 전직할 수도 있죠. 그건 우리가 천사를 두들겨 패고 환생해서 바빌론 님께서 추천해주신 직업으로 전직한 방법과는 달리 바빌론 님이 추천해주시는 직업이 아니라 교관 NPC가 추천해주는 직업을 얻을 수 있는 모양이고요.

게다가 교관 NPC의 제자분들과 대련을 하면 레벨을 최대 40까지 올릴 수 있는 것 같아요! 심지어 기본적인 스킬도 가르쳐주신다고 하고요! 우리 길드 멤버들도 열심히 대련하는 모양이네요.

"맞다, 맞다, 멜티스 교회에 소속된 플레이어들은 마신전에 다가오지 못할 뿐만이 아니라 로레이에 들어오려 하면 올 군하고 토로스 군에게 쫓겨나는 것 같던데."

"어머, 대항 세력은 완전히 들어오지 못하게 된 거군요."

"게시판에서는 일부 사람들이 그런 추방을 비판하고 있긴 한데, 냉정하게 생각해 보면 적 진영에 마음대로 드나드는 게 이상하니까. 반대로 말하자면 우리도 멜티스 진영에 들어가지 못할 테고. 그건 공정하지 않나?"

"그렇긴 하겠네요. 무소속이라면 양쪽 다 들어갈 수 있으려나요?"

"맞아, 맞아, 무소속이면 양쪽 모두 들어갈 수 있으니까, 고민이 되는 사람들은 무소속으로 남은 것 같아. 하지만, 그와 동시에 양쪽의 지원도 전혀 받을 수 없으니까, 레벨을 40까지 올려주는 대련도 못하는 것 같고."

"고민이 되겠네요. 일반적으로는 악당 같은 이미지가 있는 마계 진영에 들어가는 건 저항감이 생기겠죠. 하지만 지원이 충실하고 교관도 고압적이지 않고 우호적이잖아요. 뭔가 함정이 있을 것 같은 느낌까지 들 정도로 기능이 충실하니까요……."

"그렇다니까, 바로 그거야. 너무나도 우호적이고 지원이 충실하니까 나중에 막대한 대가를 요구하는 거 아닌가하고 의심하는 사람도 많아."

"무소속으로 상황을 지켜보는 것도 괜찮을지 모르겠네요. 하지만, 아무런 문제도 없다면 그냥 뒤처지기만 할 뿐인 것도 사실이랍니다. 그래도 저는 이렇게 생각해요……, 모험자라면 우선 눈앞의 모험에 뛰어들어 봐야 하지 않나요? 위험부담을 두려워하는 자는 영광을 손에 넣을 수 없겠지요."

"린네짱이 그런 것처럼 말이지. 정말, 진정한 모험자야. 무시무시한 친구를 데리고 왔구나."

"이대로는 저도 점점 뒤처져버릴지도 모르겠으니 걱정이랍니다!"

"나도 동감이야~. 가능하면 추월하고 싶지만, 한 발짝 차이가 너무 크다고~."

낮잠 씨가 말한 대로 항상 어느 정도 위험부담을 신경 쓰지 않고 돌진하는 린네 양은 그에 걸맞는 보상을 계속 얻어나가고 있습니다. 지금은 린네와 함께 계속 행동하고 있기에 같은 레벨이 같을 뿐, 잠깐이라도 린네 양 곁을 떠난다면 눈 깜짝할 새에 뒤처져버릴 것 같네요.

"아, 맞다. 마신전에서 받을 수 있는 지원을 나도 좀 정리해 봤어, 이 메모에 적혀 있다고."

"감사해요! 이건 제가 정리한 내용이랍니다."

"고마워~. 도움이 되겠어~……, 오~, 내가 조사해 보지 않은 내용만 딱 있네."

"정말이네요, 무구 제작과 시체 안치소, 주물 제작 대행, 비스트 테이머……?"

낮잠 씨에게 받은 메모에는 제가 조사하지 않은 내용이 많이 적혀 있었답니다.

우선, [장의사 미샤]는 린네 양이 사용하는 스킬, 시체 안치소를 하나 빌려준다고 해요. 특수한 인벤토리로 간주하기 때문에 기존 인벤토리를 차지하지 않는 대신, 스킬 칸을 하나 차지해 버리는 단점이 있는 것 같아요. 필요가 없을 때는 미샤 씨에게 반납하면 스킬 칸에서도 사라져서 한 칸이 생기는 거고요.

그리고 시체 안치소에 수납한 몬스터의 시체는 장비와 저주받은 아이템까지 합쳐서 [주물사 카샤]에게 가지고 가면 페널티가 있지만 스펙이 좋은 장비로 변화시켜 준다고 해요! 단, 성공 확률은 꽤 낮아서 도박 같은 요소가 클 것 같네요.

그리고 지금 가장 인기가 많은 것 같은 게 [조교사 사디나]에게 부탁하면 얻을 수 있는 [비스트 테이머] 직업이라네요! 이쪽은 린네 양이 데리고 다니던 돈타 군을 자기도 키울 수 있게 될 것 같다고 엄청나게 신이 난 것 같은데요…….

"네? 시종이 죽어버리면 사라져 버린다고요?!"

"그렇대. 그래서 비스트 테이머는 시체 안치소가 필수야~."

죽어 버린 시종을 내버려 두면 사라져 버린다고 하네요. 시체 안치소에 수납한 다음 [반혼사 리자]에게 부탁해서 되살려야만 한 다니…….

그리고 감이 좋은 저는 그때 딱 눈치챘답니다. 미샤 씨, 카사 씨, 리자 씨는 틀림없이 린네 양과 같은 클래스, 사령술사(네크로맨서)군요! 린네 양은 나중에 선배들에게 인사를 드리는 게 향후를 생각해도 바람직하지 않을까요?

지금까지 알아낸 건 이 정도이려나요? 그리고 마신전 2층이 전부 우리 길드, [화서의 꿈]의 길드 하우스가 되었답니다! 용감하게 멜티스교와 맞서 싸워 지상 진출의 계기를 만들어낸 영광을 치하하는 의미로 특별 대우!! 단, 앞으로 우리 길드가 마신전을 본거지로 삼기에 어울리지 않는다고 판단될 경우, 쫓겨나버릴 가능성도 있지요. 그 사실을 부디 잊지 말라고 바빌론 님께서 못을 박아두셨으니 조심해야만 하겠어요.

그리고 길드 가구, [황금 바빌론상]의 효과로 길드 멤버 전원에게 [보물상자의 보너스 아이템 추첨 확률 증가, 데스 페널티 대폭 경감] 효과가 영원히 부여되었다네요! 보너스 아이템은 금화 주머니나 저주받은 코인 주머니 같은 환금용 아이템이죠! 데스 페널티는 사망할 때 잃어버리는 경험치가 겨우 1퍼센트로 줄어드는 것뿐만이 아니라 아이템을 잃어버릴 가능성이 대폭 줄어드는 효과까지 있다네요. 정말 기쁜데요……, 어머?

『끄으~응…….』

『멍!!』

돈짱은 모치린느 3세와 대련을 하고 있었던 모양이네요. 보아하니 엄청 깨진 것 같아서……. 모치린느 3세가 압도적으로 강하군요. 완전히 돈짱의 상위호환……. 마랑왕이라는 이름은 겉치레가 아닌 것 같아요.

"으음~……♡"

"행복해 보이네……."

"사랑하는 아이라는 칭호하고 바빌론 드레스까지 받았으니 실신한 것도 어쩔 수 없답니다."

"그래도 아직 페르짱이 준 아바타를 입고 있구나."

"제가 준 것도 넘기기는 싫다네요. 정말이지 욕심이 많은 아이라니까요~……."

"기쁘면서~."

"우후후, 기쁘답니다! 이제 안 입겠다면서 돌려주면 어떻게 해야 하나 했는데."

린네 양은 벤치에서 제 무릎을 베고 있답니다. 아뇨, 굳이 말하자면 허벅지를……? 자잘한 건 아무래도 상관없지요. 린네 양도 참, 한순간 깨어났을 때 아바타도 입고 싶다, 바빌론 님의 드레스도 입고 싶다, 그러니까 양쪽 다 입겠다는 말을 남기고 다시 실신했어요. 저와 바빌론 님의 선물이 동급이라고 하니, 왠지 정말 기뻐요……!

"저기, 린네짱은 내가 계속 길드 마스터를 해줬으면 좋겠다고 했는데, 정말 괜찮을까~? 나보다는 린네짱이 훨씬……."

"린네 양은 분명히 싫어할 거예요. 그리고 저도 낫잠 씨가 더 낫다고 생각한답니다."

"그렇구나~……, 응, 알겠어! 그렇게 생각해주다니 기쁜걸. 그럼 내가……, 길드 마스터를 계속 맡을게! 린네짱 일행에게 지지 않을 만큼 강해질 거야!"

"가, 각오할게요!"

화서의 꿈은 낮잠 씨가 길드 마스터를 이어서 맡게 되었네요. 린네 양은 길드 마스터 직책을 싫어할 테고, 서브 마스터 자리에서 마음껏 날뛰는 것 정도가 딱 좋을 것 같답니다! 앞으로도 낮잠 씨가 이끌어 나가는 정신 나간 집단으로서 최전선을 헤쳐나갔으면 하네요!

『아우우우~.』

"어머, 돈짱? 왜 그러나요?"

『아웅, 아우우웅……』

"배가 고픈가요? 핫게 씨, 핫게 씨~!"

"그래! 새로워진 스페셜 주방에서 최고의 요리를 대접해주마."

"기어코 조리모를 안 쓰고 항상 위험징어를 쓰게 되었군요……."

"귀엽지? 내가 하는 말하고 연동해서 포즈를 취해준다고."

"우와, 이제 능숙하게 다루게 되었군요?! 정말로 포즈를 취하고 있네요……."

『아우웅!!』

"으웅……? 연어알 초밥!! 웅……♡"

"린네 양, 방금 그거 잠꼬대인가요……?!"

"한참 자랄 때지……."

"더 이상 자라면 아무도 따라잡지 못할 거라고."

아쨩……?! 연어알 초밥을 먹고 싶나요……?! 어쩌죠, 현실로 돌아가서 아쨩네 집으로 초밥을 배달시킬까요……? 물론, 연어알 초밥을 많이 넣어서요!

◆ 멜티스 종합 게시판 Part 5001 ◆

1 무명의 모험자

깽판은 기본적으로 무시, 조용히 신고 버튼을 누를 것.

장비 시세나 아바타 거래 시세는 전용 게시판을 이용해 주세요.

테스트 게시물은 테스트 게시판에서.

정보 공유 게시판과 통합되었습니다. 앞으로 정보 공유는 이쪽에서.

[멜티스 업데이트 예고]

공식 홈페이지에 [토벌, 킹 킬러 타이거!], [PvP 대회·3부문]이 올라와 있습니다. 자세한 내용은 공식 홈페이지에 [URL은 여기]

[월드 퀘스트 실패]

여신 멜티스가 월드 퀘스트 [로레이의 성 멜티스 교회 방위전]을 발령하였습니다만, 마신 바빌론 진영에게 완전히 패배했습니다. 자세한 내용은 전용 게시판의 정보를 봐 주세요.

[로레이의 성 멜티스 교회 방위전 Part 12 URL]

흐름이 매우 빠르기 때문에 다음 게시판은 ＞＞9000이 만들 것.

＞＞9000이 만들 것 같지 않을 경우에는 ＞＞9200.

＞＞9200이 만들 것 같지 않을 경우에는 누군가가 나서서 만들어 주세요.

만들어지지 않을 경우에는 곧바로 그 내용을 올리거나, 올리는 법을 물어보세요.

게시판을 만들 때 메일 칸에 '#melt'라고 입력하면 됩니다.

아무래도 만들 수 가 없다, 만들고 싶지 않을 경우에는 절대로 건드리지 말아주세요.

　[멜티스 온라인·버그 정보, URL은 이쪽]

　[예전 게시판 Part 5000, URL은 이쪽]

2 무명의 모험자

＞＞1 만드느라 고생했음.

3 무명의 모험자

마신전에서 레벨 40까지 올릴 수 있다ㅋㅋㅋ으하ㅋㅋㅋㅋ

4 무명의 모험자

＞＞1 고생했음.

5 무명의 모험자

＞＞3 저저번부터 계속 이러잖아. 이제 멜티스교로 돌아갈 수가
없다고. 아~.

6 무명의 모험자

　성 멜티스 교회에 들어가도 얻는 게 별로 없지 않나? 이단심문
관 NPC 같은 건 나중에 마주치면 온 힘을 다해 도망치거나 쳐죽
여버리면 되잖아?

7 무명의 모험자

비스트 테이머!! 비스트 테이머!!

조교사 사디나짱 만세!! 조교사 사디나짱 만세!!

비스트 테이머!! 비스트 테이머!!

조교사 사디나짱 만세!! 조교사 사디나짱 만세!!

8 무명의 모험자

너무나도 기뻐서 눈에서 빔이 나온다.

9 무명의 모험자

멜티스 같은 건 이제 몰라————————ㅋㅋㅋ마족 환생 야호————
————ㅋㅋㅋ

10 무명의 모험자

화서의 꿈 멤버들 직업, 낯선 무기하고 스킬 투성이던데, 이거
구나!!

11 무명의 모험자

그때는 마신전도 없었는데 어떻게 마족 쪽 직업을 얻은 거야……?

12 무명의 모험자

어딘가 숨겨진 에리어 같은 곳에 바빌론교 교회가 있나?

13 무명의 모험자

몰라……. 애초에 마인 바빌론이라는 게 갑자기 나와서 혼란스
럽다고.

14 무명의 모험자
>>13 마신이야.

15 무명의 모험자
바빌론짱 엄청 귀여우니까 멜티스교 그만 두겠습니다~!

16 무명의 모험자
엄청 귀여워서 코피 터졌다ㅋㅋㅋ

17 무명의 모험자
나도 바빌론짱의 귀여움 때문에 바로 환생했어…….

18 무명의 모험자
바빌론짱 귀여워~, 앗싸————!! 대승리!!

19 무명의 모험자
화서의 꿈이 교회를 파괴했을 때 말이야. 척 보기에도 어수선한 틈을 타서 배신한 플레이어들이 있었지?

20 무명의 모험자
>>19 있었어. 그것도 꽤 많이. 장비를 빌렸던 초보 출신이나 예전에 도움을 받았던 사람들이 가세하더라. 그 사람들 때문에 끝까지 밀어붙이지 못한 것도 있고.

21 무명의 모험자
돈타 군, 너무 강하다고오~…….

22 무명의 모험자
돈타 군, 장난 아니야. 울음소리로 모두 기절시킨 다음에 멍하니 서 있는 플레이어를 꾹꾹 짓누르기만 하는 작업이라고.

23 무명의 모험자
교회가 붕괴한 뒤에 나왔던 붉은 머리에 빵빵한 더블 양손 도끼 미인도 장난이 아니었지(꼴까닥).

24 무명의 모험자
그건 여러모로 장난이 아니었지, 여러모로…….

25 무명의 모험자
넋이 나가 있다가 썰린 녀석들이 정말 많았다고…….

26 무명의 모험자
장비를 몰수당하지 않더라도 장비가 파손되어서 수리비가 엄청 나왔어ㅋㅋㅋ

27 무명의 모험자
장난이 아니었던 녀석들 Tier표
S : 돈타, 토네이더, 페르세우스

A : 오렐리아, 07XB785Y

B : 낮잠 정말 좋아, 레이지, 프리오닐, 핫게

C : 에리스, 히메치요

D : 기타 길드 멤버들

Z : 린네(딱히 아무것도 안 함)

28 무명의 모험자

돈타 군, 전체적으로 따져도 제일 많이 죽였겠지…….

29 무명의 모험자

오렐리아가 제일 많이 죽였을 거야. 틀림없이.

30 무명의 모험자

　오렐리아의 알 수 없는 언어에서 이어지는 뭐시기 네이팜이 화속성 대책을 세우지 않았던 녀석들 카운터라 어떻게 해볼 수가 없더라…….

31 무명의 모험자

　＞＞27 너는 아무것도 모르는구나.

S : 돈타, 페르세우스, 오렐리아

A : 토네이더, 07XB785Y

B : 낮잠 정말 좋아, 에리스, 프리오닐, 핫게

C : 레이지, 히메치요

D : 길드 멤버들

Z : 린네(딱히 생략)

이거지. 레이지는 개인만 상대할 수 있으니까 그렇게까지 위협적이진 않았어.

32 무명의 모험자

그 레이지조차 아무도 쓰러뜨리지 못했단 말이지…….

33 무명의 모험자

카타나 든 녀석들은 역시 약하다는 느낌이 장난 아니네ㅋ

34 무명의 모험자

카타나 계열 무기는 약하니까…….

35 무명의 모험자

레나쨩 무기가 머스켓 총이었던 거, 아무리 생각해도 그게 제일 장난 아니었는데.

36 무명의 모험자

낮잠도 힘이 떨어진 느낌이긴 했는데, 그 범고래 인형으로 얻어맞으면 위독한 출혈에 걸려서 엄청난 기세로 HP가 줄어든다고…….

37 무명의 모험자

마지막까지 힘이 떨어지지 않았던 게 돈타 군, 확실하게 죽이는 콤보가 장난이 아니야. 틀림없이 Tier S.

페르세우스는 마술이나 사격, 타격이 안 통하던데……? 꽤 장난이 아니긴 한데 조건부일 듯.

오렐리아는 섬멸 범위가 장난이 아니야. 완전히 잡몹 킬러, 무자격자 킬러.

토네이더하고 레나는 화력 괴물. 특히 토네이더의 공격을 맞으면 장비가 파손되는 게 지갑에 타격이 커. 후반에만 있었던 게 그나마 다행.

낮잠은 공격을 맞으면 위독한 출혈, 초강력 독 때문에 HP가 모조리 깎여. 스치기만 해도 장난이 아니야.

에리스는 조심만 하면 피할 수는 있었어. 하지만, 돈타 군의 추격타를 피할 수가 없어.

레이지, 히메치요 같은 카타나파는 잘 모르겠어. 별로 강하지는 않은 것 같은데, 쓰러뜨리지는 못했어.

프리오닐은 오렐리아하고 레나를 지켜주는 역할. 엄청 튼튼해, 이모티콘 짜증나ㅋ

린네……? 아 무 것 도 안 했 어.

38 무명의 모험자
가짜 정보가 슬쩍슬쩍 올라오니까 얼마나 강한지는 진짜로 싸웠던 녀석들만 알겠지…….

39 무명의 모험자
린네는 화속성 마술이 안 통한다거나, 히메치요는 일격 즉사기를 가지고 있다는 거 말이지ㅋ 대놓고 뻥치는 녀석들이 너무 많아.

40 무명의 모험자

강한 플레이어를 떠받들어주고 싶어 하는 마음은 이해하지만 말이지……ㅋ

41 무명의 모험자

아니, 그렇더라도 진짜로 너무 강한데.

42 무명의 모험자

마지막에 마신전이 나타난 건 제한 시간이 끝나서 그런 게 맞아?

43 무명의 모험자

그건 제한 시간 때문이었겠지

44 무명의 모험자

그거 말고 다른 이유가 있나?

45 무명의 모험자

시간이 그렇게 오래 걸렸으니까. 상대방도 성공 조건이 있었다면 얼른 달성했겠지.

46 무명의 모험자

누군가가 마신전을 만드는 스킬을 가지고 있었던 거 아니야?

47 무명의 모험자

그렇게 규모가 큰 걸 만드는 스킬 같은 게 있을 리가 없잖아ㅋ
ㅋㅋ

48 무명의 모험자
마신전 NPC, 다들 멋지다, 귀엽다, 예쁘다아…….

49 무명의 모험자
나는 재앙 아라크네 씨!!

50 무명의 모험자
갑자기 고수가 오셨네……, 나는 사디나짱!!

51 무명의 모험자
장의사 미샤 씨, 완전 다우너에 엄청 어두운 오라를 뿜어내는
미스테리어스 미인, 장난 아니야…….

52 무명의 모험자
너희들, 사진 정도는 올려라, 사진!!!

53 무명의 모험자
[모치린느 3세님.jpg]

54 무명의 모험자
>>53 흐어억?!

55 무명의 모험자
돈타 군 2호?!

56 무명의 모험자
이거 돈타 군이잖아……, 어라? 무늬가 다른데ㅋㅋㅋ 돈타 군하
고 다르게 하얗고 두꺼운 눈썹 무늬가 없어ㅋㅋㅋ

57 무명의 모험자
모치린느 3세라니, 이름이 귀엽잖아 임마ㅋㅋㅋㅋㅋㅋ

58 무명의 모험자
그 교관님, 엄청 강함다……(꼴까닥)

59 무명의 모험자
『모치린느 3세(Lv.????)가 [초궁극 마랑권]을 발동, 궁극의 오른발
이 작렬!! Weak! 크리티컬! 데미지를 2665779 입고 쓰러졌습니다.』

60 무명의 모험자
2.6M ㅋㅋㅋㅋㅋㅋㅋㅋㅋㅋㅋㅋㅋ

61 무명의 모험자
돈타 군의 완전 상위호환일 거라고요, 분명히…….

62 무명의 모험자

너무 강하잖아…….

63 무명의 모험자
이거 진짜야……? 싸울 의미가 있나……?

64 무명의 모험자
레벨이 네 자리야?! ㅋㅋㅋㅋ

65 무명의 모험자
아니, 레벨 차이가 너무 심하면 어떤 상대든 (Lv.????)로 뜨니까 네 자리는 아닐 거야.

66 무명의 모험자
흐에엑~, 강하네————…….

67 무명의 모험자
>>63 있지. 모치린느 3세짱 말을 통역해주는 애가 '위에는 위가 있다는 사실을, 우선 알아주세요'라고 말한 다음에 저걸 맞으면 경험치를————, 엄청 많이 얻어. 그리고 다음부터는 손대중을 해주면서 '이건 이렇게 하는 게 좋을 거예요', '이 기술을 습득할 수 있게끔 노력해 주세요'라고 가르쳐 줘.

68 무명의 모험자
흐에~……. 나도 마신전으로 갈까.

69 무명의 모험자

마신전은 멜티스 교회의 표적이 될 테고, 돌이킬 수 없게 되니까 그만두라고 다들 그러잖아. 함정이라고.

70 무명의 모험자

69>> 시험해볼 용기가 없을 뿐이지. 그리고 멜티스 온라인의 모토는 자유니까, 마음대로 해도 되지. 네가 겁쟁이일 뿐이야.

71 무명의 모험자

마신전에 갈 건지, 지금까지처럼 할 건지, 그것도 하나의 선택이겠지.

72 무명의 모험자

지금까지 알아낸 가능 직업 리스트

·엘리멘탈 소드맨(마술을 검에 깃들이는 검사, 아마 페르세우스가 이거)

·다크 나이트(화·암속성 공격이 특기인 기사 계열)

·가디언(아무리 비겁한 수단을 써서라도 동료들을 지키는 중기사, 아마 프리오닐이 이거)

·버서커(말 그대로, 아마 토네이더가 이거)

·로그(플레이어 장비를 훔치지는 못한다는 주의사항 있음)

·어새신(멜티스 쪽과는 달리 나이프 계열이 아니라 암기나 다른 무기, 아마 에리스가 이거)

·스트리트 파이터(무술이라기 보다는 싸움박질, 비겁한 수단을

아무렇지도 않게 씀, 아마 낮잠 정말 좋아가 이거)

· 그래플러(종합격투기 계열 무술가)

· 거너(일단 총이 있어야 뭐라도 하지. 지금은 얻을 수만 있음, 레나는 틀림없이 이거)

· 다크 헌터(상태이상 계열을 부여하는 검 or 채찍 사용자. 함정 도 만들 수 있고 쓸 수 있음)

· 스나이퍼(방어 쪽을 완전히 포기한 궁수 계열 직업. 위력이 엄청 강하다고 함)

· 귀검사(귀신 가면을 쓴 검사, 나기나타도 다룰 수 있는 모양. 가면을 쓰면 파워 업, 전직하기에 따라서는 귀신 가면 말고도 또 있을지도? 레이지는 틀림없이 이거)

· 전처녀(귀검사 여성 버전. 가면은 종류가 다양함, 히메치요가 이거)

· 위저드, 위치(마술 계열을 다룰 수 있는 마술 직업이지만, HP 가 전혀 늘지 않고, 툭하면 죽어서 여러모로 장난이 아님. 사역마 로 고양이와 박쥐가 나와서 귀여움, 오렐리아가 이거)

· 비스트 테이머(몬스터를 잡아서 조교한 다음에 동료로 만들 수 있음! 단, 본체는 약해! 린네는 틀림없이 이거!!)

· 다크맨서(암속성 마술을 쓸 수 있지만, 난이도가 꽤 높고 마술을 발동할 때 촉매라는 소비 아이템이 필요함. 꽤 귀찮을 것 같은 느낌)

· 다크 프리스트(암속성 마술로 회복 계열 마술을 쓸 수 있음! 다크 엔젤로 천사 계열을 쓸어버릴 수 있다는데!)

지금까지 알아낸 클래스는 이상이다!!

73 무명의 모험자

＞＞72 빠르네~, 멋지다!

74 무명의 모험자

＞＞72 크윽, 유능하군.

75 무명의 모험자

72 비스트 테이머!! 비스트 테이머!!

76 무명의 모험자

＞＞72 이거 스나이퍼는 진짜 강해. 멜티스에서 아처인 녀석들은 모두 하위직이라는 느낌이 들 정도로 강하다고ㅋ 아처 주제에 체술 같은 걸 익히니까 싫었다고ㅋ

77 무명의 모험자

＞＞72 초보에게는 엘리멘탈 소드맨 진짜로 추천. 적의 약점 속성을 기억해 두면 화·수·풍·토 속성 마검을 쓸 수 있으니까 데미지가 팍팍 올라!

78 무명의 모험자

＞＞72 능력자네.

79 무명의 모험자

우와, 엄청 하고 싶은 직업만 있잖아…….

80 무명의 모험자

스파는 진짜 어려운 직업인데. 낮잠은 용케도 이런 직업으로 살아남았구나…….

81 무명의 모험자

어새신은 이쪽에도 있는데 차이가 있나……?!

82 무명의 모험자

이쪽 어새신이 더 멋있을 것 같아(편견)

83 무명의 모험자

버서커는 파티에 회복할 수 있는 녀석이 있으면 진짜 강해ㅋㅋㅋ 아직 레벨 40인데 퍽퍽 때리면 데미지가 다섯 자리 후반이 보인다ㅋㅋㅋ

84 무명의 모험자

이렇게 보니 방어 쪽이 허술한 직업이 많네…….

85 무명의 모험자

정말이네. 공격 쪽으로 치우쳐 있어.

86 무명의 모험자

아~, 혹시 이거, PVP 이벤트 때 말이야, 멜티스 진영 클래스가 우승할지 바빌론 진영 클래스가 우승할지, 대항전을 벌이게 되는

거 아닐까ㅋㅋ

87 무명의 모험자

추가 정보

[무기 장인, 육완의 귀인 아수라]

·무기를 만들어 줌, 팔아줌.

·고집이 세고 말이 험하지만 사실은 자상하다고.

[직조 장인, 재앙 아라크네의 올리비에]

·방어구를 만들어 줌, 팔아줌.

·같은 말을 네 번 반복함, 좀 무서움.

[전술 교관, 무인 로쿠도]

·레벨 40까지 돌봐 줌.

·호쾌하게 웃고 정말 좋은 아저씨.

·근접 무기를 사용하는 계열 직업은 이 사람에게 전직을 부탁하면 된다.

[무술 교관, 마랑왕 모치린느 3세]

·레벨 40까지 돌봐 줌.

·두들겨 패는 계열 직업은 이 분.

·엄청 복슬복슬.

·레이디니까 지나치게 만져대는 건 엄금.

·통역을 해주는 애가 귀엽다.

[사격술 교관, 자동인형공주 그림힐데]

·레벨 40까지 돌봐 줌.

·구체관절 로봇 소녀.

·무시무시할 정도의 속사, 그리고 정확함.

·더듬거리는 말투가 귀엽다.

·구체관절 성애자는 일단 만나러 가라.

[마술 교관, 재앙의 마녀이자 초대 스텔라벨체 여왕, 에키드나]

·레벨 40까지 돌봐 줌.

·엄청 거만한 말투로 말하는 여왕 폐하, 1인칭은 소첩.

·하반신(허벅지 아래)이 뱀, 어떻게 한 건지는 모르겠지만 입었다……!

·모든 속성 마술을 씀.

·여자 몬스터를 좋아하는 사람들은 만나러 가라, 반드시.

[진리의 추구자, 연금마도사 아르스]

·다양한 포션을 마구 만들어서 제자가 판다.

·만약에 연금술을 진심으로 배우고 싶다면 제자가 되어야 하나?

[진리의 추구자, 마도 기술자 마그나]

·마도구를 마구 만들어서 제자가 판다.

·마도 랜턴이나, 마도 풍로처럼 마정석으로 움직이는 마도구를 만든다.

·만약에 마도구 제작을 배우고 싶다면 제자가 되어야 하나?

[장의사 미샤]

·매우 중요한 NPC!!

·[시체 안치소]라는 관 아이템을 1개 빌려줌.

·여기에 몬스터의 시체를 넣으면 보관이 가능하며, 비스트 테이머는 사역수가 쓰러질 경우 여기에 넣으면 보호할 수 있음.

·혹시 레벨이 오르면 2개 빌릴 수 있을, 지도……?

·미망인 느낌을 팍팍 풍기는 미스테리어스 귀부인, 취향에 맞는 사람에게는 잘 먹힐 외모.

[주물사 카사]

·중요한 NPC 중 한 명!!

·[시체 안치소]에 있는 시체와 소체로 쓸 장비, 저주받은 아이템을 조합해서 아이템을 만들어줌

·성공 확률은 꽤 낮음. 대충 5~60퍼센트 정도?

·쓸만한 장비는 유니크까지?

·부여되는 능력이 완전히 랜덤이라 이름이 똑같은 장비라도 전혀 다르게 바뀔 경우도 있다.

·불이익과 이익이 잘 들어맞으면 터무니없이 강한 장비가 된다.

·예를 들어 원거리 데미지 -20%, 근거리 데미지 +10%. 이런 게 액세서리 계열에서 나옴.

·가끔 슬롯이 딸린 장비가 되기도 함.

·앞으로 무조건 신세를 지게 될 NPC.

·[반혼사 리자]

·중요한 NPC 중 한 명!!

·다크 프리스트로 전직 가능.

·[시체 안치소]에 수납한 사역 몬스터를 부활시켜준다.

·대가는 마정석, 몬스터에 따라 마정석의 랭크가 올라가려나?

·비스트 테이머는 분명히 신세를 지셨시!

[마신전 요리장 쿡]

·중요 NPC 중 한 명!!

·쿡이 만들어 둔 요리를 구입해서 먹으면 일시적으로 능력이 강

해진다.

·예를 들어 1시간 동안 HP +25%, 1시간 동안 MP 회복 속도가 +200%.

·가격이 조금 비싼 게 문제…….

·던전에 가기 전에는 반드시 먹어야 할 듯.

·일단 가지고 갈 수 있는 요리라면 던전 앞에서 먹어도 될 듯.

·다시 말해, 가지고 갈 수 있는 요리는 비쌉니다…….

[조교사 사디나짱]

·부탁하면 비스트 테이머가 될 수 있음.

·엄청나게 귀여운 로리.

·단, 성격은 엄청나게라는 수식어가 잔뜩 붙을 정도로 심한 S.

·비스트 테이머 동료에게는 상냥함!

·사역 몬스터에게도 정말 상냥하고!!

이상, 다른 NPC 기능은 아직 모름!!

88 무명의 모험자

>>87 너, 야생의 신이냐?

89 무명의 모험자

비스트 테이머!! 비스트 테이머!!

조교사 사디나짱 만세!! 조교사 사디나짱 만세!!

비스트 테이머!! 비스트 테이머!!

조교사 사디나짱 만세!! 조교사 사디나짱 만세!!

90 무명의 모험자
슬슬 진정하지?

91 무명의 모험자 ※경고 레벨 1
비스트 테이머!! 비스트 테이머!!
조교사 사디나짱 만세!! 조교사 사디나짱 만세!!
비스트 테이머!! 비스트 테이머!!
조교사 사디나짱 만세!! 조교사 사디나짱 만세!!

92 무명의 모험자
음~, 미안ㅋ 기쁜 건 알겠는데, 신고!ㅋ

93 무명의 모험자
진짜, 할 수 있는 게 단숨에 늘었네~.

94 무명의 모험자
멜티스 교회가 노릴 텐데? 어떤 마을에 가도 표적이 된다면 플레이하기가 힘들잖아.

95 무명의 모험자
모든 마을에 멜티스 교회가 있는 것도 아니삲아.

96 무명의 모험자
>>87 오오, 오오, 고마워어······!!

97 무명의 모험자

＞＞87 이거하고, ＞＞72 이거, 고정 틀에 넣자. 플레이어 네임이나 주관적인 평가만 조금 손봐서.

98 무명의 모험자

고정 틀 찬성.

99 무명의 모험자

고정 멤버 모치린느 3세 만세

100 무명의 모험자

3세하고 만세로 말장난하는 거야?

101 무명의 모험자

돈타 군도 그렇고, 모치린느 3세도 그렇고, 기적같은 귀여움이야…….

102 무명의 모험자

봐 줘어어어어어어.

[테이밍 울프.jpg]

103 무명의 모험자

＞＞102 우오오오오오!! 드디어 성공했구나!!

104 무명의 모험자
시체 안치소는 빌렸지?!

105 무명의 모험자
빌렸어! 정말, 정말 너무 귀여워서, 평생 복슬복슬하고 싶어……! 그런데 엄청 물려!

106 무명의 모험자
오오오오~, 드디어 테이밍 성공자가 나타났나……!

107 무명의 모험자
사역 몬스터가 너무 많이 죽으면 반역이라고 해야 하나, 이탈할 것 같은데.

108 무명의 모험자
그러게~.

109 무명의 모험자
>>102 패 하시네요!

110 무명의 모험자
린네짱도 저런 식으로 시작했겠지…….

111 무명의 모험자

HP가 70밖에 안 돼, 엄청 무서워.

112 무명의 모험자
70ㅋㅋㅋㅋㅋㅋ

113 무명의 모험자
으엑……, 돈타 군까지 성장시키려면 시간이 엄청 오래 걸릴 것
같네…….

114 무명의 모험자
비스트 테이머, 혹시 린네짱의 돈타 군 이미지가 강한 것 뿐이
고…………, 힘든 직업 아닌가?

115 무명의 모험자
아닌가? 가 아니라 무조건 힘들 걸? 몬스터 레벨도 올려줘야 하
고, 자기 레벨도 올려야 하고, 관리해야 할 것도 늘어나고, 밥값 같
은 것도 들 것 같은데. 로그아웃한 동안 밥 줄 것도 생각하면 어려
울지도 몰라. 어디 살지, 그런 문제도 있겠지?

116 무명의 모험자
그러고 보니 비스트 테이머, 사역수 수납 기능 같은 게 없구
나ㅋㅋㅋㅋㅋㅋㅋㅋㅋㅋㅋ

117 무명의 모험자

…………돈타 군은 길드에서 돌봐주고 있겠구나!!

118 무명의 모험자
아————!!

119 무명의 모험자
전혀 생각 못하고 있었네.

120 무명의 모험자
이거 어쩔 거야.

121 무명의 모험자
비스트 테이머들끼리 서로 돌봐 주는 길드라든가…….

122 무명의 모험자
그거 괜찮네. 오히려 안 만들면 힘들겠어.

123 무명의 모험자
비스트 테이머 제군, 마신전 앞으로 모여————!!

124 무명의 모험자
큰일 났네ㅋㅋㅋㅋ

125 무명의 모험자

이거, 비스트 테이머 길드를 만들고 길드 하우스를 빌린 다음에 거기서 서로 돌봐주는 느낌인가?

126 무명의 모험자
>>125 안 그러면 로그아웃 중에 사역수가 큰일 난다고ㅋ

127 무명의 모험자
사역수하고는 의사소통이 가능한 것 같고, 양쪽 다 레벨이 오르면 들리는 단어, 말해줄 수 있는 단어가 늘어나는 것 같아요! 기다려라거나, 집을 보라거나, 그런 걸 가르치지 않으면 문제가 생길지도 모르겠네요!

128 무명의 모험자
비스트 테이머도 힘들겠네……, 외톨이 다크 프리스트, 파티 멤버가 없어서 울고 있음.

129 무명의 모험자
>>128 나와 함께 사냥을 가지 않겠나? 41 버서커.

130 무명의 모험자
>>128 같이 안 갈래? 41 검희야~!

131 무명의 모험자
뭔가 종합 게시판 같지 않을 정도로 훈훈해지기 시작했네.

132 무명의 모험자

그렇게 많은 인원 차이로 덤벼놓고 졌으니 그야 아무런 말도 못 하겠지, 그쪽은ㅋㅋㅋ

133 무명의 모험자

인원이 20배 정도는 차이가 났는데 졌으니까…….

134 무명의 모험자

게다가 방어하는 쪽에서 압도적으로 불리한 조건으로 말이지.

135 무명의 모험자

＞＞129 ＞＞130 진짜로요……?! 마신전 입구, 비스트 테이머 씨네 반대쪽에 있슴다! 잘 부탁드림다!!

136 무명의 모험자

＞＞135 오케이~. 말재주가 없어서 말은 거의 안 하겠지만, 화가 난 건 아니니까.

137 무명의 모험자

＞＞135 지금 갈게요~!!

138 무명의 모험자

오~, 열심히 하고 와~.

139 무명의 모험자
팍팍 모험하러 가라고!!

140 무명의 모험자
좋은데, 활기가 넘쳐서 최고야……!

141 무명의 모험자
자, 나도 다시 시작하러 가볼까.

142 무명의 모험자
즐겁다……! 즐거워……!

143 무명의 모험자
실례합니다, 초보인데 지금은 어떻게 해야 좋을까요? 마계 직업 같은 게 있다고 들어서 저희도 해보고 싶은데요…….

144 무명의 모험자
＞＞143 마계 직업은 멜티스 교회로 돌아가지 못하게 되니까 하지 마. 분명히 후회할 거다.

145 무명의 모험자
＞＞143 일단 로레이로 와야 하는데, 정 뭐하면 내가 데리러 가줄게. 저희라고 하는 걸 보니 여러 명이지?

146 무명의 모험자

>>145 네! 세 명이에요. 지드에 있어요! 소드맨, 실더, 매지션입니다!

147 무명의 모험자

뭐야, 여기, 왠지, 평소와는 다른데……? 따스해……? 어째서……?

148 무명의 모험자

보통은 깽판치면서 마구 폭언을 해대곤 했으니까ㅋㅋ 이상한 느낌이네ㅋㅋㅋ

149 무명의 모험자

이게 정상일 텐데 말이지ㅋ

150 무명의 모험자

>>146 오케이, 갑니다! 42 레벨 스나예요.

151 무명의 모험자

>>146 실수, 스나는 스나이퍼고.

152 무명의 모험자

40이라면 로레이의 폐교회도 꽤 편하지 않나……?

153 무명의 모험자
폐교회 파티나 모집할까? 갈 사람 모여~, 나는 41 엘소

154 무명의 모험자
재미있어지네……ㅋ

155 무명의 모험자
아, 마신전 최고야. 갓 콘텐츠잖아, 이거.

156 무명의 모험자
[속보] 마신 바빌론을 숭배하는 말을 여러 번 하면 마신 숭배 스킬을 얻을 수 있는 듯.
그리고 효과는 카르마 수치 마이너스 100! 카르마 수치가 낮아야 장착할 수 있는 장비를 편하게 장착할 수 있음!

157 무명의 모험자
>>156 우오오오오오오오, 저번 게시판에 올라왔다고ㅋㅋㅋㅋ
ㅋㅋㅋㅋ

158 무명의 모험자
>>156 저번 게시판에 올라왔던 중복 정보긴 하지만, 끌올 기특하네ㅋㅋㅋㅋ

159 무명의 모험자

>>156 엄청 신나서 올렸겠지……ㅋ

160 무명의 모험자
다들 한 번쯤 그러곤 하잖아……ㅋ
>>153 갈게요~! 41 스파

161 무명의 모험자
그럼 나도 마족 환생하러 갈까ㅋㅋㅋㅋ

아, 네. 이제야 깨어났어요. 지금은 뭐하고 있냐고요? 바빌론 님께서 계신 3층에서 세이렌 로렐라이쨩을 부활시키기 위해 의식을 치르고 있어요.

교회에서 탈출할 때 아치바르인지 뭔지는 잊어버렸지만 대주교를 다그쳐서 로렐라이쨩의 유해가 어디 있는지 알아냈으니까 폭파하기 전에 어수선할 때 슬쩍 회수해두었거든.

그런데 제가 어째서 바빌론 님 앞에서도 쓰러지지 않느냐고요? 그건 말이죠? 토네이더 씨에게 받은 스페셜한 음료 덕분이죠. 이거 마셔도 괜찮은 건가요? 라고 운영 쪽에 실시간으로 질의응답을 할 수 있는 기능으로 물어봤더니 "가상 세계의 아이템이기에 건강에 영향은 없습니다."라고 대답하길래 단숨에 마셨죠.

그랬더니 놀랍게도 보스 속성이나 불사 속성 같은 건 아무런 상관도 없이 효과가 있었어요. 대단하네, 대단해. 상태이상이 아니라 [좋은 기분]이라는 플러스 효과라서 문제가 없는 모양이네요. 딸……꾹……. 후훗……. 아, 참고로 주위에 있는 멤버는 말이지, 페르쨩하고 시종 모두야. 다른 사람들은 지금 바쁘다고 해서 없어.

"그럼, 네. 할게요~."

『린네가 차분해서 오히려 무섭네…….』

"설마 마시면 냉정해지는 타입일 줄은 몰랐어……."

"자. 일어나라."

"막무가내로 하네요……?!"

그러니까, 저기, 깨우겠습니다. 세이렌 로렐라이쨩. 네, 일어나 주세요~.

『완전 부활을 위한 소재를 확인……, 발하라의 꽃, 별의 모래, ★5 마정석, 무구한 다이아몬드, 멈추지 않는 심장, 백은의 하프. [애니메이트 데드]가 발동————, 간섭을 무효화.』

『여신 멜티스의 간섭은 실패하였습니다. 대상 언데드가 부활합니다.』

『세이렌이 당신의 시종이 되었습니다. 이름을————, 이름은 [로렐라이]입니다.』

일어났다————. 이예이————.

"오오오오오, 바빌론 님! 일어났어요, 일어났다고요! 우와, 가슴 크다! 나하고 괜찮은 승부가 되지 않을까? 연분홍색 머리카락도 귀엽네! 눈은? 빨갛구나! 좋은데. 이 까만 날개는 어디서 돋아난 거야? 만져도 돼?"

"어, 어, 어, 어……."

"조금만 만져볼게? 괜찮지? 만질게 오오, 의외로 부드럽네!"

"나, 나는 죽지 않았나……? 저기, 잠깐만?! 당신, 아까부터, 잠깐만, 거기는 민감하니까아!! 거기는 안 만졌으면 좋겠거드은!!"

"어~? 괜찮잖아. 이제 내 시종이니까, 자잘한 건 따지지 말고————, 끄억……?!"

『아우!! (주인! 신입이 싫어하잖아!)』

"흐윽……, 끄윽……! 무거워……!!"

"아, 아니구나, 이거, 서서히 리미터가 풀리는 타입이구나……."

"언니, 더 이상 만지면 안 돼요!"

"저도, 갑자기 그건 좀……!"

"무거워……, 돈타, 무거워……."

어째서어……!! 너(돈타)도, 너(토네이더 씨)도, 너(리아짱)도, 너(치요짱)도, 내 소중하고 귀여운 시종인데, 어째서 말리는 거야아아……, 흐아아아아아~……. 돈타 따뜻하네…….

"돈타, 따뜻하구나? 복슬복슬해……."

『크윽……! 크으윽……!』

"어……? 나, 이런 주정뱅이 같은 인간이 기세만으로 깨운 거야……?"

"로렐라이짜아아아아앙!! 귀엽구나!! 오늘부터 로라짱이라고 부를 테니까아!! 아아!! 토네이다 씨는 언니야!!"

"내, 내가, 언니?!"

"으으으……. 죽고 싶어……. 이런 인간에게……! 도겔……, 도게에엘……."

"아!! 그 녀석은 얼마 전에 폭파시켰어!! 내가, 당신이 좋아하던 사람하고 말이야, 나탈리아?! 라고 했나?! 고스트가 되어서 겨우 함께 지낼 수 있으니 기쁘다고~! 당신은 천사야~라고 하길래 말이지!! 폭파시켜 줬다고!!"

"말도 안 돼애애……?! 도겔하고, 그 나탈리아를, 폭파아아……?!"

『아하하하하하하하하하!!! 이제 못 참겠어~!!! 기세에 몸을 맡기고 언데드를 깨운 다음에 마구 성희롱하고는 연인과 연적을 폭파했다고 말해주다니, 믿기질 않아~♡ 아하하하하하하~!!』

응?? 바빌론 짱이 왠지 웃고 있네! 아, 돈타 따뜻하다……. 복슬복슬해…….

"잠깐만, 나에게 자세히 설명해줄 의무가 있을 것 같은데!"

"돈타가……, 따뜻해~……, 복슬복슬~……."

"복슬복슬은 무슨! 설명!! 이봐! 설며엉!! 나……, 나는, 나는, 이런 말을 듣기 위해서 깨어난 거야?! 믿기지 않네!! 자지 마!!"

"아흐아흐~……."

『아후아후~…… (어떻게 하지? 비키면 또 할 텐데?)』

"누르고 있어!! 아니, 그래도, 누르고 있으면 자 버리잖아, 아아아!! 정마알~!!"

『아~하하하하하하!! 웃겨~!! 모처럼 로렐라이가 깨어났는데 다 망쳤잖아♡』

————내 기억은 일단 거기서 끊겼다. 5분 정도 뒤에 깨어난 것 같지만.

세이렌의 로렐라이, 로라짱은 깨어난 뒤에 페르짱 같은 사람들에게 지금 상황과 현대의 로레이에 대해 이것저것 들은 모양이다. 도겔과 나탈리아는 정사에서 예전에 사라졌다는 것, 우리가 과거로 돌아가서 도겔과 나탈리아를 폭파시켰다는 이야기도 듣고는 과거의 자신이 얽매여 있었던 것이 이렇게 쉽사리 재가 되어버리는 거냐면서 한참 풀죽어 있다가 고민하며 괴로워했던 게 너무나도 바보 같아져서 감정이 언더플로우를 일으켜 털어내 버린 것 같았다.

"————————저기~? 이게 진짜로~, 내 이름이 붙은 도시야……?"

"나도 놀랐지만 말이지, 틀림없이 여기가 로레아야. 로렐라이의 이름을 붙인 도시지."

"저는 이곳에 도착하지 못하고 배가 고파 객사했던 참에 깨워주셔서……."

"나는 부활 의식을 새치기당해서 깨어났거든? 기세는 내 쪽이 훨씬 강하다고!"

"저는 처음에 스켈레톤이었어요……. 목소리도 못 내고, 말을 할 수 있게 되는 것만으로도 힘들었다고요!"

『아우~! (나는 말이지, 제일 먼저 시종이 되었어!)』

"내, 내 대선배가……, 멍멍이야……?!"

"모두의 선배지. 괜찮아, 돈타, 기다려!"

『크릉!! (싫어!!)』

"보면 알겠지만, 거의 린네 말밖에 안 듣거든."

『(; ˋ °Д° ´)』

음~, 언니하고 로라짱은 사이좋게 지내는 것 같은데, 왠지 다른 멤버들하고는 아직 어울리지 못하는 것 같네……. 그리고 내가 스테이터스를 확인하려 해도 "요청이 거부당했습니다. 전면적인 신뢰를 얻지 못했기에 확인할 수 없습니다."라고 떠서 볼 수도 없고.

앞으로 끈기 있게 커뮤니케이션을 해 나갈 수밖에 없으려나? 뭐, 모두가 처음부터 우호도가 높은 것도 아닐 테고, 이런 패턴도 있다는 것도 배우게 되었으니 상관없지만.

"또 저를 망측한 눈으로 보는 거 아닌가요……?"

"안 봤어, 안 봤어. 조금만."

"봤네~!!!"

"린네도 이쪽으로 와서 앉아. 이번에는 아까보다 약한 음료로 줄게."

"아, 아뇨, 사양할게요……!"

"음~, 그래?"

아니, 약하다고 해도 좀 전에는 조금 마신 것만으로도 쓰러졌는데, 이제 마시고 싶지 않아……. 이제 절대로 안 마신다고, 못 마시는 건 못 마시는 거야!

『있지, 맛이 간 여자~? 위험한 유해가 하나 더 있었잖아?』

"네? 저기……."

『응?』

어? 위험한 유해가 하나 더? 그때 그레이터 레저렉션으로 되살리려 했던 건 토네이더 언니뿐이고, 로라짱은 아직 되살리지 못한 상태였지. 늦지 않았다고 했던 걸 내가 새치기해서 먼저 깨웠으니까, 으음…….

"아뇨, 마침 언니를 깨우려던 참에 방해했을 때 상대방이 "늦지 않았다!"라고 했으니 제가 일찍 도착해서 아무도 깨우지 못했을 거예요!"

『음~……, 그래? 영묘에 있었던 건 대주교 두 명뿐이었구나?』

"네, 맞아요!"

"린네 양, 노라노라는 그분에게서 천사의 육체를 받았다고 했죠."

"아, 그러고 보니 전이로 한 명 도망쳤다고, 했던 것 같은데……."

"린네 공, 제 기억이 틀리지 않다면 관이 이미 두 개 열려 있었습니다."

그러면, 혹시 우리가 도착한 타이밍이……?

『이미 한 명을 되살린 뒤였던 모양이구나.』

"나보다 먼저 부활시키려 한 녀석이 있었다고? 거슬리는데."

『잔혹영애 그란디스 바토리. 사리사욕을 위해 영지의 주민들을 모조리 죽이고 나라를 멸망시키기까지 한 광인이야. 다른 사람들의 목숨을 쥐어 짜내고 피를 뒤집어쓰면 무한한 생명을 얻을 수 있을 거라 믿는 괴물이지.』

『……!!』

그란디스 바토리……. 우리가 도착했을 때는 이미 부활한 뒤였다고? 그런 사람은 도착했을 때는 흔적도 없었는데. 그 영묘에 대주교가 한 명 더 있었고, 그 사람이 그란디스와 함께 전이로 도망친 건가……? 늦었던 건 우리 쪽이었어……?

"모르는 이름인데."

"저는 들어본 적이 있어요……. 100년 정도 전에 스텔라벨체 사막 북동쪽에 있는 나라에 불사자들이 넘쳐났다는 이야기를 책에서 본 적이 있거든요."

『옛 고르고라 왕국, 그란디스에게 멸망당하지 않았다면 지금쯤 신 루테오라 공화국에게 흡수당했겠지. 그란디스의 유해는 루테오라의 멜티스 교회에 안치되어 있었는데, 루테오라에서 혁명이 일어났을 때 멜티스 교회도 함께 파괴되어서 그 유해도 교회와 함께 사라졌다고 알려졌지만, 남몰래 로레이로 옮겨두었던 거야.』

나라를 하나 멸망시킨 악녀가 세상에 나와버렸구나……. 로레이에는 바빌론 님이 있으니까 괜찮겠지만, 다른 나라는 어떻게 될지…….

『그란디스를 부활시킨 자는 나도 추적하지 못할 정도로 흔적을 없애는 능력이 뛰어나. 린네, 힘들긴 하겠지만 당신들은 그란디스를 부활시킨 자의 정체를 알아내 줬으면 좋겠어.』

"어, 멜티스 교회 사람이 아닌가요?"

『아무래도 그란디스나 토네이더, 로렐라이를 부활시키는 게 멜티스 교회의 이익으로 이어질 것 같진 않단 말이지~……. 뒤에서 뭔가 음모를 꾸미는 자가 있을 것 같아!』

"그분이라 불리는 그 전이로 도망친 한 명이 멜티스 교회에 소속되어 있을 거라는 보장은 없겠네요……. 그 사람이 누군지, 열심히 찾아내겠어요!"

『시스템 : 마신 바빌론의 특수 퀘스트 [그란디스를 부활시킨 수수께끼의 인물을 추적하렴!]을 수락하였습니다. 신뢰할 수 있는 협력자에게 이 퀘스트를 전파하는 것이 가능합니다.』

그란디스를 부활시킨 수수께끼의 인물…… 지금은 정보가 거의 없어서 모르겠지만, 한 가지 확실한 건 인간을 타천사로 바꾸어버리는 바이러스를 가지고 있을 가능성이 있다는 거지. 다시 말해 과학자일 가능성이……, 아니, 아니, 단정지으면 시야가 좁아져! 편견을 가지진 말자!

『아, 그·리·고♡ 그 드레스는 마음에 들었니~?』

"네!! 감사합니다!! 가보로 삼을게요!!"

『기쁘네~♡ 하지만, 감정에 사로잡혀서 대국을 보지 못하게 되면 안 된다? 그 드레스로는 불리하다고 생각되는 상황에서는 벗을 각오도 필요해!』

"명심하겠습니다……!!"

맞아, 맞아, 바빌론 님이 예상했던 전개는 바빌론 교회가 생겨나는 것 정도였던 모양이지만, 그것을 뛰어넘고 마신전이 통째로 구현된 데다 로레이의 마계화까지 성공시킨 실적을 인정받아서 보상으로 엄청난 장비를 받았어!! 다들 이것저것 받은 것 같지만, 내가 받은 건 특히 대단하다고!

[★★★마신 바빌론의 로리타 드레스 +15] (극한·얼티밋·몸 1·빈 슬롯 없음 [●])

·[대흉주] 죽으면 레벨이 1 다운, 당연하겠지♡

·[대흉주] 내 총애 없이 입을 수 있을 것 같아?

·[대흉주] 카르마 수치가 최저인 건 필수지

·[대흉주] 현재 HP가 항상 1로 설정돼

·엄청나다는 수식어가 여러 개 붙을 정도로 대단한 주물이니까!

·MP로 통합 관리할 거야!

·HP에 받는 데미지는 전부 MP로 받게 돼!

·빈사시 페널티를 삭제할 거야

·[◆마신 바빌론 카드]

 └ MP를 10배로 만들어 줘!

 └ 이 장비에서 카드를 뺄 경우, 어떠한 이유로든 카드가 파괴돼

── ──내가 고딕 요소♡ 그러니까 이건 고스로리, 겠지? by 사랑스러운 바빌론

해제 불가·강화 가능·장비 등록자 [린네]·중량 1.0kg

MP가 열 배거든?! HP가 1이 되어버리는 대신 모든 데미지를

MP로 받을 수 있게 되는 효과까지! MP가 바닥나면 죽어버리겠지만, 20만에 가까운 MP를 다 쓰는 건 어지간해선 불가능할 거야. 방심은 금물이지만 말이지.

그리고 무엇보다 대단한 게, HP를 회복시키는 효과로 MP도 회복된다고! 이게 통합 관리 부분이지. 엄청난 효과야~……!! 반대로 HP 통합 관리라는 것도 있는 것 같고, 그쪽은 MP가 HP에 통합되어서 항상 0이 되고, MP 소비를 전부 HP로 하는 모양이야. HP와 MP 포션을 사용해서 단숨에 회복할 수 있다는 게 장점이려나? 지금 나는 그 정도 생각밖에 안 나네.

『그런데, 당신들이 지금 얼마나 강한지 알아보기 위해서, 나와 놀아보지 않을래~?』

"네!! 놀고 싶어요!!"

바빌론 님의 갑작스러운 제안. 놀고 싶다는 건 카드 게임이나 보드 게임 같은 게 아니라 아마 진심으로 벌이는 사투일 것이다. 실력 차는 확실하다. 이기지 못하는 게 당연하다. 하지만, 아득히 높은 경지에 있는 실력이 어느 정도인지 보고 싶다는 마음이 더 강하다. 그래서 곧바로 대답했다.

시종 모두의 눈빛이 바뀌었다. 좀 전까지 릴랙스 모드였지만 곧바로 완전히 전투 모드로 들어간 눈빛을 보이고 있다. 다들 의욕이 넘치는구나, 좋았어, 열심히 해보자!!

"저도, 하고 싶답니다!"

『흐흐응~♪ 맛이 간 여자가 덤비는 거니 당신도 당연히 덤비겠지♡』

"모두 함께 상대해 드리겠습니다!"

『아우우! (해보고 싶어!)』

"얼마나 통하려나요……!"

『((((; ° Д °))))』

"마신님과 대결! 영광입니다!"

"어라, 어라, 내가 숭배하는 마신님이 얼마나 강한지 알아두고 싶은데!"

"저도요오오……. 방금 막 깨어난 참이긴 하지만, 열심히 해볼 게요오~……."

바빌론 님은 아마 그란디스와 싸울 거라면 이 정도는 되어야 한 다는 걸 가르쳐 줄 생각인 것 같다. 진짜와 전투를 벌일 때 참고도 될 테니 다른 선택지는 없다.

평소였다면 바빌론 님의 귀여움을 느끼고 실신하는 코스였겠지 만, 바빌론 님이 모처럼! 상대해주겠다고 하니까! 제대로, 해야지! 그리고 어떤 수단을 써서라도 바빌론 님을 감탄시킬 만한 공격을 가하고 싶어!!

『좋은데♡ 그럼, 여기서는 위험하니까……, 어나더 디멘션♡』

『다른 차원의 공간으로 날아갑니다————.』

으, 아……?! 발치가, 주위의 공간이 사라졌어……?! 여기, 여기 는! 각성했을 때 보았던 검붉은 안개가 한없이 깔려 있는 기분 나 쁜 공간!! 만지가 가성했을 때 날아왔던 곳이 여기였구나!

『왜 그러니? 준비, 해야겠지? 안 할 거야~?』

이런, 이미 시작되었는데 느긋하게 주위를 관찰하다니. 바빌론 님은 평소 분위기와는 다르다. 방긋방긋 웃으면서 보여주던 사디 스틱한 미소가 아니라 입만 웃고 눈이 웃지 않고 있다. 온 힘을 다

하지 않으면……, 정이 떨어져 버릴 거야!!

"아이기스!!"

『페르세우스가 [마순 아이기스]를 발동, [페네트레이트·10] 상태가 되었습니다.』

"가라앉아라, 네거티브 오라!"

『3분 동안 파티 모두의 모든 스테이터스가 40 상승합니다.』

"가로막아라, 본 실드!"

『파티 모두가 [본 실드] 상태가 되었습니다.』

"정신 바짝 차리라고! 나를 따라와!!"

『토네이더가 [공격의 호령]을 발동, 1분 공격력이 상승합니다.』

좋았어, 이제 준비가 되었————.

"한탄의 노래를 지금 부르자, 마음이 부서지는 망치가 되어라, 죽음을 뚫는 창이 되어라, 사랑도 연심도 찢어버리는 칼날이 되어라, 비가강개(디스트럭션)!"

『로렐라이가 [비가강개(디스트럭션)]를 발동, 마나가 무기가 되어 적을 습격합니다! Weak! 마신 바빌론 (Lv.????)이 전속성 데미지를 합계 771 입었습니다!』

『후후훗♡ 그랬겠다~?』

어, 맞긴 했는데, 너무 단단한 거 아니야……?! 로라쨩의 스킬은 전방 범위에 타격 무기, 참격 무기, 돌격 무기, 이렇게 세 종류 무기를 발사하는 파괴적인 노래구나!! 전성기였다면 더 강했겠지만……. 용케도 이겼구나, 예전 로레이 사람들! 어, 아니, 이런 생각을 할 때가 아니지! 아마 로라쨩을 제일 먼저 노릴 거야!

『((((；ﾟДﾟ))))』

『프리오닐이 [하이 가드]를 발동, 강력한 방어 태세를 취합니다.』

『어머~? 그럼 네가 제일 먼저야~? 그걸로 버틸 수 있을까~?』

제일 앞으로 나섰는데, 오니쨩, 견딜 수 있겠어?! 아니, 절대로 안 되겠지?!

『마신 바빌론이 [파괴하는 오른팔]을 발동, MISS……. 프리오닐이 [영체화]로 회피하였습니다.』

『호오…….』

『(ˋ･ω･ˊ)』

『크아아아아아아아아아아!!!!!!』

『돈타가 [마랑신탄]을 발동하였습니다.』

처음부터 맞을 생각이 없었구나! 그래도 좋은 판단이야, 저걸 맞으면 분명히 위험할 테니까! 나이스 영체화! 그리고 돈타, 헛치고 표적을 놓친 틈을 노린 나이스한 돌격이야! 가라~ 돈타!

『앉아!』

어, 완벽하게 자세가 무너졌을 텐데, 어느새 돌아서서 발뒤꿈치 찍기를……?! 앗, 바빌론 님 거, 까만색이야……, 까만색이구나……!!

『캬우우우─────.』

『마신 바빌론이 [소멸의 오른발]을 발동, 돈타의 이로운 상태가 소멸하였습니다. 크리티컬! 돈타가 데미지를 31997459 입고 사망하였습니다. 자동으로 수납되었습니다.』

아…………, 어, 어……?! 일격에?! 이런, 본 실드까지 뚫어버리다니, 반드시 한 번은 버틸 수 있는 스킬이라고 해서 너무 믿었어!

"불타 죽어라!! 절멸하라!!! 절멸소이탄!!"

『오렐리아가 [절멸소이탄]을 발동하였습니다.』

『하아앗~!!』

『마신 바빌론(Lv.????)이 [초풍권]을 발동, [절멸소이탄]을 받아쳤습니다.』

말도 안 돼, 정권지르기로 이 폭풍을, 반사해?! 그건 위험하지!!

"나는, 통구이가 되고 싶지 않아~~…….."

"나도 하늘로 데리고 가!!"

『[어비스 워커]를 발동, 히메치요의 그림자로 이동합니다.』

『히메치요가 [수월]로 회피하였습니다.』

『페르세우스가 [절멸소이탄]을 무효화하였습니다.』

『프리오닐이 데미지를 3445571 입고 갑옷이 파괴되었습니다.』

『으아아아아아___▇▇▇▅▓▓///(′ω`)/////▓▓▅▇▇___아아아아아』

아……! 오니짱이 아군의 공격으로 죽었어!!

『꺄아아아아아아악!』

『오렐리아가 데미지를 242289 입고 사망하였습니다.』

『사역마 [검은 고양이 루나]가 희생되었습니다.』

『오렐리아가 부활하였습니다.』

『오렐리아가 데미지를 242441 입고 사망하였습니다. 자동 수납되었습니다.』

이런, 리나짱이 죽고 나서 다시 살아난 다음에 또 죽었어……!

『지금이다, 빈틈이라고!!』

『토네이더가 [기요틴 슬래셔]를 발동, 패링! 마신 바빌론이 공격을 튕겨냈습니다.』

『날고 있던 당신들을 내가 경계하지 않았을 거라고 생각해? 다리! 투움! 다리!』

『아, 나, 죽은 것 같은데…….』

어? 방금 그 귀여운 미지의 언어, 뭔가요? 대체 무슨… …?!

『암흑 구체(블랙 홀)!』

『마신 바빌론이 [암흑 구체(블랙 홀)]를 발동, 로렐라이가 소멸하였습니다.』

『잠깐만, 이건 반칙————.』

『토네이더가 소멸하였습니다.』

아, 아……. 이제 살아남은 건 나, 페르짱, 치요짱, 세 명뿐이구나……. 눈 깜짝할 새에 당해버렸어! 지금부터 어떻게 태세를 바로잡아야……! 맞다, 반혼의 의식으로……!

『[어비스 워커]를 해제합니다.』

"넘실거리는 혼이여, 다시 한 번 자신의 육체로……?!"

『마신 바빌론이 [파동권]을 발동, 데미지를 194050 입었습니다.』

으, 윽?! 커헉……!! 제대로 맞지도 않았는데, 스치기만 했는데 빈사 상태야……?! 숨을, 쉴 수가 없어!

"아짱?! 제가 상대해 드리겠어요!!"

『페르세우스가 [마세검·메테오르]를 발동, 패리! 마신 바빌론이 공격을 튕겨냈습니다.』

『당신은 너무 올곧구나. 그리고 조금……, 감정적이야!!』

『마신 바빌론이 [마랑백렬권]을 발동.』

"엇……."

『페르세우스의 [페네트레이트] 상태가 해제되었습니다. 페르세우스의 [본 실드] 상태가 해제되었습니다. 페르세우스가 합계 데미지를 9988999 입고 사망하였습니다.』

페네트레이트가 단숨에, 본 실드까지 해제되었어……. 겨우 1, 2초만에 설마 진짜로 100발 맞은 건가……? 그런 걸 어떻게 피하면 되는 건데요!!

"히메치요, 갑니다!!"

『히메치요가 [일도단철]을 발동하였습니다.』

『맞아 줄까~? 어떻게 할까~?』

『마신 바빌론 (Lv.????)이 [칼날 맨손잡기]를 발동하여 공격을 무효화하였습니다.』

"앗……?!"

『안 맞아줄 거야~.』

치요짱의 눈에 보이지도 않을 정도로 빠른 발도술을 오른손만으로 막다니……. 아니, 아니아니아니……, 너무 파격적이잖아……. 설마 그란디스도 이렇게 강하진 않겠지?

『마신 바빌론이 [분쇄하는 오른팔]을 발동, 히메치요가 데미지를 27747196 입고 사망하였습니다. 자동 수납되었습니다.』

아~……, 전멸이네요……. 이제 나밖에 안 남았으니까……. 데미지를 입힐 수단도 없고, 이제 내가 지기만 하면 끝. 분쇄당하고 끝나겠네. 바빌론 님에게 데미지를 입힐 수 있었던 선 로라쩽의 첫 번째 공격뿐이었어요.

"콜록……! 마지막으로, 한 가지만……. 가르쳐 주셨으면, 하는 게, 있어요……."

『어머, 살아 있었구나? 그걸 피하다니, 대단하네.』

전멸 확정, 승산이 없는 이 상황에서 내가 할 수 있는 건 전혀 없다. 그러니 적어도 질문을 해서 하나라도 정보를 얻어볼까 하는 생각에…….

"……진짜 바빌론 님이, 아니시죠?"

『……언제부터 눈치챘어?』

이 바빌론 님은 가짜다. 아마 이 공간으로 날아왔을 때 뒤바뀌었을 것이다.

"그 질문에 대답할 테니 질문을 하나 더 하게 해주세요."

『좋다. 대답하거라.』

"바빌론 님의 미소는 좀 더 큐트해요. 그리고 눈동자 너머에 저를 뇌쇄시키는 카리스마가 없었기에 처음부터 위화감이 들었어요. 그래서 아마도 가짜겠구나 싶었거든요."

『정말로 바빌론을 잘 보고 있군. 무시무시하게 느껴질 정도로 대단한 관찰안이다. 다른 한 가지 질문은?』

역시나……. 하지만 가짜 상대라면 바빌론 님에게 물어보기 껄끄러웠던 것도 물어볼 수 있겠네.

"사령폭발은 바빌론 님 답지 않은 스킬이라는 느낌이 들었어요. 이건 바빌론 님이 만들어내신 사령술인가요?"

『아니다, 라고만 해두지. 그럼 바빌론 곁으로 돌아가라.』

"감사————."

『정체불명이 [파괴하는 오른팔]을 발동, 데미지를 66600000 입고 사망하였습니다.』

『파티가 전멸하였습니다. 마신 바빌론에 의해 당신과 페르세우스만 소생과 전송이 이루어집니다.』

　그렇구나……. 사령폭발은 바빌론 님이 만들어낸 사령술이 아니야……. 그걸 알게 되니 속이 시원하네. 앞으로 사령폭발은 안 써야겠어.

　『어머나~♡ 가짜라는 걸 간파했다고 그 아이가 보고했어~♡ 간파하다니, 대단하잖아~! 그 정도 관찰안이 있다면 그란디스를 부활시킨 녀석들의 흔적도 찾아낼 수 있을 것 같네! 시험하는 짓을 해서 미안해♡』

　아아아아아, 바빌론 님이다아아!! 진짜 방긋방긋 사디스틱 미소의 바빌론짱이다아아아아아아아아아아!! 가까워! 어억————!!

　"놀랍네요……. 어떤 타이밍에 가짜라는 걸 알았나요?!"

　『그게 말이지? 그 아이가 이야기를 나눈 내용도, 들킨 이유도 가르쳐주질 않아~♡ 절대로 비밀이래!』

　"바빌론 님의 미소를 완전히 재현하지 못했기 때문이에요!"

　『……어? 진심이야? 나를 너무 좋아하잖아~♡』

　"그건 이미 처음부터 아닌가요……?!"

　"그리고 목소리! 끈적거리면서도 매력적인 목소리가 아니었어요!! 하트 마크가 잔뜩 달려 있는 바빌론짱의 목소리가 아니었어요오!"

　『어머니~♡ 이제 사랑? 사랑이구나? 사랑인 거구나~!! 그래서, 무슨 이야기를 했니?』

　"……네, 네. 비밀, 이에요."

　바빌론 님, 죄송합니다. 저도 나름대로 생각하고 싶은 게 있어서요. 이것만은, 아무래도.

『음~……♡ 나에게 말하지 못할 내용이구나~……♡ 정말, 야하기는……♡』

"끄억?!"

"아짱! 정신 바짝 차려요!!"

『변·태♡』

"끄억!!"

바빌론짱이 방금 낸 목소리, 알람으로 써야지! 녹음해 두었으니까! 써야지, 써야지, 써야지, 써야지! 그리고, 페르짱 얼굴도 가까워! 페르짱도 너무 예쁘게 생겨서 죽는다!! 모두가 나를 죽이려해!! 집단 살인이다, 너무해! 행복해!

『아, 맞다, 맞다. 당신들을 시험하던 동안에 신경 쓰이던 걸 조사해 두었어.』

흐에, 결혼식장은 어디가 괜찮을지, 그런 건가요?!

『사막 나라에 대한 정보, 어때? 알고 싶지?』

"혹시, 리아짱의 고향 말인가요?!"

『딩동댕~♡ 타러시 서쪽에 있는 사막의 나라, 스텔라벨체 왕국!! 그 사막 나라 말이야. 듣고 싶지 않아~?』

"듣고 싶어요!"

"듣고 싶답니다!"

『음~~♡ 그럼, 가르쳐 줄게~♡』

상까지 받은데다 리아짱의 고향 이야기까지 들을 수 있다고요?! 앗싸!!

((●

『————그 사막은 여신 멜티스에게 버림받은 땅이다.』

동물과 식물이 그 땅에서 살아가는 것을 거부하는 듯이 황금색 모래로 뒤덮여 있고, 낮에는 작열이 모든 것을 불태우며 밤에는 뼛속까지 얼어붙는 듯한 정반대 세계. 그것이 스텔라벨체 사막의 전부다.

인간이 다가갈 곳이 아니다. 게다가 살 생각은 하지 말아야 한다……. 과거에 스텔라벨체 사막은 그렇게 인식되고 있었다.

그 스텔라벨체 사막을 바꾼 것이 먼 옛날에『정점의 마녀』라 불리던 인물이다. 그녀의 이름은 에키드나, 이 세상 모든 마술사들의 정점이자 최강. 그녀에게는 불가능이 없다며 존경을 받았고, 그와 동시에 두려움을 사기도 했다.

『소첩에게 불가능 따위는 없다. 그 사막을 사람이 살 수 있는 땅으로 만들어 주마.』

에키드나는 '아무리 에키드나라도 이건 불가능하겠지'라는 말을 듣는 것을 싫어했다. 자신보다 뛰어난 존재, 높은 곳에 있는 존재, 손이 닿지 않는 영역, 그 모든 것들은 뛰어넘어야 하는 벽이며 그것을 뛰어넘기 위해서라면 어떤 것에도 손을 뻗고, 지금까지 모든 난관을 뛰어넘어왔다. 하지만 그런 에키드나도 불가능하다고 느낀 것이 스텔라벨체를 사람이 사는 땅으로 바꾸는 것이었다.

당연히 에키드나는 스텔라벨체 사막에 도전했다. 낮의 작열, 밤의 극한, 불모의 대지, 물 한 방울도 손에 넣을 수 없는 그 땅을 사람이 사는 곳으로 만들기 위해서 어떻게 해야 할까, 그 문제 때문에 고민했다.

『이 사막으로 물을 끌어오겠다. 큰 강을 만들어주마.』

우선 에키드나가 손을 댄 것은 물이었다. 이 사막은 1년에 비가 한두 번 오면 많이 오는 편이며 최악의 경우에는 오지 않는 해도 있었다. 그리고 사막은 빗물 정도는 쉽사리 삼켜버리기에 그 물은 결코 고이지 않았다. 그런 사막에 강을 만든다는 이야기를 들은 사람들은 '기어코 난관 때문에 머리가 이상해져 버렸다'며 비웃었다. 그것이 허풍이 아니라 말 그대로 강이 완성될 거라는 생각은 전혀 하지도 못했다.

『모래도 굳히면 바위가 되지. 소첩의 힘이라면 식은 죽 먹기다.』

에키드나의 마술로 인해 사막이 짓눌렸고, 사막의 모래가 에키드나의 마력으로 인해 경화되기 시작했으며, 점점 모래가 모래바위로 바뀌어 갔다. 하루하루, 조금씩 조금씩, 폭설과 폭우 때문에 고민이 많았던 북쪽 지역에서 스텔라벨체 사막의 중심을 향해 물이 흐르기 시작했다. 그리고 한 달도 지나지 않아 스텔라벨체 사막 중심에는 거대하고 아름다운 호수가 생겨났고, 북쪽에서 남쪽을 향해 일직선으로 흐르는 운하가 생겨난 것이다.

『이 호수를 중심으로 도시를 만들자.』

스텔라벨체 사막의 수자원 문제를 해결하고, 그와 동시에 북쪽 대지의 수해, 폭설 피해 문제도 부차적으로 해결한 에키드나가 그 다음에 손을 댄 것은 사람이 살 건물을 만들어 내는 것이었다. 우선 호수 동쪽 땅을 깊숙한 곳까지 눌러서 굳히고, 가라앉거나 기울지 않게끔 견고한 지반을 만들어 냈다. 그리고 그 위에 마술로 차례차례 주거지를 만든 다음, 자신이 살 궁전도 만들어냈다. 그와 동시에 땅속 깊은 곳까지 마력을 흘리던 에키드나는 어떤 것을 발견했다.

『스텔라벨체 사막은 수많은 보석과 금은 광맥이 잠들어 있는 보물 상자의 뚜껑이 아닌가!』

이 사막 땅속 깊은 곳에 마력을 띤 금, 은, 그리고 보석이 잠들어 있는 것을 발견한 것이다. 이곳에는 원초의 마나가 흐르는 마력의 강이 생겨나 있었고, 그 영향을 받은 지층은 희귀한 광물이 생성되는 지층으로 바뀌어 있었던 것이다. 에키드나가 시험 삼아 그 지층 근처까지 큰 구멍을 파보니 정말 아름답고 커다란 보석을 차례차례 채굴할 수 있었다. 그리고 에키드나는 그 보석을 각 나라의 귀족들에게 보여주며 자랑했다. 그렇다, 에키드나는 무언가를 숨겨두지 못하는 성격이었던 것이다.

『소첩의 나라로 이주하고 싶다고? 좋다, 좋아. 허나 소첩은 사람들의 법 따위는 모른다. 너희가 소첩이 납득할 만한 법을 만들어 보거라.』

에키드나가 자랑하는 보석에 눈이 먼 사람들은 너도나도 스텔라벨체로 이주하기 시작했다. 물도 있고, 살 곳도 있고, 동쪽으로 이틀 정도만 걸어가면 헤매지도 않고 타러시에 도착한다. 금방 스텔라벨체로 이주민들이 모여들기 시작했고, 많은 물자가 타러시를 경유하여 운반되자 스텔라벨체는 이민자들의 도시로 번창하게 되었다. 목적은 하나, 에키드나가 만들어낸 구멍을 통해 금은보화를 파내서 가지고 돌아오는 것이다. 이것이 역사에 남은 스텔라벨체의 골드러시다.

『뭐라고? 소첩의 공적을 떠받들어 여왕으로 삼고 싶다고? 좋다. 허나 소첩이 여왕이 된다면 소첩이 납득할 만한 미남미녀를 거느려야겠지. 아니면 귀찮은 역할 따위는 맡고 싶지 않다!』

각 나라에서 파견된 귀족들은 서로 힘을 모아 스텔라벨체를 정식 국가로 건국시키기로 했다. 그와 동시에 에키드나가 초대 여왕으로 군림하게 되었고, 각 나라에서 에키드나의 취향에 맞을 만한 미남미녀가 모여들자 에키드나는 그 인간들과의 사이에서 많은 자손들을 남겼다. 에키드나는 거만하고 절대적인 힘을 지니고 있어 두려움을 샀지만, 아이들에게는 차별 없이 애정을 쏟았고, 직접 마법을 가르쳐서 키워냈다. 스텔라벨체의 탄생과 번영, 그리고 그 행복한 광경은 앞으로도 계속 이어질 것이다————, 모두가 그렇게 생각했다.

『큰 구멍에서 마물이 나타났다고?』

큰 구멍이 갑자기 무너지고는 안에서 거대한 뱀 몬스터가 나타났다. 그 보고를 듣고 스텔라벨체에 사는 사람들은 모두가 벌벌 떨었다. 구멍 속에서 일하던 사람들은 전멸했고, 남겨진 사람들은 에키드나가 큰 구멍을 뚫었기 때문이라며 비난했다. 너무나도 뻔뻔한 말이었지만, 큰 구멍을 뚫은 사람은 자신이고, 그러한 몬스터가 있다는 사실을 미리 조사해두지 않았다는 것도 문제가 있다고 생각한 에키드나는 몬스터를 토벌하기 위해 일어섰다.

결과부터 말하자면, 에키드나는 그 거대한 뱀 몬스터를 물리치는 데 성공했다. 하지만 에키드나는 뱀의 독을 온몸에 뒤집어 써버렸고, 해독도 하지 못한 채 그 독으로 인해 괴로워하게 되었다. 그런 에키드나에게 국민들은 고맙다는 말을……, 하지는 않았다.

『에키드나는 사막의 수호신에게 벌을 받았다.』

『사막의 분노를 샀다.』

『여신에게 버림받은 땅에 발을 들인 대가를 치렀다.』

『이제 와서 영웅 행세하지 마라.』

『그렇게 강한 에키드나가 해독하지 못하는 독이 있을 리가 없다. 자작극이다.』

애초에 스텔라벨체는 이주민들이 모인 나라다. 충성심이 없는 백성. 오합지졸. 금은보화에 눈이 먼 도둑 같은 사람들……. 에키드나가 만들어낸 큰 구멍에 은혜를 입기는 했지만 거만한 절대적 강자인 에키드나에 대해서는 은혜보다 반발하는 마음이 더 컸다. 당연히 걱정하는 사람도 적지 않았지만, 큰 구멍이 무너지고 많은 사상자가 발생하자 생활하기가 곤란해진 사람들은 분노를 에키드나에게 쏟아냈다. 그리고 결국에는…….

『큰 구멍에서 이무기를 끌어낸 건 에키드나가 아닌가?』

애초에 그 사건을 에키드나가 일으킨 게 아니냐는 말까지 꺼내는 사람마저 나타나게 되어버렸다. 에키드나는 당연히 그 이야기를 듣고 분통이 터졌지만, 몸을 움직이는 것조차 마음대로 할 수 없었다. 이무기의 독이 몸을 좀먹자 자신의 목숨이 이제 얼마 남지 않았다는 사실을 깨달았다. 그리고 남몰래 준비가 진행되고 있던 어떤 계획에 대해서도 어렴풋이 눈치채고 있었다.

에키드나는 자신이 지닌 마력이 여기서 끊기는 것이 아쉽다고 생각하고 자신을 마지막까지 사랑하며 슬퍼해 준 막내딸에게 자신의 마력을 전부 전승해 주었다. 그리고 그날 밤, 에키드나는 자신의 아이들에게 단죄당하고, 광장으로 끌려가 몸이 십자가에 박힌 채 산채로 불에 타서 목숨을 잃었다.

『에키드나는 위대한 마녀였다. 하지만 악마에게 속아 재앙을 세상에 풀어놓아 버렸다. 그때는 간신히 제정신을 되찾고 자신이 풀어놓은 재앙을 자신의 손으로 막았던 모양이지만, 이제 에키드나는 우리가 사랑하던 위대한 마녀가 아니다. 방금 재앙을 풀어놓은 죄를 심판하고 벌을 내려 재앙의 마녀는 처형당했다. 지금부터는 내가! 새로운 왕으로서 이곳 스텔라벨체를 이끌 것이다.』

그렇게 스텔라벨체 왕국을 만들어낸 위대한 마녀 에키드나는 [재앙의 마녀(디재스터 위치)]로서 아이들에게 처형당했다. 그리고 그 유해가 모셔지지도 않은 채 에키드나가 만들어낸 스텔라벨체 왕궁의 지하 공간, 보물 창고 안쪽에 있는 봉인의 방에 봉인된 것이다.

☽ ☽ ●

"어, 그 에키드나 님은 이 마신전에 계시지 않나요?!"

『딩동댕~♡ 에키드나짱은 지금 마술 교관을 맡고 있거든~? 리아짱이 신경 쓰여서 견딜 수가 없지만, 자기가 먼저 말을 거는 건 자존심이 용납되지 않을 정도로 서투른 애니까, 데리고 가주지 그래~?』

에키드나 님이라면, 리아짱의 조상님이잖아!! 리아짱도 말을 걸어도 되는지 고민하다가 결국 말을 걸지 못하고 그냥 지나치는 상태라면 내가 책임지고 만나게 해줘야지!! 어라, 그런데, 잠깐만? 신경 쓰이는 게 좀…….

"봉인된 거, 아니었나요……."

『그 목걸이. 원래는 에키드나가 차고 있었던 건데~? 같이 봉인되었는데 어째서 밖에 나와 있는 걸까~♡』

"누군가가, 봉인을……?"

『아쉽네~, 땡~♡ 보물창고의 문이 열린 적은 한 번도 없어. 만약에 열렸다면 에키드나가 그걸 감지할 수 있게 되어 있거든. 열려고 노력하는 녀석은 있는 것 같지만.』

다시 말해서, 리아짱은 보물창고의 문을 연 적이 없다는 뜻이지. 그리고 아무것도 가지고 나온 적도 없고. 왕가의 목걸이는 에키드나 님이 차고 있었고, 그 유해는 보물창고 안쪽에……? 그렇다면 아까 본 영상에는 모순이 생겨버리는데.

문은 열린 적이 없다. 에키드나 님의 유체와 함께 매장된 왕가의 목걸이는 밖에 나와 있다. 그리고 에키드나 님은 마신전에 있고, 하반신이 뱀인 모습으로 되살아난 걸 보니…….

"화형당한 뒤에, 에키드나 님의 유해가 바꿔치기 되었나……?"

『대단하네~♡ 단숨에 정답까지 뛰어넘어 버렸구나, 맛이 간 여자~♡』

"레나 씨도 그렇지만, 아짱도 가끔 이야기 단계를 뛰어넘네요?!"

리아짱의 마술은 어지간한 마술사의 수준을 훨씬 뛰어넘는다. 마술의 지식도 엄청나고, 나의 이해를 불허할 정도로 난해한 내용도 잘 알고 있다. 그리고 그 마력량, 나이에 걸맞는 마력량이 아니다. 아무리 게임 시스템으로 인해 강해졌다는 설정이라고 해도…….

다시 말해, 에키드나 님의 마력을 계승한 막내딸의 피를 이어빋은 게 틀림없이 리아짱일 것이다. 리아짱의 지금 클래스가 디재스터 위치라는 게 그 증거. 그리고 리아짱의 조상인 막내딸이 화형당한 에키드나 님의 유해를 어떤 타이밍에 바꿔치고 왕가의 목걸이도 대대로 숨겨두고 있었다. 어째서 그런 짓을 했는지까지는 다 알 수가 없지만…….

"에키드나 님의 몸 절반이 뱀인 건 큰 구멍에서 나온 뱀의 시체에 빙의했기 때문인가요?"

『또다시 정답! 대단하구나, 머릿속을 좀 들여다보고 싶어졌어!』

"바빌론 님께서 그렇게 말씀하신다면 기꺼이 머리를 쪼갤게요!"

『그, 그렇게까지 하진 않아도 돼! 진정하라고!』

"네, 진정할게요……."

"텐션이 마치 롤러코스터 같답니다……."

리아짱이 카슈파가 나와 비슷하면서도 다른 힘을 지니고 있다고 했다. 이건 내 상상인데, 카슈파의 조상은 아마 에키드나 님을 화형에 처한 아이고, 대신 국왕이 되겠다고 선언한 녀석일 것 같다. 그 무렵부터 나와 비슷하면서도 다른 힘을 지니고 있었다면, 혹시 죽은 자를 되살릴 수 있는 힘도 지니고 있을지 모른다. 하지만, 보물창고를 여는 것은 아직 성공하지 못했고…….

결론, 카슈파는 보물창고 안쪽에 잠들어 있다고 하는 에키드나 님을 되살리려 하고 있었다. 아니면 그 힘을 자기가 손에 넣으려 하고 있었다. 하지만 어떠한 이유로 인해 그럴 필요가 없어졌고, 방해가 되는 자들을 죽이는 것으로 계획을 바꾸었다. 그리고 스텔라벨체를 차지한 다음, 새로운 왕으로 군림하고 있다.

"그렇다면……, 그렇군요, 이해했어요."

"저는 전혀 이해할 수가 없답니다?! 뭘 어떻게 이해했나요?!"

『자기 머리로도 좀 생각해야지~, 화려한 여자~♡』

"윽, 그렇게 말씀하시니 찔리네요……."

맞아~, 페르짱도 얼마 안 되는 정보를 끼워 맞추면서 상황을 추리해 봐~. 뭐, 이건 바빌론 님이나 리아짱이 알려 준 정보만으로 짜낸 내용이니까 진실인지 아닌지는 모르겠지만 말이지. 그래도 리아짱이 왕가의 목걸이를 가지고 있고, 재앙의 마녀의 소질이 있고, 에키드나 님이 마신전에 부활했다는 것만은 사실이니까. 상황으로 보아 이 추리가 틀림없을 것 같지만.

『맞다, 린네의 시종은 내가 되·살·려·줄·게♡ 물론 무료란다~? 얍♡』

"어, 앗! 감사합니다!"

『돈타가 부활하였습니다.』

『오렐리아가 부활하였습니다.』

『히메치요가 부활하였습니다.』

『토네이더가 부활하였습니다.』

『로렐라이가 부활하였습니다.』

『(´ ﾟ ω ﾟ `)』

『당신은 알아서 재생해.』

『프리오닐이 [갑옷 완전 수복]을 발동하여 완전히 회복하였습니다!』

오, 오니짱만 자력으로…… 뭐, 사실은 죽은 게 아니었던 것 같으니까. 갑옷이 부서진 것만이라면 재생할 수 있지만, 어떻게 해볼 수 없는 상대라서 가만히 있었을 뿐이고.

『아우……. (강했어, 아무것도 못 했어, 배고파……)』

『마술 컨트롤을 잃어서 되돌아온 걸까요? 반성해야겠네요…….』

『한 손으로 막아낼 줄이야…….』

"몸이 산산조각 난 감각밖에 기억나지 않아!"

"무서워어어어…… 저, 한동안 트라우마일 것 같아요오~……."

다행이야, 모두 제대로 되살아났네. 레벨도 그대로고…….

『그럼, 패배한 당신들은 벌칙~!!!♡』

어엇?! 그런 말은 못 들었는데요……?!

『아우우?!』

"그, 그런 말은 못 들었어요!!"

"버, 벌입니까……?!"

『(; °Д°)』

"나도 그런 말은 못 들었다고?!"

"벌칙은 싫어어……!"

『짜잔~! 이 룰렛을 돌려서 당첨된 아이가 벌칙을 받을 거예요~ ♡ 내가 방금 그렇게 정했으니까~.』

『(((((; °Д°)))))』

『아우우?!』

"방금요?!"

"이렇게 부조리할 수가……."

"크아~……. 아니, 어쩔 수 없지. 받아들일 수밖에 없어! 패자는 승자를 따르는 법이니까!"

"나 말고 다른 사람, 나 말고 다른 사람……!"

"어, 이거 우리도 들어가 있나요?!"

벌칙, 벌칙……! 저 룰렛 나하고 페르짱 이름도 들어가 있어! 어, 게다가 내용 같은 건 전혀 말해주지도 않고 시작할 예감이 드는데요?!

『자, 스타트~♡』

우와, 시작해 버렸어!! 누구지? 누가 걸리는 거야? 대체 누가, 게다가 벌칙 내용도 아직 모르는데! 누가 갑작스럽게 정한 벌칙을 받게 되는 거지~?!

『끄으으으웅!! (밥 굶는 건 싫어!!)』

"이상한 옷을 입게 되지 않기를……!!"

"저도 밥을 굶는 건 싫습니다……!!"

"어? 밥을 굶는 거야?! 나는 술?!"

"나느은……?! 통구이이……?!"

회전이 느려지기 시작했다, 돈타, 리아짱, 치요짱, 언니, 로라 짱……, 돈타……? 리아짱?!

"아, 앗……!"

아니, 더 돌아간다! 아직 움직여!! 이건?!

『짜잔~~! 린네, 벌칙 결정~♡』

"린네 양, 안됐네요……."

"어, 어……."

『자, 무기 내밀어♡』

"아, 저기, 네……?"

어, 내가 벌칙……?! 마지막까지 살아남았는데, 아니, 그건 상관 없나……. 벌칙으로 무기를……? 대, 대체 어째서, 무슨……?!

『마신 바빌론이 [커스드 애니메이트 페티시]를 발동, 소유하고 있던 무기가 저주로 인해 변질되어 주물 장비 [★★죽음의 예술]이 완성되었습니다!』

『자♡ 이걸로 한동안 열심히 해보렴~?』

어어어어?! 이건, 벌칙이라는 이름의 상 아닌가요?! 무기 희귀도도 올라갔고, 지팡이 생김새도……, 이쪽은 딱히 안 바뀌었네요. 그래도 바빌론 님께서 만들어주셨다는 특별한 느낌이 엄청나요. 핥고 싶네. 아니, 그건 꾹 참고……. 서, 성능은?!

[★★죽음의 예술] (극악·미스틱·사령 지팡이·슬롯 없음)

·[저주] 장비한 자는 사망 시에 폭발한다.

·[저주] 암·불사속성 이외의 공격 마술을 쓰지 못하게 된다.

·[저주] 때때로 죽은 자의 목소리가 들린다.

·[저주] 카르마 수치가 최저여야 장비할 수 있다.

·[저주] 장비하기 위해서는 이 장비를 제외한 [저주]가 6개 이상 필요하다.

·사이즈 페널티 무시.

·물리 데미지를 마술 데미지로 변환한다.

·불사속성 데미지 +44%.

─────나의 죽음이여, 예술이어라. by 전설의 예술가

강화 불가·장비 등록자 [린네]·중량 0.8kg

아, 강하다 싶었는데 단점도 꽤 큰데다 사망 시에 폭발이라니, 이거 혹시……, 부활하지 못하는 건가?! 나처럼 반혼의 의식을 쓸 수 있는 사람이 있다 해도 사망 시에 폭발하면 부활을 강제로 금지하는 거 아니야……?

"이, 이거, 죽으면 부활은……."

『못하는데? 죽으면 마신전으로 돌아오지♡』

"애초에 아짱이 죽어버리면 부활시킬 수 있는 사람이없는 것 아닌가요?"

"아니, 그렇긴 한데, 그건 지금 그런 거고, 나 말고도 반혼의 의식을 배우는 사람이 생길지도 모르니까……. 죽으면, 폭발……?! 게다가 저는 죽으면 레벨이 떨어지잖아요?!"

『그렇지~♡ 레벨이 강제로 떨어지고, 폭발해 버리겠네♡』

"흐갸악……."

이렇게 무시무시한 벌칙이……. 앞으로는 절대로 죽으면 안 된다는 압박감이 느껴져! 이제부터는 좀 더 신중하게……, 아니, 그래도 겁을 먹으면 앞으로 나아갈 수가 없잖아. 죽지 않게끔 계속 전진하면 되는 것뿐이야. 죽음이 두렵다고 전진하지 않으면 아무런 성과도 얻지 못하니까!

『그럼, 앞으로도 열심히 하려무나~♡ 언젠가 나를 이길 수 있게 되면 좋겠네~♡』

"네, 네……, 열심히 할게요……."

"노력은 해보겠습니다……."

아니, 가짜라는 건 알았지만, 아직 이길 수 있을 것 같진 않단 말이지……. 그 무시무시한 화력하고 엄청난 기동력을 보았으니……. 수수께끼 같은 언어로 쓴 수수께끼 마법도 전혀 알 수가 없고, 언젠가 나도 그런 걸 쓸 수 있게 되려나? 그것도 노력하기에 달렸나~.

"그럼, 실례하겠습니다. 오늘 감사했습니다!"

"저도 실례하겠어요. 대련해주서서 감사합니다!"

『응~♡』

의자에 앉은 채로 오른손을 살랑살랑 흔들며 배웅해주는 바빌론 님, 너무나도 귀여워…….

너무 귀여워서 코피가 날 것 같아. 코피를 너무 많이 흘려서 과다출혈로 죽은 다음에 폭발과 레벨 다운 현상을 일으킬 것 같아. 정말, 바빌론 님을 디자인해주신 분께는 감사의 마음뿐이야. 고맙습니다…….

제 3 부

접 촉

"이제 어떻게 할 건가요?"

"응? 아~……, 리아짱의 조상님인 에키드나 님을 만나볼까 하는데. 그런 다음에 스텔라벨체를 정찰하러 가려나. 도착할 때쯤이면 해가 질 테니 밤에 몰래 어떤 상황인지 조사하자."

"그렇다면 저도 동행하겠어요!"

"응, 그래, 모두 함께."

"나는 안 가. 해적이 사막에 가다니, 말도 안 되지."

"나도, 사막은 좀~……."

어? 언니하고 로라짱은 안 가? 아, 으음……. 그렇지, 시종이라고 해서 반드시 따라와주는 건 아니겠지. 일단 같이 갈지 물어봐야 했는데.

"그렇구나, 음……. 리아짱의 고향을 정찰하러 갈 건데 따라와줄 애 있어……? 낮은 타오르는 듯이 덥고, 밤에는 얼어붙을 정도로 추운 것 같긴 한데……."

『멍! (당연히 갈 거야!)』

"반드시 갈 거에요! 당연하죠!"

"저도 당연히 동행하겠습니다."

『＼(^o^)/』

"항상 함께 다니던 멤버네요."

"그럼 언니하고 로라짱은 집을 보기로 하고……."

언니하고 로라짱, 다루기가 까다롭네……. 다른 애들은 순순하다고 해야 하나, 협력적인데, 아무래도 껄끄러워. 뭐, 가고 싶지 않은데 억지로 데리고 가면 더 미움을 살 테니까, 이번에는 둘 다 집을 보라고 하자.

"그럼, 우리는 따로 행동하자고."

"안~녕~."

"아, 응."

"저래도 되나요? 좀 못된 것 아닌가요?"

"내가 멋대로 깨우고, 멋대로 시종으로 만들고, 가고 싶지 않은 곳에 데리고 가려고 했던 흐름이니까, 당연한 거 아닐까……."

"저는 그렇게 생각하지 않습니다만……. 제2의 목숨을 받고 생전의 원통함을 풀 기회를 주셨는데도 뒷발로 흙을 끼얹는 행동 아니겠습니까."

"그러게……. 사이좋게 지낼 수 있게끔 노력하고 싶긴 한데."

뭐, 으음. 저 두 사람과의 관계 구축은 향후 과제로 생각해 두고, 우선 리아짱의 고향 문제를 해결해야겠지! 스텔라벨체가 지금 어떻게 되었는지는 보물창고가 열리지 않았다는 것밖에 확실히 아는 게 없으니까…….

『으음…….』

"앗……."

리아짱이 갑자기 멈춰 섰는데, 왜 그러지……, 앗! 에키드나 님하고 우연히 눈이 마주쳐 버렸구나! 저쪽도 말을 걸고 싶어 하는 것 같긴 한데, 아무래도 뭐라 말을 걸어야 할지 망설이는 모양이야. 이번에는 내 퍼펙트 커뮤니케이션으로 해결을……!

"아아아아, 아아, 안녕하세요……, 리리리, 린네라고 하하, 합니다……."

『으음, 마신님께 이번 활약에 대해 들었다. 수고가 많았군……, 원래는 소첩에게 한 마디 말도 없이 자기소개를 하는 무례한 짓은 만 번 죽어 마땅하다만, 특별히 용서해 주마. 감사의 말을 하는 것을 허가하마.』

으햐, 엄청나게 거만하신 분이네……! 하긴, 스텔라벨체의 여왕님이셨으니까! 이렇게 허물없이 말을 걸어도 될 리가 없지!!

"화화, 황송한 말씀, 이이입니."

"린네 언니를 괴롭히는 조상님은 미워요!"

『어, 아, 잠깐……, 아니다, 이이, 이건……!!』

어라……? 왠지 분위기가 갑자기 바뀐 것 같은데……?

『나의 자손, 손주처럼 귀여운 네 앞에서 멋진 모습을 좀 보여주고 싶었던 뿐인 게다! 정말, 그럴 생각은 전혀 없다! 괴롭힐 생각도 전혀 없단 말이다!』

"미워요!!"

『린네여!! 부디 방금 한 말을 용서해 다오, 미안하다! 내가 잘못했다!!』

손주 앞에서 멋진 모습을 보여주려 한 결과, 뜻밖에도 반감을 사서 엄청나게 초조해진 할머니 모습이네……!! 이 사람, 의외로 허당이고 귀여운 사람일지도 모르겠는데……?

"흐응~……."

『린네여, 부디 용서해 다오!!』

"괘, 괜찮아요. 신경 안 써요. 괜찮으니까요!!"

"언니가 그렇게 말한다면, 뭐……."

『휴우…….』

"우리 할머니하고 똑같네요……."

설마 조상님보다 내 호감도가 더 높을 줄이야, 리아짱이 내 상상보다 더 잘 따라주는 건 기쁘지만, 스텔라벨체에 대해 이야기를 원활하게 해나갈 수 있을지 불안해지네…….

『아, 다시, 으음, 어흠! 소첩이 스텔라벨체의 초대 여왕, 에키드나 스텔라벨체다. 지금은 이런 모습이다만, 예전에는————.』

"에키드나 님의 예전 이야기는 됐어요!!"

『조금만 들어줘도 괜찮지 않나~…….』

리아짱이 엄청 화났네……. 화가 난 표정도 귀엽긴 하지만, 부디 그 화를 가라앉혀주면 안 될까? 에키드나 님이 풀죽어서 위대한 오라가 처음 봤을 때보다 절반 이하로 줄어들어버렸으니까……. 저거 봐, 꼬리도 축 늘어뜨린 채로 머뭇거리고 있고…….

"음……. 스텔라벨체는 지금, 리아짱의 오빠인 카슈파가 지배하고 있어요. 그 카슈파는 저와 비슷하면서도 다른 힘을 지니고 있다는데, 뭔가 짐작되시는 건…….

『있다. 허나 그냥 가르쳐줄 수는……』

"흐응~……!!"

『으음! 짐작되는 게 있구나! 아마 그 증오스러운 뱀의 힘일 게야! 위대한 심연의 힘, 그 일부를 가로챈 뱀의 힘을 빌렸을 게다!!』

위대한 심연의 힘……? 뱀은 에키드나 님께서 퇴치하지 않으셨나……?

"뱀은 에키드나 님께서 퇴치하셨다고 스텔라벨체의 역사에 남아 있는데요……."

『아니, 완전히는 퇴치하지 못했다. 그 녀석을 봉인할 수는 있었다만, 언젠가 반드시 되살아나겠지. 이 몸은 그 대가, 봉인의 저주로 인한 대가다.』

"그 봉인이 풀렸을 가능성은……."

『……부정할 수는 없다.』

"애초에 어디에 봉인하셨는데요!"

『이무기의 눈동자라 불리는 자수정이다. 소첩이 봉인한 다음, 행방을 알 수 없게 되었다.』

그렇구나, 그럼 틀림없이 카슈파는 그 이무기의 눈동자라는 자수정을 손에 넣고 리아짱을 죽음에 몰아넣을 수 있을 만큼 절대적인 힘을 얻었다는 뜻……, 인가? 확실한 증거가 없으니까 딱 잘라 말할 수는 없지만, 상황으로 보아 아마 그럴 것 같네.

"언니, 얼른 확인하러 가요! 혹시, 카슈파는 이미……."

"응, 이무기의 눈동자를 손에 넣었을지도 몰라. 그리고 상대방의 전력도 확인해야지."

『벌써 가 버리는 게야……?』

"또 올게요! 언니, 가요!"

"잠깐만, 잠깐만, 그렇게 잡아당길 필요는……!"

어라라~……. 리아짱, 그렇게 에키드나 님을 미워하지 말아줘~……. 나도 리아짱이 이런 식으로 거절하면 울어 버릴지도 몰라. 첫인상이 좀 안 좋았을 뿐이니까! 멋진 모습을 보여주고 싶었던 것뿐, 허세를 부린 것뿐이니까!! 응?!

"리아짱, 그렇게 미워하지 말아줄래⋯⋯?"

"뱀이, 저기, 껄끄럽거든요⋯⋯!!"

"아~⋯⋯."

"그건 어쩔 수 없겠네요⋯⋯."

"저 또한, 아무리 멋진 분이라 하더라도 외모가 너구리라면 냉정함을 유지할 수가 없습니다."

"치요짱도 너구리가 그런 존재구나⋯⋯."

"껄끄러운 건 아무래도 있는 법이랍니다."

그렇구나~. 리아짱, 뱀을 껄끄러워하는구나~⋯⋯. 게다가 첫인상까지 안 좋았으니 더더욱 쌀쌀맞았고. 그리고 치요짱은 너구리가 그렇단 말이지. 역시 여우하고 너구리는 사이가 안 좋은가?

"우선 타러시로 가볼까? 지금은 16시쯤이니까 해가 질 때쯤에는 도착하겠지."

"네, 우선 타러시까지 케르베로스짱에게 전송해달라고 하죠!"

"음~, 로레이 북문에 있는 마계의 수문장이었지? 보내달라고 하다니⋯⋯?"

"타러시와 지드 마을까지라면 전이 문으로 보내준다고 해요! 로레이에 길드 하우스가 없으면 돌아올 수단이 없지만요. 당연하지만 마계 진영에 소속된 플레이어 한정 기능이라고 하네요."

"흐에~⋯⋯."

흐에, 그럼 마계 수문장 케르베로스짱에게 타러시까지 보내달라고 하자! 아~, 마계화한 덕분에 로레이가 단숨에 편리해졌구나~, 이런 느낌으로 모든 도시를 마계화할 수는 없으려나? 어디든 마음대로 오갈 수 있게 되잖아! 최고야, 최고! 그럼, 그 마계 수문장 케르베로스짱이 있는 곳으로, 출발~!

"————여어."

"으아?! 핫게 씨?!"

"그래. 나가려는 것 같아서 말이야. 이걸 쿡 씨에게 배웠거든. 가지고 가라고."

『[마계 밥! 드래곤 등심 스테이크 버거!]를 20개 받았습니다.』

"그래도 되나요?!"

출발하려던 참에 핫게 씨에게 밥을 잔뜩 받았어! 돈타의 눈이 하트 마크로 바뀐 걸 직접 확인하지 않아도 알겠네!! 하지만 돈타에게는 조금 적으려나~?

『아우우우우우~?! 아우우우!! (내 몫은?! 내 몫!!)』

"잠깐만. 먹보들 몫은 이거야."

『[마계 마운틴! 드래곤드래곤드래곤 버거!!]를 4개 받았습니다.』

이, 이건……! 돈타나 치요짱도 매우 만족스러워할 만큼 큰 사이즈……! 그리고 이 네이밍 센스는 뭐지……?! 내용물을 전혀 알 수가 없는데, 아무튼 드래곤을 넣었다는 것만은 알겠네!! 현실에서 이 크기를 먹으려면 열 명 이상은 필요하겠어.

"항상 죄송해요. 감사합니다!"

"멋지네요! 감사해요!"

"신경 쓰지 마. 길드 창고에서 썩어가던……, 아니, 썩긴 않았지. 남아 있던 걸로 만들어 봤을 뿐이야. 다른 녀석들 몫도 아직 남았고, 모두에게 나눠줄 예정이거든. 가지고 가라고."

"다음에 좋은 식재료를 얻으면 전부 넣어 둘게요!"

"그래! 내 경험치가 되니까, 그래주면 좋지. 그럼."

"감사합니다!"

"……기운차게 인사를 하게 되었구나. 기쁘다고."

"네? 뭐라고 하셨나요?!"

"아니. 신경 쓰지 말고 다녀와.'

"네~!"

핫게 씨에게 밥도 받았으니까, 나중에 이동하면서 어디선가 차분히 먹자! 자, 일단 준비는 괜찮으려나……? 뭔가 안 한 건 없으려나?

"린네 양.'

"응? 왜 그래? 페르짱."

"교회 던전에서 얻은 보수 말인데요. 기세에 몸을 맡기고 로레이 교회로 돌격하느라 분배하는 걸 깜빡 잊었답니다. 기계 부품 같은 아이템들뿐이라 흥미를 보이는 레나 씨가 전부 사들이고 싶다고 하는데요……."

"가지고 싶은 사람이 가져야지~. 기계 부품 같은 건 난 잘 알지도 못하고, 게다가 나도 멋대로 마신 강림의 서를 써버렸으니까……."

"알겠답니다! 그렇게 전해둘게요!"

그러고 보니 도겔 일행을 쓰러뜨렸을 때 얻은 보수는 숨겨진 보수였던 책만 봤네. 솔직히 마신 강림의 서를 멋대로 써버린 입장에서는 다른 보수를 받을 권리 같은 건 전혀 없다고 생각하니까 오히려 돈을 받아도 정말 괜찮은가 싶기도 한데.

"좋아요! 그럼 케르베로스짱한테 가죠. 이쪽이랍니다!"

"네, 갑시다~! 자, 얘들아, 가자~."

『멍! (출발이다~!)』

"네에~!"

"분부 받들겠습니다."

『(*′∇`*)』

그럼 이번에야말로 스텔라벨체에……, 응? 누군가가 오는 데……!

『오렐리아~! 오렐리아~!!』

"에, 에키드나 님……!"

와아, 에키드나 님이 엄청 필사적으로 뛰어……, 뛰어? 하반신이 뱀인데 뛰어온다는 표현이 맞나? 뭐, 됐어. 이리로 오고 있네!

『오렐리아, 장비는 제대로 갖추었는고? 마나 상태는? 어디 몸이 안 좋은 곳은 없는고……? 몸이 안 좋다면 내일로 미뤄도 괜찮단다! 오늘은 소첩과 방에서 함께 수다라도 떨면서……, 앗.』

"아, 계속 말씀하세요……."

"괜찮아요, 에키드나 님! 나중에 그러도록 할게요, 언젠가 반드시요!"

『음, 으음……!! 그래야 소첩의 힘을 이어받은 자라 할 수 있지. 당연하잖느냐! 그 정도의 힘을 지니고 있으면서 실패하기라도 해 보거라. 마녀의 후예로서 수치, 소첩이 몸소 그대를 해, 해치울 수 있으련지……. 해치워줄 테다!! 조심히 가거라! 맛있는 걸 먹으면 이를 닦아야 한다! 목욕은 날마다 하고, 따스한 이불을 덮고 푹 자거라! 알겠지!!』

"네, 네!! 에키드나 님!!"

아, 엄청 훈훈한 광경이네……. 초대 여왕으로서의 위엄과 할머니로서의 표정이 양쪽 다 섞여서 뭐라고 해야 하나, 응! 귀엽네, 이 사람!

『린네여!! 오렐리아에게 무슨 일이라도 생겼다가는 가만 두지 않겠다!!』

"흐으으으응!!"

『아, 아니다, 그게……, 조, 조심히 가거라! 소첩은 돌아가마!!』

귀엽네, 에키드나 님……. 자, 이번에야말로 마음을 다잡고! 가자~, 스텔라벨체!

(((

『그럼, 좋은 여행 하시길.』

『조심히 다녀오세요.』

『사막에도 물고기가 있나요? 있으면 선물로 부탁합니다멍.』

『마계 수문장 케르베로스짱이 [그레이터 텔레포테이션 포탈]을 열었습니다.』

"네, 네! 혹시 있으면, 나나나, 낚아 올게요!"

"린네 양, 아마 없을 거예요!!"

"다녀오겠습니다~!"

『멍! 아우아우~! (다녀오겠습니다!~)』

케르베로스짱, 상상했던 것보다 얌전하고 귀여운 애였어……. 돈타 세 마리 정도 크기인데, 신기하게도 위압감은 들지 않았거든. 하지만, 멜티스 쪽 플레이어가 왔을 때는 무시무시한 박력으로 내쫓았지……. 그래도 돈타처럼 시끌벅적하진 않았고.

"우와~……. 정말 타러시네."

"한순간이네요~."

"나중에 저도 저런 대마술을 쓸 수 있게 되고 싶어요!"

"케르베로스짱은 시공 마술에 특화되어 있으니까 손쉽다고 했는데, 그건 그렇고 이렇게 먼 거리를 단숨에 오갈 수 있는 포탈을 열 수 있다는 건 대단하지…… 리아짱, 기대할게!"

"네!"

자! 돌아왔다고, 시작의 마을, 타러시로! 로레이 북문에서 타러시까지는 눈 깜짝할 새에 왔지만, 마신전에서 북문에 도착할 때까지 이런저런 사건이 너무 많았다니까.

우선 마신전을 나선 순간에 PK에게 습격당했고, 돈타 선생님이 섬멸해준 덕분에 짭짤하게 벌었지. 무소속을 자청하면서 마계 쪽 플레이어를 사냥하는 악질 플레이어가 있는 모양이야.

그 이후로는 돈타 팬들에게 둘러 싸여서 스샷을 한 장만 찍게 해달라거나, 돈타가 발바닥으로 얼굴을 꾹꾹 눌러줬으면 좋겠다거나, 아무튼 팬들이 모여들어서 힘들었어. 어울려준 보답으로 아바타 뽑기 티켓——놀랍게도 한 장에 300엔이나 하는 과금 아이템——을 다섯 장이나 받아버렸네. 이래도 되는 건가…….

그리고 로레이 북문에 도착해서 마계 수문장 케르베로스짱하고 마계 문지기겸 올 군 토로스 군과 만났지. 돈타와 올 토로스 군이 놀고 싶어서 어쩔 줄 몰라 하는 낌새길래 케르베로스짱하고 내가 '놀아도 돼'라고 말한 순간, 뛰어다니면서 놀기 시작했어. 주위에 있던 몬스터들을 마구 날려버리면서 로레이 주변을 한 바퀴 돌고 왔는데, 승부를 판정하긴 애매한 상황이었지. 엄정한 심사 결과,

무승부라는 결과가 되었어. 뭐, 양쪽 다 즐거웠던 것 같으니 승부는 아무래도 상관없는 모양이지만.

『아우! (방금 많이 뛰어다녀서 배고파!)』

"돈타는 자업자득이잖아. 이렇게 말하고 싶긴 하지만, 어딘가에서 밥 먹을까~."

『멍!! (앗싸~!!)』

"나중에, 안전을 확보하고 나서. PK가 잠복하고 있을지도 모르니까."

『멍!! (알았어!!)』

"돈짱은 기운이 넘치네요…….."

"기운이 너무 넘쳐나서 곤란하다니까."

우선 지금은 타러시를 나선 다음 서쪽으로. 돈타가 배가 고파진 건 자업자득이니 한동안은 스텔라벨체를 향해 계속 이동할 거야.

"……저 금빛 반짝이는!"

"아~……."

그렇게 생각하면서 이동하다 보니 발견해 버렸어……. 금빛의 그 녀석을……. 저번에 우연히 쓰러뜨렸던 골든 슬라임. 여전히 눈에 보이지도 않는 속도로 움직이고 계시네. AGI 수치가 네 자리 정도는 될 것 같은데.

『아우우우우우!! (아, 이번에야말로 잡아주겠어!!)』

"이봐, 넌 방금 뛰어다닌 참이라 배가 고프다고, 아~, 가버렸네…….."

"가버렸네요…….."

아~, 또 돈타가 뛰어가 버렸네……. 어라? 혹시 성장한 돈타라면 정말로 따라잡을 수 있는 거 아닌가? 돈타의 그림자에 어비스 워커로 잠복한 다음, 커스 스피어를 맞추는데 성공한다면 혹시……, 사냥할 수 있나?!

『삐기익?!』

『[어비스 워커]를 발동, 돈타의 그림자로 이동합니다.』

『멍멍! 아우~!! (거기 서, 거기 서, 거기 서~!!)』

『NP 1을 소비, [커스 스피어]를 발동. 금빛의 그 녀석이 데미지를 1 입고 [저주·레벨 5] 상태가 되었습니다.』

『크르릉~!! (앗~!!)』

『금빛의 그 녀석이 지속 데미지로 인해 사망하였습니다. MVP는 당신입니다. 축하드립니다! MVP 보수는 [★★★히히이로카네·2개]입니다.』

어, 아. 쓰러뜨렸다……. 정말 성공했네!! 게다가 저번에 내가 쓰러뜨렸을 때 보수는 [사과]였는데, 이번에는 히히이로카네라고?! 이게 뭐야? 희귀도가 얼티밋인 소재 아이템이잖아!! 흐엑~! 게다가 2개!! 어디다 쓰지……?

『아우…… (조금만 더 하면 따라잡을 수 있었는데……)』

『[어비스 워커]를 해제합니다.』

"더 이상 쓸데 없이 뛰어다니면 배가 고파서 움직이지 못하게 되어버리잖아!"

『끄응…… (그렇긴 한데, 배가 고파졌어……)』

일단 히히이로카네는 제쳐두자. 그런 것보다 돈타의 배고픔 게이지가 최저치까지 떨어질 것 같다고! 정말, 배가 고프다면서 쓸데없이 전력질주를 하니까!

"린네 양~! 너무 멀리까지 가셨답니다~!!"

"언니, 이제 곧 사막으로 들어가 버려요!"

"어? 그렇게 멀리 뛰어왔어……?"

『(;´∀`)』

"이 근처에서 식사를 하는 게 어떻겠습니까? 저는 저기, 이제 기다릴 수가 없습니다!"

어라, 그 녀석을 쫓아가다 보니 단숨에 사막 근처까지 와 버렸구나. 그럼 이 근처에서 조금 이른 점심밥을 먹을까.

[스텔라벨체 사막]

눈에 보이는 것은 모래 바다 뿐. 낮에는 들어온 자에게 작열, 밤에는 낮의 더위를 비웃는 듯한 극한이 덮친다. 폭설과 폭우로 인한 재해 때문에 고민하던 북쪽 지역 루테오라로부터 인공 하천을 끌어왔으며 사막 중앙에는 호수와 스텔라벨체 왕국이 존재한다. 그리고, 현재 계절의 일몰은 꽤 늦다.

—————더워~………….

"갑니다~, 돈타 씨! 스플래시 샷!"

『오렐리아가 [스플래시 샷]을 발동하였습니다.』

『아우우우우~!! 아후……, 아후…… (더워어~!! 물, 물…….)』

리아쨩의 빗자루로 물을 얼마든지 공급할 수 있다는 게 그나마 다행이네……. 그때 만들었던 빗자루가 바다의 동굴 던전을 공략할 때뿐만이 아니라 이 사막에서 귀중한 수자원의 무한 공급원이 되어서 정말 기특해. 너무 기특하다고……. 바다의 동굴에서는 블

리자드 크래커가 주요 공격 수단이었으니 쓰지 않았는데, 이쪽에서는 스플래시 샷이 훨씬 더 도움이 되네…….

"치요짱도 물 끼얹을래……?"

"저는 온도차에 익숙하니! 괜찮습니다."

"제 갑옷이 뜨거운 철판이 되었답니다……."

"린네 공이야말로 저보다 더 더우실 것 같습니다만……."

"멋을 부리는 건 말이지. 참는 거야. 이 정도 더위로 그만두려면 처음부터 입으면 안 되지."

"각오가 너무 대단하시네요……. 저는 벌써 벗고 싶어져서 견딜 수가 없답니다……."

우리 일행 중에서 제일 더울 것 같은 사람은 나이긴 하지만, 이 정도 더위는 고스로리를 벗을 이유가 못 돼! 멋을 부리는 건 언제나 인내심이 필요하다고!! 그리고 돈타도 까맣고 복슬복슬한 털 때문에 더울 것 같고, 리아짱도 까만 마녀복이라 더울 것 같고, 오니짱하고 페르짱도 갑옷에 물을 끼얹으니 치익~ 소리가 나고……. 어라……? 방금 냉정하게 생각해 봤는데, 우리가 사막에 올 차림새가 아니지 않나……?

『멍멍! 아우우! (참을 수가 없어! 뛰어가는 게 더 나아, 바람이 시원할 거야, 분명히!)』

"돈타, 믿기지 않을 정도로 바보 같은 결론에 도달했구나……?!"

"이 사막에서 뛰어갈 셈인가요?!"

"뛰어갈 거라면 저와 경주하시지요!"

『)丶′ω`(』

"프리오닐 씨! 기운 차리세요~! 얍!!"

『오렐리아가 [스플래시 샷]을 발동하였습니다.』

『(*´ω`*)』

아, 이제 안 되겠다, 돈타가 뛰어갈 자세를 취하고 있어……. 돈
타 등에 태울 사람만이라도 정해야지……. 우선은 페르짱하고 오
니짱은 태우자. 리아짱은 빗자루를 타고 이동할 수 있으니까 괜찮
을 테고, 치요짱은 뛰어갈 생각으로 가득하니…….

리아짱, 이렇게 더운데도 덥다는 말을 한 마디도 안 하는데, 괜
찮은가? 아, 아아아아,!! 그렇구나, 리아짱은 원래 이곳 출신이라
서 익숙한 건가……!

"나는 돈타의 그림자에 들어가서 이동할 테니까, 페르짱하고 오
니짱은 돈타를 타고 이동할까? 나머지는 각자 알아서 이동할 수
있지……? 괜찮아?"

『멍! (괜찮아!)』

"그럼, 저는 뛰겠습니다!"

"돈짱, 무겁겠지만 힘내주렴……."

『(;´∀`)』

『[어비스 워커] 상태가 되었습니다. 돈타의 그림자로 이동합니
다.』

돈타, 뛰어가는 게 더 낫겠다고 말한 건 너야……! 과연 페르
짱하고 오니짱을 태우고도 이 사막을 끝까지 뛰어갈 수 있을까
요……! 돈타 군의 도전입니다!

『(돈타, 출발~!)』

『아우우우~! 아우! (뛰어가는 게 기분이 더 좋아~! 최고야!)』

"으앗?! 꽤 흔들리네요……!"

『(*´∀`*)』

"리아 공! 이 방향으로 나아가면 스텔라벨체에 도착하겠지요?"

"맞아요~! 하늘 위에서는 이미 멀리 보여요!"

"아~……, 희미하게 보이는 것 같기도 하네요~……."

돈타, 뛰어가니까 기운이 나는 모양이네……. 페르짱이 돈타 위에서 흔들리다 떨어질뻔한 것 같지만, 그것만은 익숙해질 수밖에 없어!

『아우, 아우~!! (보인다, 보인다~!!)』

"음! 돈타 공, 모래늪입니다! 그쪽은 안 됩니다!!"

"돈짱, 오른쪽!!"

『아우? 멍! (모래늪? 오른쪽, 기억하고 있어!)』

"어머, 오른쪽이라는 말을 배웠군요! 똑똑하기도 하죠!"

오오, 돈타가 말이 통하지 않는 페르짱의 '오른쪽'이라는 말에 반응했어! 오른쪽이 어느 쪽인지 이해하다니, 꽤 똑똑하잖아! 그리고 멀리 건물이 보이기 시작했네. 저기가 리아짱의 고향, 스텔라벨체 왕국이구나……, 윽……?!

『아웅……? (갑자기 시원해지는 것 같은데?)』

"해가 지면 이 사막은 뼛속까지 얼어붙을 정도로 추워요! 서둘러야 해요!"

"해가 지기도 전인데 이렇게 춥나요?! 서두르시죠?!"

해가 지기도 전에 추워지기 시작하다니……. 이것이 스텔라벨체 사막의 매서움……! 일단 서둘러 이동해야지, 역시 뛰어가기로 한 게 잘한 거구나!

"이 오한은……."

『(｀・ω・´)』

"리아 공, 느껴지십니까?"

"느껴져요……. 왕도 바깥까지 기분 나쁜 기척이 감돌고 있어요."

어라, 혹시 모두가 느끼고 있는 한기가 자연현상 때문에 생겨난 게 아닌가……? 그림자 속이라 한기가 어느 정도인지는 모르겠지만, 보통 일이 아니라는 것만은 알겠어…….

"리아짱, 사막에 몬스터는 없나요?"

"……정말이네요. 어째서 몬스터가 없는 걸까요."

"이렇게 시끌벅적하게 뛰어가고 있으니 들켰더라도 이상할 게 없을 텐데요."

"기척이 전혀 없긴 합니다……."

『(다들, 스톱. 지금부터는 신중하게 접근하자. 나도 밖으로 나갈 테니까)』

『[어비스 워커]를 해제합니다.』

페르짱이 이변을 눈치챘다. 이야기를 듣고 보니 이 사막에는 몬스터의 기척이 전혀 없긴 했다. 사막으로 들어온 이후로 몬스터와 마주친 적이 한 번도 없다.

어떻게 된 건지 알아보고 싶은 마음이 굴뚝같긴 하지만, 곧 해가 질 시간이니 느긋하게 정보를 수집하고 있을 수도 없고, 이대로 가다가는 어둡고 매서운 추위가 몰아치는 사막에서 조난당할지도 모른다. 이게 스텔라벨체 왕도에서 발생한 이상 현상이라면 조사하지 않고 돌아갈 수는 없다.

"……."

리아찡의 표정이 얼어붙었다. 아무래도 이 이상한 상황을 보고 최악의 사태를 상상한 모양이다. 돈타도 왠지 기분 나쁜 분위기를 느꼈는지 평소였다면 나에게 뭐가 있다거나 뭔가 보였다고 말했을 텐데 입을 계속 다물고 있다.

"보이기 시작하네요……, 너무나도 조용하답니다……."

"……그렇, 네요……."

"왠지 기분 나쁜 느낌이 감도는데……."

나 또한 스텔라벨체의 왕도로부터 기분 나쁘고 이질적인 느낌이 들기 시작했다. 뭔가, 이상하다. 너무 조용하다. 오싹거리는 감각이 등줄기를 스윽……, 어루만지는 듯한 오한. 엄청나게 기분이 나쁘다.

"……설마."

『크르르릉……! (기분 나쁜 냄새가 나!)』

"이건 너무하네요……."

이건……. 여기 오기 전에 예상했던 스텔라벨체 왕도의 상황과 너무나도 다른데……. 리아찡이 새파랗게 질릴 정도의 참극, 돈타가 느낀 기분 나쁜 냄새, 왕도 동문의 틈새 너머로 보이는 광경. 최악의 상황.

"카슈파는 이무기의 눈동자를……, 그 힘을 이미 제대로 다루고 있는 것 같아요……."

스텔라벨체의 백성들이 언데드가 되었다. 좀비, 스켈레톤, 불사자들이 왕도를 활보하고 있다. 감돌던 한기는 죽음의 오라였다. 스텔라벨체는 거대한 묘지가 되었다.

"아무래도 우리를 전혀 알아보지 못하는 것 같네요……."

"전혀 반응을 보이지 않는답니다……. 혼이 빠져 나간 것 같아요……."

"너무해……. 어째서 이런 짓을……!"

『…….』

『아우~……!!』

"쉿……! 이곳은 이미 적지 한복판입니다. 최대한 조용히……, 어둠 속에 숨어 이동하시지요."

치요쨩이 말한 것처럼, 이곳은 적지 한복판이야……. 생각할 게 잔뜩 있긴 하지만, 목소리를 억누르고 해가 지는 것과 동시에 잠입해야겠어.

"어째서 이렇게 좀비 투성이가……."

"남자 불사자가 없네요……. 혹시 구멍을 더 파게 시켰을지도 모르겠어요. 이무기가 큰 구멍 안쪽에서 나타났다는 전승만은 누구나 알고 있으니 카슈파가 더욱 강한 힘을 원해서 파고 있을지도 모르겠네요."

"그것도 나중에 확인해 보자……."

『아우~…….』

카슈파가 구멍을 파게 시켰을 가능성이 있구나……. 일단 어두워지기 시작하긴 했는데, 어떻게 할까. 설마 이렇게 될 줄은 몰랐으니까, 이래선 길드 하우스를 빌리지도 못하겠는데…….

"주인이 없는 집을 쓰도록 하죠. 임시 길드 하우스로 활용하는 거예요."

"어……, 그렇게 해도 되는 거야……?"

『길드 메시지 : 페르세우스가 스텔라벨체 왕도에 길드 하우스를

(무단) 차용하였습니다. 앞으로는 길드 하우스로서 전송 기능을 사용할 수 있습니다. 이 길드 하우스는 선전포고 없이 파괴할 수 있습니다. 주의하여 주십시오.』

"좋아요, 이제 됐네요."

별로 좋진 않은 것 같은데. 아니, 으음……! 뭐, 어쩔 수 없나……!

"그건 그렇고, 왠지 귀신이 나올 것 같네요……."

"귀, 귀신……, 으읍……?!"

"쉬잇……!!"

치요쨩, 진정해! 나올 것 같은 게 아니라 틀림없이 나올 거라고! 아~……. 정말 강한 치요쨩이 귀신을 무서워하는 모습이 귀엽구나~! 좀 전에 자기가 조용히 하라고 했으면서 있는 힘껏 소리를 지를 뻔 했으니까! 그 정도로 무섭다는 거구나…….

그건 그렇고, 으음~. 바깥 광경이 완전히 호러야……. 가엾게도 카슈파에게 살해당한 사람들일 테니 어떻게든 구해주고 싶긴 한데, 이렇게 많으면…….

"이곳 주민들은 최대한 다치게 하고 싶지 않아. 다들 조심해."

"분부, 받들겠습니다……."

"불사자가 이렇게 많으니 아무리 린네 양이라 해도 어떻게 해볼 수가 없지 않나요……?"

이렇게 많으니 어떻게 해볼 수가 없긴 하지만……. 어떻게 해볼 수는 없는지 생각해 볼 거야. 리아쨩이 지금 짓고 있는 표정을 보니 방법이 없다는 말을 하고 싶진 않으니까.

"어떻게든 할 방법, 생각해둘 테니까."

"일단 로레이로 돌아가죠. 본격적으로 밤이 된 이후에 다시 한

번 잠입하는 게 나을 것 같답니다. 그리고 마음의 준비를 한 다음
에 와야겠네요."

"그러게……. 아, 채널 변경도 안 되는구나. 시간을 변경할 수
없게끔 고정시켜 두었어……. 스토리를 클리어할 때까지 이 기능
은 풀리지 않을 것 같아."

"그렇군요……."

우선 로레이로 돌아가자. 이 광경에 충격을 받아서 잠입할 상황
이 아니게 되었으니까. 일단 마음을 정리하고, 그런 다음에 다시
도전하자. 그리고 곧 19시야! 거의 3시간 가까이 사막을 뛰어다닌
건가……. 시간이 참 빠르게 가네…….

"다음에 다시 오자……? 리아짱도, 그래도 괜찮겠어?"

"네……. 감사, 합니다. 정말로……."

"모두 함께 협력해서 해결하자. 우리를 가족이라 생각하며 의지
해도 되니까."

"알겠어요. 곤란할 때는 가족의 힘을 빌릴게요. 이번에는, 돌아
가죠……."

일단 돌아갔다가 다시 오자. 우선 모래투성이라 기분이 안 좋을
테니 마신전 2층에 있는 대욕탕을 이용하라고 하고……. 나도 현
실로 돌아가서 식사와 목욕을 할까~.

"맞다, 21시부터 경매인데요? 잊진 않으셨죠?"

"앗, 이, 잊지 않았어요~……!"

"그랬군요. 잊고 있었군요. 린네 양 말고 다른 분들도 편승해서
팔지 않고 가지고 있던 보물들을 내놓으려 하는 모양이니 기대되
네요."

"오~, 그렇구나……. 스텔라벨체 공략에 도움이 되는 게 있으면 좋겠네."

"그럼, 돌아갈까요."

그랬지! 21시부터 경매를 하는 걸 잊고 있었어! 대충 이것저것 하고 나면 경매 시간이 되겠네! 리아짱이 조금 걱정되긴 하지만, 내 일을 먼저 해결해야지. 걱정된다~, 그러면서 내 일을 제대로 하지 않으면 리아짱에게 오히려 더 큰 부담을 안겨주게 될 테니까. 우선 마신전으로 돌아가서 로그아웃할까.

『————다음 뉴스입니다. 교토에서는 어젯밤부터 계속 내리던 폭우가 그쳤고, 하천이 대규모로 범람하기는 했지만 사망자나 행방불명자가 생겼다는 보고는 없었습니다. 하지만 피난 시에 넘어지거나 하면서 경상을 입은 부상자나 피난소에서 몸 상태가 안 좋아진 사람이 생겼다는 보고가 이어지며 여전히 재해 대처에 정신이 없는 상태입니다. 그리고 일부 지역에서 중간 규모 범위로 발생한 정전은 지금 복구된 모양————.』

교토 쪽에 내리던 폭우가 이제야 그친 모양이다. 이렇게 규모가 큰 재해가 발생했는데도 사망자와 행방불명자가, 그리고 중상자가 지금까지 확인되지 않은 것, 다친 사람도 넘어진 정도에 그쳤다는 걸 보니 재해 대처 능력이 정말 뛰어나다는 생각도 들고, 정전이 이렇게 빠르게 복구되는 것도 기술의 발달이 느껴진다.

예전 뉴스 같은 걸 보면 하천이 범람할 경우에 사망자가 수십 명, 수백 명 정도는 발생했던 것 같으니까 요즘 시대는 대단한 것 같다. 2000년에 들어선 이후로 수십 년 동안은 이상기후, 극단적인 기후현상과의 싸움이었던 것 같으니까 그러한 노하우를 잘 살린 거겠지~……. 아, 오늘 밥은 잘 됐네, 맛있다. 내 밥 짓는 기술도 능숙해진 것 같은데…….

응? 스마트폰에 알림이……. 멜티스 온라인……? 아, 맞다. 다이브 시스템하고 동기화해두어서 오는 건가? 스마트폰하고 다이브 시스템을 동기화하면 연락처를 등록할 수 있고, 만에 하나 다이브 시스템을 이용하던 도중에 바이탈 이상을 감지할 경우, 자동적으로 구급차를 불러주고 미리 설정해둔 상대에게 긴급 사태라는 사실을 알리는 메시지를 보내주는 서비스 같은 것도 있단 말이지. 참고로 나는 마유미에게 연락이 가게끔 해두었고.

그런데, 음, 누가 메시지를 보낸 거지……, 레나짱?!

『폭우, 집, 물에 잠겼어. 하지만 걱정하지 마, 무사해. 전기도 복구되어서 로그인했어.』

레나짱, 집이 물에 잠겨 버렸어?! 그래도 무사하다니 다행이네……! 로그인할 수 있는 정도로는 여유가 있다고 생각해도 되려나……? 걱정이 되긴 하지만 로그인했다면 그쪽에서 상황을 확인하는 게 낫겠지. 그럼, 뉴스도 다 봤고 이제 시시한 예능 프로그램만 할 테니 끄고……. 가볼까, 바빌론 온라인!! 이제 그 게임에는 멜티스 요소도 없으니 바빌론 온라인이라고 해도 괜찮지 않나? 괜찮지?

『바이탈 체크 스캔 개시……, 문제 없습니다.』

『도쿄의 향후 날씨는 비가 예상됩니다. 창문이나 문을 잘 닫았는지 확인하여 주십시오.』

『문제 없이 닫았다는 대답을 확인하였습니다. 버추얼 다이브 시스템을 기동합니다.』

『버추얼 다이브 시스템 기동……, 천천히 눈을 감아 주십시오.』

『버추얼 싱크로 개시……, 완료.』

『가상 현실 공간에 오신 것을 환영합니다. 바빌론 온라인 플레이가 요청되었습니다.』

『바빌론 온라인을 찾지 못하였습니다. 멜티스 온라인 플레이가 요청되었습니다.』

『멜티스 온라인에 접속 중……, 링크 완료.』

쳇……. 언젠가 반드시 바빌론 님을 절대적인 존재로 만들어서 바빌론 온라인으로 바꿔주겠어……!

『어서 와~♡ 사랑스러운 바빌론짱이 주는 어·드·바·이·스♡』

끄 으 윽! ! 들을래, 들을래~!!

『마술 공격, 원거리 공격 스킬 중에도 직접 공격 판정을 지닌 스킬이 있거든~? 이건 직접 공격 반사 대상이 되니까 주의하렴~♡ 이 말만 들으면 안 좋은 점만 눈에 띌지도 모르겠지만, 이것도 나름대로 좋은 점이 있거든~? 자세한 내용은 스스로 확인해 보려무나~♡』

네에~! 하아~……, 로그인할 때마다 바빌론짱의 토막상식 코너가 나오는 거, 장난 아니네. 뇌가 녹은 뒤에 로그인하게 되니까 로그인 직후에는 빈틈투성이가 되어버려……. 이런, 이런……. 바빌론짱, 너무 귀여워어……!

"어라, 어라, 돌아왔구나~."

"늦었어~."

"어, 어서 오셔요! 다들 이미 모였답니다!"

"여어!"

"왔군! 기다리고 있었다고!"

"어서 와~."

오, 아직 21시가 안 되었는데 다들 길드 룸에 있네! 리아짱을 둘러싸고 스터디 모임을 하는 마술사 팀 언니들하고, 평소에는 못 봤던 길드 멤버도 있어!!

"오, 처음 뵙겠슴다. 화서의 꿈 탐색개척부, 지도 제작이나 미개척 지역을 탐험하는 팀의 리더, 아카임다. 잘 부탁드림다!"

"어, 아, 잘 부탁……, 드림……, 니……, 다!"

"그러고 보니 이야기는 꽤 나눴는데 자기소개는 안 했네요. 화서의 꿈 마술개발연구부 리더, 미첼이에요. 잘 부탁해요."

"잘 부탁, 드립니다……!"

아, 저기, 네……! 아카 씨는 처음 뵙겠습니다, 미첼 씨는 앞으로도 잘 부탁드립니다……. 어, 길드에 있던 그 커다란 지도를 아카 씨 일행이 만든 건가……?

"아카 씨하고 미첼 씨는 말이지~, 원래 다른 길드의 마스터였거든~? 내가 화서의 꿈을 설립할 때 합병했지~!"

"로레이의 해적을 퇴치할 때 말이죠. 주로 식재료 조달이나 아이템 조달을 지원하는 쪽을 맡았슴다. 그때는 레벨이 낮아서요! 아, 이번에 또 평균 레벨 45 정도가 되어버렸지만 말이죠! 다들 마족 환생해서요! 아하하하!!"

"저도 마찬가지로 그때 주민 NPC들에게 마술을 가르쳐주고 숫자로 밀어붙이는 방식으로 싸웠어요. 이쪽 팀은 원래 레벨이 40은커녕, 30 정도가 대부분이어서요. 레벨을 40대까지 올릴 수 있다는 건 좋기만 했죠. 이 마신전이 나타난 건 감사하기만 하네요."

그렇구나……. 그래서 느낌이 다른 팀이 두 개 있었던 거구나. 용케도 이런 식으로 길드 운영을 해나갈 수 있네……. 낮잠 씨가 자유로운 사람이라 길드의 그릇도 큰 건가? 다양한 플레이어들이 있어서 재미있는데!

"아카 씨하고 미첼 씨는 서브 마스터 안 하시나요……?"

그리고 의문! 이 두 사람, 원래는 길드 마스터였을 텐데, 서브 마스터는 안 해?! 이 두 사람이야말로 서브 마스터가 되어야 할 사람들 아닌가?!

"아~, 그건 말이죠, 탐험에 푹 빠져서 서브 마스터 같은 건 해봤자 의미가 없겠다~ 싶어서요! 그리고 스카우트는 잘 못하고요!"

"저도 마찬가지예요. 마술 관련 연구와 실험에 푹 빠져서요."

"그러니 린네 씨가 서브 마스터를 맡는 게 훨씬 낫겠죠! 그리고 마신전을 세운 사람이 서브 마스터를 안 맡는 건 좀 이해가 안 되기도 하고요!"

"그렇죠. 린네 씨가 마신전을 세웠다는 이야기를 듣고 놀랐어요. 이것저것 이야기를 듣고 싶은데, 길드 규칙이 있어서요."

그렇구나, 으음~, 그렇구나……? 어라, 왜 내가 서브 마스터가 된다는 식으로 말하지?

"그럼~, 그럼~, 여러분~, 모여 줘서 고마워! 놀랍게도 출석률 100퍼센트로 길드 경매를 개최하겠습니다~!!"

"와아~."

"시작되네요~! 기대된답니다~!!"

"그래. 돈은 엄청 많다고."

"그건 무조건 내가 살 거여!"

"다들 의욕이 넘치네~……, 에리스짱, 돈은 충분하려나~?"

"아~, 기대됨다! 탐색을 중간에 끊고 왔으니까요, 상품은 그게 전부가 아니겠죠?!"

"다른 것도 있다고 들었어요. 참고로 저희가 출품한 것도 있으니까요."

와━━━━, 시작한다……? 어라, 그러고 보니 돈타랑 다른 시종들은? 뭔가 위화감이 있다 싶었더니 돈타가 없었네?! 어디……, 1층? 아, 시종 정보를 보니 마신전 내부를 돌아다니고 있는 모양이구나. 돈타는 모치린느짱에게 갔고, 리아짱은 도서실, 치요짱은 식당, 언니하고 로라짱은 비공개구나……. 어라, 오니짱은?

『(*´ω`*)』

있 잖 아. 길드 룸 인테리어가 되어 있잖아!! 마치 무슨 '저는 그냥 갑옷이에요. 인테리어입니다'라는 듯이 서 있는 건데. 위화감이 너무 없어서 눈치를 못 챘다고! 내가 눈치챈 순간에 이모티콘을 띄우고, 정말 장난기가 넘치는 사람이네…….

"그러기 전에, 우선 모두에게 소개할게요~. 만장일치로 새로운 서브 마스터로 결정된 린네짱입니다~! 린네짱, 자세한 이야기는 페르짱에게 들었지?"

"어, 못 들었는데요."

"린네 양!! 바빌론 님하고 이야기를 나눈 다음에 멍한 상태로 대답했잖아요?! 전부 설명했는데요?! 되어도 괜찮다고 했는데!!"

"어, 미안해……. 어, 괜찮을까요……? 신참인데요……."

어어? 내가, 서브 마스터……? 길드에 들어온 지 아직 며칠밖에 안 지났는데요?! 괜찮을까요?!

"그럼 내가 다시 설명해줄까? 딱히 린네짱이 뭔가 해줬으면 한다고 요구하진 않을 거야. 길드의 장식 같은 것도 이것저것 마음대로 바꿔도 되고, 다른 기능들도 마음대로 써. 단, 누군가를 제명하거나 가입시킬 때는 일단 나를 통해서 하고."

"어, 어째서 이렇게 좋은 대우를……."

"앞으로도 뭔가 여러모로 발견해줄 것 같잖아? 그러니까 그럴 때마다 매번 서브 마스터에게 부탁해서 길드에 전체 메시지를 보내거나, 길드 게시판에 글을 올릴 때 매번 다른 누군가를 통해서 하면 귀찮겠지? 린네쨩의 약진을 지원해준다는 의미로 서브 마스터가 되어 주었으면 하거든~."

그런 걸 만장일치로 결정했다는 건가요……?!

"나도 한 마디 하자면, 린네쨩은 이미 이 길드를 이끌어가고 있는 최전선 플레이어야. 우리가 교회에 쳐들어가는 걸 망설이고 있었을 때 엉덩이를 걷어차 줬지. 틀림없이 그 자리에 어울릴 거라고. 앞으로도 길드를 이끌어 주었으면 해……, 물론, 우리도 끌려다니기만 할 생각은 없다고. 다양한 방면으로 지원해줄 셈이야."

"핫게가 하고 싶은 말을 전부 다 해부렀는디."

"머리에 오징어를 쓰고 있는 주제에 쓸 만한 말을 하네."

"응, 오징어도 쓸만해."

어, 어쩌지……. 왠지, 울어버릴 것 같아……! 이렇게 많은 사람들에게 인정을 받은 건 이번이 처음인 것 같아……? 글쎄, 기억이 안 나지만……, 그래도! 정말, 기뻐.

"어때, 맡아줄래……?"

"부조칸 모미지만, 사, 삼가, 바다드리겠쑴미다……!!"

"혀를 깨물어서 귀여워. 좋아."

"새로운 서브 마스터, 린네 양의 탄생이랍니다~!!"

"좋았어! 오늘은 최고의 날이네요!!"

"좋아, 오늘은 기분 좀 내보자고!!"

"너희들, 이 경매가 끝난 다음에 파티도 할 거니까, 참가해라!"

"서브 마스터 취임 축하해~."

와아, 모두가 따스한 말을 잔뜩 해주네⋯⋯! 고마워, 감사합니다. 나, 나⋯⋯!

"이 길드의 서브 마스터로서 부끄럽지 않게끔 열심히 노력할게요⋯⋯!!"

『(*′∀`*)』

"여러분도 린네 양에게 뒤처지지 않게끔 열심히 노력해야 한답니다!"

"그러는 페르짱도 말이지~! 좋았어! 새로운 서브 마스터를 정했으니까! 오늘 진행은 내가~, 라고 말하고 싶지만 말이지? 익숙한 사람이 있단 말이죠~. 페르짱, 부탁해!"

"네, 그럼! 제가 진행을 맡도록 하겠어요~! 오늘 메인 상품은 이미 알고 계실 것 같지만⋯⋯요! 오늘은 메인 상품 말고도 많은 상품들이 마련되어 있답니다! 그 상품들에 대해서는 리스트로 정리해서 아이템 이름만 적어두었고요!"

흐아아아~, 긴장했다~⋯⋯. 그리고 경매 진행은 페르짱이 하는구나~! 다들 리스트에 나온 이름을 보기만 했는데도 안절부절, 웅성대고 있어⋯⋯! 아, 이름만 봐서는 이해가 안 되는 게 가끔 있네~⋯⋯, 이건 내가 기세에 몸을 맡기고 만든 주물이구나⋯⋯!!

"흑철의 고리는 뭐여⋯⋯?"

"어, 마스터가 쓰던 파이팅 건틀렛을 팔걸까?!"

"난 이거 가지고 싶은데."

"아, 엄청 많네. 돈이 그렇게 많진 않은데."

"아……. 이건 이름이 지팡이 같아…….."

"나중에 나온 물건을 사고 싶을 때 돈이 바닥난 상태면 곤란하죠……."

"그럼 우선, 이거부터! [스나이핑 크로스보우 +12]랍니다!!"

"뭐어?! 레나짱이 쓰던 거잖아!!"

"어, 필요 없어?!"

"웅!"

제일 먼저 출품된 것은 레나짱이 예전에 쓰던 무기인 모양이야! 스나이핑 크로스보우 +12……, 12?! 지나치게 강화하는 건 페르짱 정도밖에 없을 줄 알았는데! 레나짱도 꽤 심하게 하는 타입이구나……?! 하지만 원거리 무기를 쓰는 애가 없으니까…….

"보시면 아시겠지만, 대형 크로스보우, 배회형 보스 몬스터인 리틀 레드 드래곤을 쏴서 떨군 레나짱이 쓰던 무기랍니다! 성능은 방금 여러분께 공유해드렸고요! 우선 500만부터 시작해달라고 했으니 500만부터랍니다!"

"비싸?!"

"700 내겠슴다!!"

"갑자기 700이 나왔네요!"

"유니크 장비 +12가 700이라면 엄청 싼 건데에~?"

"800!"

"크아~……, 850 낸다!!"

"900입다!"

"900이 나왔답니다! 900 이상 있으신가요?!"

우와, 우와. 900이라니, 벌써 가격이 두 배 가까이 뛰었어. 유니크 +12 무기가 그렇게 고급인가……?! 처형 도끼 +12도 그렇고, 사실 이거 페르짱에게 터무니없는 걸 받아 버린 거 아닌가…….

"1000!!"

"1150, 내겠습다!"

"1150이라~……!"

"1150이라고……!"

"자, 1150! 더 이상 있으신가요?!"

이거, 아카 씨가 1150만 실버로 낙찰받으려나……?!

"1300입니다~!"

"1300!! 마술사 팀의 카이나 씨가 단숨에 1300을 부르셨네요?! 어, 쓰실 수 있나요?!"

"카이나는 매직 슈터였나~? 속성탄을 쏘는 마술 직업이야~."

흐엑~. 1300?! 왠지 시작하자마자 말도 안 되는 숫자가 오가고 있는데……?! 난 지금 170만 정도밖에 없는데! 보물상자에서 나온 수익뿐이거든?!

"1400임다!!"

"포기할게요오~……, 이길 수 있을 줄 알았는데~……."

"1400! 더 있으신가요! 1400!! 아카 씨로 결정되었답니다!!"

"좋습다~!! 레나짱, 소중히 쓰도록 하겠습다!!"

"응, 강해. 1400, 고마워! 팔았다~."

"처음부터 숫자가 강하네요!! 그럼 다음에는 가벼운 상품으로 가도록 하죠. [타깃 실드]랍니다! 우선 100만부터."

응?! 타깃 실드⋯⋯?! 사실 오니짱에게 필요한 장비 아닌가?! 아, 어그로 상승량 +25퍼센트에 균형 잡힌 가드 성능을 지닌 대형 방패⋯⋯, 어라? 가·리비의 열화 버전 아닌가? 으음~, 이건, 됐어⋯⋯. 게다가 돈도 없고! 최종 낙찰까지 흘려들어야지.

"110!"

"110만! 다른 분 안 계시나요? 110만으로 결정! 탐색 팀의 코너 씨랍니다!"

"코너 씨, 레이지에게 110 줘~."

"생각보다 비싸게 팔렸는디, 감사!"

"어그로율이 올라가는 대형 방패는 별로 없다고요~. 희귀하니까 말이죠~."

어쩌지, 가·리비의 존재를 가르쳐주고 싶지만 코너 씨가 절망할 것 같은데⋯⋯?! 마, 말하지 말자. 지금은 기분 좋게 샀으니까 기분이 상할 만한 정보는⋯⋯.

"참고로 바다의 동굴에서 어그로 50퍼센트 대형 방패가 나와. 레전더리니까 얻기는 힘들 거야."

"정말인가요?! 아~, 거기는 어그로를 끌기 힘드니까 이제 먹으러 가기 편해질 것 같네요! 다음에 가볼게요!"

"응."

레나짱이 말해버렸어⋯⋯?! 그래도 코너 씨는 풀죽기는커녕 엄청 기뻐하네⋯⋯. 목표가 올라가면 더 기뻐하는 타입인가? 이 길드 사람들, 더 위가 있다는 걸 알게 되면 기뻐하는 타입인 사람이 많은 것 같고, 그렇구나, 괜찮구나, 말해도⋯⋯.

"그럼 다음은 [카르섬의 백은 +7]! 이건 레전더리 무기랍니다!

성능은 표기되어 있고요! 그럼 100만부터!"

우와, 벌써 다음 상품이구나! 음, 카르섬의 백은……? 뭐지, 어떤 무기……, 오오~.

[★카르섬의 백은 +7] (최상급·레전더리·암기·빈 슬롯 2 [○○])
·어그로율 -50%.
·참속성 공격 +20% +14%
·참속성 내성 무시 20% +35%
·비었음
·비었음
─────이 일격, 간파할 수 있을까? by 매혹적인 킬러 카르섬
강화 가능·중량 1.2kg

"저요, 저요, 저요~. 에리스짱이 400만 낼게요~."

"450! 저도 암기를 쓰거든요~!"

"아~, 어새신도 암기를 쓸 수 있지~……, 500~!"

"550!"

"음~, 700!"

"어, 크윽, 큭~……."

"700! 자, 다른 분 안 계신가요?"

"이히히……."

"700에 에리스 씨에게 낙찰! 돈은 밋첼 씨에게 주서요."

"네, 확실하게 받았어요."

"앗싸싸~. 암기가 한 자루 더 안 나와서 곤란했던 참이었단 말

이지~……!"

"으윽……, 사고 싶었는데~……."

암기는 에리스 씨가 낙찰받았구나~! 은백색 암기, 멋지네
~……. 금빛 암기하고 이도류로 쓰면 재미있을 것 같지 않아? 아,
금빛!! 금빛이라고 하니 금빛의 그 녀석 시체! 시체 안치소에 자동
수납되어 있네! 깜빡 잊고 있었어! 음~, 어쩌지, 성공하면 팔 만할
것 같은데……

"아, 페르짱, 계속 해~. 잠깐 자리 좀 비울게~……."

"어머? 네, 그럼 다음————."

좋았어~. 해버릴까~! 항상 가던 3호실로 렛츠 고!! 아, 그래도
바로 나오는 건 바람직하지 못하려나? 만약에 만든 걸 내놓으면
방금 만들어 왔다는 느낌이 잔뜩 들 테고, 시간이 좀 걸린 척하면
서……. 어차피 나는 돈이 없고, 내 상품은 후반에 몰려 있으니 그
때까지 돌아오면 되겠지.

> **[금빛의 그 녀석]**
> 금빛 슬라임으로 보이지만, 정확한 정체는 알 수 없다. 공격을 당
> 할 것 같으면 재빠르게 도망치기 시작한다.
> 지금까지 토벌에 성공한 플레이어가 있다는 정보는 없고, 일반적
> 으로는 아무도 쓰러뜨릴 수 없는 유니크 몬스터로 인식되고 있다.

"다녀왔어요~……. 낮잠 씨, 이거 리스트에 추가해 주세요~."

"으엥? 으엥?! 리스트 15번에 새로운 상품 추가, 추가합니다~!"

"오오? 이게 뭐야?"

"잘 모르겠는데……?"

"이~, 게~, 뭐~, 야~?"

"이거, 이름 그대로인가요?!"

"무슨 의미임까? 이거?"

"이거, 이거……?"

아, 만들어버렸네, 만들어버렸어, 금빛의 그 녀석을 쓴 주물을……! 사실은 방패를 만들까 했는데, 왠지 모르겠지만 최종적으로 만든 게 방패가 아니었다고!

"조용히! 우선 다음 상품부터요! 12번, [★다크 이어링]이랍니다! 레전더리 귀걸이, 그것도 슬롯이 딸려 있어요!"

어이쿠, 마침 내가 출품한 물건 차례였네! 시간이 좀 더 걸릴 줄 알았는데, 딱 맞는 타이밍이었어. 위험했네.

"모든 물리 공격 내성 상승?!"

"어, 이게 뭐야, 장난 아닌데."

"사기 아냐……?"

"단점은 HP 자연 회복? 그건 있으나 마나잖아~."

"실질적으로는 단점이 없구나~……."

"생존 능력을 키워주겠네요. 이건 가지고 싶은데……."

"그럼, 300만부터!"

"나는 500 내지."

"왓세 씨가 500!"

어, 말도 안 돼, 500? 벌써 500이나 붙었어……?

"700 낼게~."

"에리스 씨가 700! 다른 분 계신가요?"

"750 넣게요~."

"마요 씨가 750!"

"800!"

"900 내지."

"핫게 씨가 900! 더 계실까요!"

900, 900……?! 귀걸이가, 900……?! 아니, 별 생각 없이 만든 건데요, 왠지 죄송한데?!

"900으로 낙찰! 핫게 씨, 린네 양에게 돈을 주실래요?"

"오? 린네쨩이었구나. 고맙다, 잘 쓸게."

"감사, 합니, 다아……."

『핫게 씨로부터 [9000000실버]를 받았습니다.』

흐엑~……. 별 생각 없이 만든 아이템이 900이라……!

"그럼 다음, 13번! [★흑철의 고리]!"

"이건 물리 내성이 10퍼센트 떨어지나? 아니, 잠깐만, 물리 공격 15퍼센트 상승이라고?!"

"빈 슬롯까지 있잖아, 이게 더 나을지도 모르겠는데."

"아까 그거하고 합치면 실질적으로 불이익 없이 물리 15퍼센트 상승이구나~?"

"흐아~, 이거 가지고 싶은데~……."

"뭐죠? 빈 슬롯 액세서리가 마구 나오는데요?!"

"존재하는지 의심되는 수준이었는데, 잘도 나오네요……."

"아~, 주물사에게 만들어달라고 한 거 아냐? 이거?! 이런 것도 나오는구나……."

"무슨 시체를 합성하면 이렇게 되는데……."

"그거, 물리 데미지 5퍼센트 상승만으로도 게시판에 난리가 났었잖아?"

"조용히 하세요!! 500만부터 시작할 거랍니다!!"

"1000만 내지."

"핫게 씨가 사정없이 1000만! 다른 분 계신가요?!"

천, 만…………?! 아니, 핫게 씨, 돈 너무 많은 거 아니야?!

"1200~, 나도 이거 가지고 싶어!"

"1300 내지."

"1400!!"

"1500이다."

핫게 씨, 핫게 씨……?!

"핫게는 아바타를 마구 팔아대고 있으니까~……."

"그래. 실버 수입이 늘어서 아바타 가격도 많이 올랐거든."

"1500만! 핫게 씨보다 더 내실 분~!"

"아~, 나도 이건 가지고 싶어!! 1700 낼랑께!!"

"레이지 씨가 1700만! 다른 분 계신가요?!"

"부탁 좀 하자……!"

"안 계시는군요! 1700만, 레이지 씨로 결정되었답니다!"

"좋았어! 고마워!! 근디 누구한테 주믄 된당가?!"

"린네 양이에요."

"뭐어?! 좋은 게 너무 잘 뜨는 거 아니여?!"

『레이지 씨로부터 [17000000실버]를 받았습니다.』

"흐아아아 감사합니다아……!"

이런이런, 쓰러져 버릴 것 같아. 어쩌지? 이렇게 많이 받았는데……?!

"그럼 다음! 원래는 메인 상품 직전에 진행할 예정이었지만 14번! [★살육회전·심연의 황금 반지]! 이미 카드가 꽂혀 있는 상태인 반지랍니다!"

"상태이상 5초 추가는 힘들 것 같은디."

"양쪽 다 5초 추가, 인가요?"

"입힐 수 있는 상태이상 효과 시간도 5초 추가, 입는 것도 5초 추가란 말이지."

"그런데 이거, 마스터가 당했다고 했던 범고래 카드 아님까?!"

"아~, 이거, 그거 맞는 것 같은데?!"

"그러게~……, 내가 당한 녀석~."

다음, 또 내 거네! 이건 살육 범고래의 카드가 꽂혀 있고 상태이상을 5초 추가해주는 반지구나! 카드 효과는 스크류 어택 사용 가능하고, 최종 피격 데미지 5퍼센트 경감인 거.

"모든 데미지 5퍼센트 경감?!"

"아, 정말이네~, 카드 효과가 너무 강한 거 아니야~?"

"좀 전에 나온 귀걸이하고 합치면 물리는 15퍼센트 내성을 얻게 되는 걸까요?"

"글쎄, 10퍼센트 내성을 먼저 적용한 다음에 최종 데미지를 5퍼센트 경감시켜 주는 건지도 몰라."

"그러지 않으면 내성 계열하고 경감 계열을 합쳐서 모으면 100퍼센트 경감되니까 무적이 되어버리겠지~."

"얼마나 좋은 건지 아셨으니 500만부터 시작할 거예요!"

"음~, 상태이상을 부여하는 스킬이 없는디……."

"나도 없어…….."

"그럼 내가 600에~."

"낮잠 씨가 600만 부르셨네요!"

아~, 이거, 불이익이 더 크게 느껴지나 보네. 상태이상의 지속 시간이 5초 늘어나는 건 아무래도 힘들지. 아무리 데미지 5퍼센트 경감 같은 효과가 있다 해도 불이익이 더 크다는 생각이 드니까.

"다른 분 안 계신가요~?"

"오, 살 수 있나…….? 설마…….?"

"600! 낮잠 씨로 결정되었답니다!"

"앗싸~……!! 난 이거, 불이익이 없으니까 기쁘네~!!"

으음~, 강한 카드가 꽂혀 있다고는 해도 다들 불이익을 꺼려하는구나~! 응? 불이익이 없다고…….? 자기도 상태이상이 5초 늘어나는데 낮잠 씨에게는 이익이야? 뭐지……?

"자, 린네짱~."

"아, 그리고 보니 제가 내놓은 거라는 걸 알고 계셨죠……, 감사합니다."

"아~, 받았을 때 봐 버려서, 그때부터 정말 가지고 싶었거든~!"

『낮잠 정말 좋아로부터 [6000000실버]를 받았습니다.』

"싸게 사버렸네, 미안해~?"

"오히려 팔려서 기쁜데요!"

그래도 왜 불이익이 없는 건지 물어보는 건 규칙 위반이니까……! 답답하긴 하지만, 그래도 낮잠 씨가 원하는 장비를 손에 넣어서 기뻐하는 것 같으니! 상관없나!

"그럼 좀 전에 갑자기 리스트에 올라온 상품, 여러분, 이걸 보고 싶으셔서 안 사고 버티셨죠? 희귀도 얼티밋, 황금의 왼손!!"

"오오오오……!!"

"대단하네. 이 성능은 뭐야?"

"우와, 우와, 갖고 싶어~……!"

"팔찌인 줄 알았는데, 왼손용 장비야?!"

"진짜로 이름 그대로 스킬이 있네요……."

그리고! 아까 금빛의 그 녀석의 시체를 방패에 붙여봤더니 터무니없는 일이 일어났어. 희귀도가 얼티밋인 장비! 이건 대단하고, 내가 쓰지 못하는 게 아쉽긴 하지만, 엄청나게 유니크한 성능이야!

[★★★황금의 왼손] (극상·얼티밋·왼손용 보조장비·빈 슬롯 1 [○])

·[저주] 장비를 뺄 때 1000만 실버를 소비한다.

·오른손의 격투 장비를 복사한다.

·스킬 [황금 장벽 방패]를 사용 가능.

·패시브 스킬 [황금의 왼손] 획득————, 1회 제한.

·빈 슬롯.

·————이런 수법이, 남아 있었을 줄이야……. by 허를 찔린 결투자

특수 해제·강화 불가·장비 등록자 [————]·중량 없음

생김새는 금팔찌. 감정 거울로 장비의 성능을 살펴보니 왼손으로 공격했을 때 돈타가 가지고 있는 [황금의 오른발]처럼 크리티

컬 확률과 크리티컬 데미지가 상승하는 스킬을 획득할 수 있었다. 게다가 황금 장벽 방패라는 스킬도 쓸 수 있어서 금빛 실드를 발생시킬 수 있어! 발동 기회를 세 번까지 저장해둘 수 있다는 특수 소비용 스킬이고, 3분에 1회씩 실드가 회복되는 것 같아. 자세한 장비 정보를 통해 알아낸 건 이 정도려나? 나는 못 쓰니까 세밀한 성능까지는 알 수가 없지.

"그럼, 100만부터 갈게요?"

"500만이여!"

"레이지 씨, 500만!"

"700만 내겠슴다!"

"아카 씨 700만!"

"950~."

"코요코요 씨, 950만이네요!"

"나는 1400만~."

"낮잠 씨가 단숨에 1400만! 자, 두 번 다시 얻지 못할 수도 있답니다! 그리고 본 적도 없잖아요?! 미스틱 희귀도!"

"1600만~."

"에리스 씨가 1600만 부르셨네요! 자, 더 계신가요?!"

"2000만 낼 건데~?"

"낮잠 씨가 2000만 부르셨답니다!!"

"이봐, 이봐, 이봐, 이봐……."

"돈이 얼마나 많은 겁까~!"

"내가 PK로 얻은 장비는 전부 경매에 내놓았으니까~."

"자금원이 너무 강해……."

아, 멍하니 있었네요. 2000만? 2000만이 뭐지? 아, 돈 말이야? 와아……. 이제 머리가, 멍하네요……. 따라갈 수 없는 세계야…….

우리 멤버 중에서 장착할 수 있는 사람이라면 치요짱 정도밖에 없겠지만, 체술보다는 검술, 검술! 같은 사람이니까, 돈타는 일반적인 장비를 장착할 수 없는 것 같고, 오니짱은 방패를 장비하지 못하게 되어버릴 테고, 우리 일행 중에 장착할 수 있는 애는 아무도 없단 말이지.

"3000만, 낮잠 씨! 양보해 줘~!!"

"40000만, 푸하하하하~."

"아니~, 그건 힘들지!!"

"4000만, 이제 결정해도 될까요? 4000만!! 낮잠 씨로 결정되었답니다!"

"앗싸~! 자, 린네짱!"

『낮잠 정말 좋아로부터 [40000000실버]를 받았습니다.』

"흐아아아……, 감사합니다아……!"

아~! 아……! 낮잠 씨에게 강력한 장비가 넘어가 버렸어……! 이 성능에 4000만이면 사실 싼 거 아닌가?! 아니, 그래도 4000만은 너무 심했지, 비싸! 그건 그렇고, 낮잠 씨는 돈이 얼마나 많은 거야?!

"낮잠은 좀 전에 판 건틀릿 수입하고 아바타 대박 수입도 있으니까……."

"그거 비싸게 팔렸지~, 바니 슈츠. 3000만이었나?"

"방금은 적어도 5000만 가까이 가지고 있었겠군. 아무래도 이제 없겠지."

"글쎄~?"

"그럼, 마지막이랍니다! 네, 제가 500만!"

"뭐?! 소개 정도는 하라고!"

"어쩔 수 없네요?! 네, 마지막은 이거! [★울프 카추샤]랍니다!"

아, 그러고 보니 이게 메인 상품이었지……! 지금까지 경향으로 보아 엄청난 가격이 붙을 것 같은데, 각오를 해 두어야지……. 지금 내 소지금은~……, 4300만?! 이렇게 많아? 어어?! 어어어어?!

"700 낼게."

"레나 씨가 700을 불렀답니다! 네, 저는 900만!"

"그거 치사한디?! 나도 준비하고 있었제, 1500이여!!"

"1600 낼게~."

"단숨에 져부렀는디……?!"

"나는 2000 내지."

"핫게에게는 절대로 지고 싶지 않아. 2200~."

"에리스 씨가 2200만을 불렀네요!"

"너무 비쌈다……!"

"동물 계열 귀 아바타는 뽑기에서 안 나오니까요……."

"히든조차 없는 것 같거든~."

"그럼 제가, 3000만 내겠어요!!"

"그럼 내가 4500을 내버릴까~?"

"뭐어?! 흐엑?!"

어————, 낮잠 씨, 아직, 돈이 남았어요……? 말도, 안 돼……?!

"아무래도 그 정도는 없어……."

"에리스쨩, 설마 낮잠이 아직 4500이나 가지고 있을 줄은 몰랐는데요오~……."

"제가 5000만 내겠답니다!!!"

"후후후~……, 5500."

"네에?! 6000!!"

"6500~. 거짓말 아니거든? 진짜로 가지고 있어."

페르쨩, 낮잠 씨……, 흐으? 으어, 무슨 말인지 잘 모르겠어요……. 어쩌지, 어떻게 그렇게 많이 가지고 있는 거야…….

"그런 거금이 대체 어디서……?! 이봐, 설마, 공식 쪽 경매에 나왔던 고액 아이템, 거의 낮잠이……?"

"혹시나 말인데요, 그 성속성 단검을 내놓은 사람이 마스터입까……?"

"맞아~."

"히든 아바타인 바니 슈츠도 내놓았으니, 혹시 그때 그 클래식 메이드복 같은 것도……."

"맞아~."

"혹시, 혹시나 말이죠? 억 넘게 가지고 계신가요……?"

"글쎄~?"

낮잠 씨, 뽑기 운하고 보물 상자 운이 얼마나 좋으신 거죠……?! 이게 길드마스터의 운명력인가요……?!

"어라, 어라? 사버리나? 사버리는 건가아~??"

『낮잠이 [도발]을 발동하였습니다.』

"이놈~, 스킬을 발동시키지 마~."

"우와, 플레이어에게 도발이 걸리니 낮잠에게서 눈을 뗄 수가 없게 되는구나……."

"이거, 다른 방향에서 각각 도발에 걸리면 어떻게 되는 거지?"

"레벨이 높은 쪽 우선~? 또는 가까운 쪽이래~."

"그만두겠어요!! 저, 지금 가진 돈으로 이길 수 가 없을 것 같거든요! 다른 분, 6500 이상 계신가요?!"

"이길 수 있을 리가 없지……."

"힘들, 겠네요. 그리고 그렇게 귀여운 걸 차고 다닐 용기가……."

"네! 결정되었답니다! 크윽, 가지고 싶었는데요오……!"

"앗싸~! 자, 린네짱!!"

『낮잠 정말 좋아로부터 [65000000실버]를 받았습니다.』

"우와, 아……! 감사합니다……?!"

이제, 그러니까, 실버가 억이 넘어서 잔뜩……. 얼마인지 셀 수도 없어……. 이렇게 많이 받고, 나……, 죽나? 안 죽어? 괜찮아……?!

"어때? 어때? 어울려?"

"오, 괜찮네."

어, 벌써 낮잠 씨에게 귀가 돋아났어~?! 네, 그거, 정말 좋네요……?! 정말, 귀여워요……!

"아앙~! 저도 언젠가 귀여운 동물 귀 아바타를……!"

"페르짱은 티아라 같은 게 더 잘 어울려."

"흐엑……?! 그, 그런가요……?!"

"그럼, 이번 경매는 이걸로 끝이야~. 산 사람도, 사지 못한 사람도, 다음에는 출품하고 싶은 사람도, 다음 기회를 노려보자고~."

"잔뜩 사들인 마스터가 귀를 쫑긋거리면서 자랑하네~."

"응……, 좋아. 귀여워."

"좋은 걸 사서 다행임다! 다음 경매 개최 때까지 뭔가 좋은 걸 주워두어야겠네요!"

"그렇군~. 이거 진심으로 돈을 모아야겠는데~."

"리더, 바다의 동굴 안 가실래요?! 어그로 올려주는 방패가 나온다는데요?!"

"아~, 괜찮겠네요~. 마침 사람들도 모여 있으니까~."

"그럼, 좋은 기회니까 우리하고 반씩 섞어서 파티를 짤까요?"

"아~, 괜찮겠네요! 모두 함께 가시죠~!"

"자잘한 편성은 가면서 하고. 이 시간에 낮인 곳은~……, 8채널로 갈까?"

"마스터, 감사함다! 또 오겠슴다~!"

"다음에 또 부탁드릴게요. 감사합니다, 즐거웠어요!"

"또 봐요~!"

"다녀오겠슴다~!"

"조심히 다녀와~."

해산한 순간, 다들 일제히 의욕을 보이면서 던전으로 돌격해 버렸어……. 서브 마스터들만 남아버렸네……?

"핫게, 가끔은 사냥하러 가자~? 바다의 동굴!"

"그래. 갈까."

"참말로? 그라믄 나도 가고 싶은디!"

"아~, 에리스짱은 고민하고 있어요, 어떻게 할까~."

"저는 볼일이 있답니다! 알아보고 싶은 게 있거든요!"

"음……, 레벨 차이가 너무 커. 캐리하게 될 거야. 경험치도 초라하고."

"좋았어~, 에리스짱도 바다의 동굴로 가볼까~? 린네짱은~?"

"죄송합니다, 볼일이 있어서……! 다음에 같이 가요!"

오~. 신기하게도 핫게 씨가 사냥하러 가나 보네! 낮잠 씨, 레이지 씨, 에리스 씨가 함께 가는 4인 파티! 바다의 동굴 던전, 낮잠 씨 일행도 범고래 사냥이 가능하려나? 상태이상을 다룰 수 있는 사람이 있으면 좋을 텐데.

"그 범고래, 쓰러뜨릴 수 있을 것 같거든~, 이거 성능에 달려 있겠지만 말이지?"

"아, 아까 산 황금의 왼손인가? 자신 있어?"

"참말로, 그거 가지고 싶었는디~."

"그럼,― 다녀올게~? 린네짱, 페르짱~, 다음에 같이 놀자~."

"네, 네! 조심하시고요!"

"다녀오셔요~!"

"다녀올게~."

아~, 아까 그 왼손 장비를 쓰면 되려나……. 그리고 데미지 1만 입는 녀석들의 HP를 200 깎을 방법이 있으려나……? 혹시 독? 그 녀석에게 통하려나…….

"아짱……, 앗! 린네 양. 그럼 바로……."

"어디, 가?"

"아, 레나짱도 같이 사막에 가실래요……?"

"……으에에에에엑……."

어, 엄청 싫은 것 같네. 사막은 못 가시나요?! 못 가시나요오?!

"응, 재미있을 것 같네. 갈래."

"재미있진 않을지도 몰라요……. 조금, 심각한 상태라……, 자세한 이야기는 나중에 해드릴게요!"

『(*´ω`*)』

"아……. 미처 몰랐네. 있었구나."

『(´;ω;`)』

아, 그리고 보니 오니짱도 있었지……. 응, 멋지게 인테리어 상태였어, 오니짱. 잠복에 재능이 있다고……. 그럼, 사막! 가볼까! 우선 모두를 집합시켜야지. 아무리 치요짱이라 해도 이제 배가 부를 테고……, 좋아, 스테이터스에 만복 상태라고 떠 있네. 언니도 이번에는……, 어……, 어어?! 만취?! 말도 안 돼, 로라짱도 만취?! 그 사람들, 대체 뭐하는 거야?! 술을 잔뜩 마셔버렸어?!

"자, 잠깐만, 혹시 식당에 있는 거……."

"왜 그러시냐요?"

"언니하고 로라쨩이 만취 상태라서……."

"응, 식당에서 엄청 큰 목소리가 들려. 분명히 그럴 거야."

"그럼 저는 돈쨩하고 리아쨩을 불러 올게요?"

"부, 부탁할게!!"

으아아아아아, 큰일이야아아아아……!! 분명히 일반 이용자들에게 폐를 끼치고 있을 거라고, 얼른 가야지! 시종의 실수는 주인 책임이니까, 대참사가 일어나기 전에 어떻게든 해야지!!

"알겠어?! 잘~ 보라고오?!"

"응~, 응~, 보고 있어, 보고 있다고오……!"

————데굴데굴…….

"아하하하하하하! 구러갔다아~!!"

"이히히이이이이이! 대단해애애애! 꿀꺽……, 꿀꺽……!! 푸하아아아앗!"

아, 언니하고 로라쨩은 이미 글렀어……. 젓가락을 굴리면서 웃어대고 있잖아. 대단할 것도, 재미도 없다고……. 언니를 깨웠을 때 말했는데, 마지막 기억이 술을 마시던 기억이었단 말이지. 아, 분명히 술에 취했을 때 누군가에게 살해당했겠구나…….

"아~, 즐겁다, 즐겁다고~."

"즐거워어어어어!!"

로라쨩도 술버릇이 이렇게 안 좋고……! 불사 속성이든, 보스 속성이든, 전설의 해적 선장이든, 전설의 마녀든, 술에는 취한다고……. 취한다니까, 상태이상이 아니라 이로운 쪽 버프 효과에 떠 있다고, [만취]라는 글자가……. 뭐, 그렇겠지. 이제 밤이니까,

이렇게 술을 마시면서 즐겁게 지내는 것도 괜찮으려나······.

"······크아아아아, 스으으읍~······."

"아아아아아아아아아아아 선장이 자버렷어어!! 쓰러졌다아~!! 선장이 먼저 빠졌어어~~!! 선장이 먼저 빠지다니, 그러고도 선장이냐고!! 아하하하하하하하하하!!"

우와, 썰렁해······.

"썰렁해."

"썰렁하네요······."

"아하하하하하하하!! 앗! 아~······, 새근~~······, 쿠울······."

"소리를 지르다가 잠들다니······. 말도 안 돼······."

『토네이더가 행동불능 상태가 되었습니다. 시체 안치소·5에 자동 수납되었습니다.』

『로렐라이가 행동불능 상태가 되었습니다. 시체 안치소·6에 자동 수납되었습니다.』

"돈타하고 리아짱은 잠들어도 수납되지 않는데······. 아, 이 상태에서 일어나도 행동불능 상태니까 안 되겠구나······."

"실질적으로 사망 취급······?"

"그럴지도, 모르겠네요······."

둘 다 술을 잔뜩 마시고 소리를 질러대다가 만취로 인한 행동불능 상태가 되어서 시체 안치소에 자동으로 수납되어 버렸는데······. 이거, 실질적으로 사망으로 간주하는 건가······. 이제 바로 사막에 갈 생각이었는데, 어떻게 해야 할까······.

"밤에 사막으로 가면, 위험해?"

"음······. 주민들이 언데드가 되어서 돌아다니고 있어요. 하지만 함부로 죽이고 싶지는 않다고 해야 하나……."

"주민들이? 뭐야 그거, 무서워. 그래도 야생 언데드, 사역할 순 없어?"

"제가 깨운 언데드가 아니라서 안 되는 것 같아요."

"으음~……. 무슨 사정인지 모르니까, 쓰러뜨릴 수 없어. 사막, 그만둘까?"

"아뇨, 그럴 수도 없거든요. 스텔라벨체가 지금 어떤 상황인지 말씀드릴까요?"

"응!"

우선 돈타와 다른 시종들을 데리러 가면서 레나짱에게 아까 보았던 스텔라벨체의 상태에 대해 설명해야지. 일단 같이 식당에 있는 치요짱부터? 뭐가 어떻게 되었는지 요점만 설명하면 대충 이해할 수 있는 내용이니까, 정리해서 이야기해두자.

"————그래서, 카슈파가 아마 이무기의 힘을 흡수한 게 아닐까 하거든요."

"음~……. 뱀이라면, 독 내성이 필요해? 마침 독 내성도 있어. 완벽하네~."

"아, 장비 바꾸셨나요?"

"샀어, 자유와 책임이라는 머리 장비. 흰색하고 검은색 깃털이 달린 모자, 생김새는 촌스러워."

"자유와 책임……, 와, 보여주셔도 괜찮아요?"

"경매 때 다들 봤으니까……, 괜찮아."

그렇구나, 장비를 바꾸셨군요. 그 머리 장비 덕분에 상태이상 일부가 통하지 않게 된 건가요? 그렇구나~, 강한 내성 장비네

~……, 아니, 이게 뭐야?!

> **[★침묵을 깨는·자유와 책임 +12]** (최상급·레전더리·머리 장비·빈 슬롯 없음[●])
>
> ·강화 수치가 +5 이상일 때, 스턴, 혼란을 레벨 5까지 무효화한다.
>
> ·강화 수치가 +7 이상일 때, 추가로 기절, 마비, 수면을 레벨 5까지 무효화한다.
>
> ·강화 수치가 +10 이상일 때, 추가로 독, 저주, 즉사를 레벨 5까지 무효화한다.
>
> ·강화 수치가 +12 이상일 때, 행동불능 계열 상태이상을 전부 5까지 무효화한다.
>
> ·데미지 경감률 0% + 5%.
>
> ·[수다쟁이 소라고둥 카드] 침묵 상태가 되지 않는다.
>
> ·[장비보호 티켓 적용] 플레이어 이름 [07XB785Y]
>
> ─────자유를 추구한다면, 책임이 따르는 법이다.
>
> 강화 가능·장비 등록자 [07XB785Y]·중량 0.05kg

동결, 석화, 기절, 스턴, 수면, 마비, 그리고 독하고 저주, 즉사까지 무효! 아무튼 행동불능, 불리해지는 상태이상은 전부 무효! 후 위인 레나짱의 행동에 제한이 걸리지 않는다면 언제든 유리하게 마구 공격해댈 수 있어! 좋은 장비네요……! 게다가 +12!!

"이거 비쌀 것 같네요~……."

"머리 장비는 좋은 게 많아. 상태이상보다 화력이 강해지는 걸 우선시하는 사람들이 일반적이야."

"아~, 그런가요? 그럼, 1500만 정도인가요? 이거."

"아깝네. 3700만."

"전혀 아깝지 않은데요?!"

"후훗……."

흐엑~, 3700만이라~……, 나도 가지고 싶긴 했지만, 출품되는 상품의 차례를 따지면 돈이 없었을 타이밍이었으니 어차피 못 샀으려나~. 아깝네~…….

"강화는 경매를 제쳐두고 했어. 처음에는 +5였고.'

"엇……. 용케 +12까지 올리셨네요……?!"

"성공 확률 상승 티켓하고 강화 실패 시 보호 티켓이 꽤 많이 줄었어. 마지막으로 장비 보호 티켓도 써서 PK 당하더라도 절대로 뺏기지 않게끔 했고."

"우와, 우와아……! 이제 6000만이나 7000만 정도는 될 것 같은데요……."

"그 정도로 살 수 있다면 저렴할지도 몰라."

"흐에에에엑……!!!"

어쩌지, +12가 이 정도라면 바빌론짱의 드레스가 +15인 거, 좀 그렇지 않나……?! 진짜 장난이 아닌데, 장비 성능은 입이 찢어져도 말하지 말아야겠어……. +15라고 하면 엄청난 질투의 폭풍이 몰아칠 거야!

"린네 공~……. 언제까지 제 배를 두들기실 겁니까~……."

"치짱이 일어설 수 있게 될 때까지?"

치요짱을 제일 먼저 데리고 가겠다고 했는데, 사실 아직 치요짱을 데리고 가지 못했어요! 치요짱이 너무 많이 먹어서 배가 빵빵하니까! 레나짱하고 내가 치요짱 양쪽 옆에 앉아서 동시에 치요짱의 배를 통통 두들기면서 부활할 때까지 기다리고 있었죠.

"음……. 이 통통한 느낌, 여우가 아니라 너구리네요."

"아앗~?! 그 호칭만은 정말 싫습니다! 이렇게 된 이상, <u>흐으으으읍!!</u>"

"어, 배가 단숨에 오므라드네……!"

"대단해, 아. 꼬리가 불타고 있어……."

"불타고 있어, 꼬리가 불타고 있다고, 치요짱?!"

"지금, 먹은 것들을 태우고 있으니……!!!"

"아~~……, 연소 계열, 연소 계열……."

"여우 다이어트~……, 예전 광고 영상을 재현하는 것들이 유행하고 있지."

"유행하고 있죠~, 특이해서 귀에 남는 계열은 무심코 봐버린다고 해야 하나……."

"결국 무슨 광고인지 기억나지 않는다는 게 단점이야."

"그러게요……."

"<u>으으으읍</u>……!! 컹!!"

"아, 완전히 불타 버렸네."

치요짱이 여우 다이어트식 강제 연소를 해주었기에 통통한 치요짱에서 슬림한 치요짱으로 돌아왔습니다! 아, 요호네요……. 현실에서 너무 많이 먹었을 때 누구나 이걸 쓸 수 있다면 이 세상에서 살찐 사람이 사라질 것 같아요.

"허억……, 허억……! 이렇게, 하면, 땀이……, 심하게 나서……."

"으아, 목욕하러 가야겠네."

"얼른 목욕하고 와, 치요짱! 그런 다음에 다시 모이자?! 기다릴 테니까!"

"죄, 죄송합니다……, 다녀오겠습니다."

그런데 땀이 엄청 나네?! 사막에서 뛰어다녔을 때도 땀을 한 방울도 안 흘렸는데, 엄청나게 연소했구나, 정말……. 게다가 꽤 힘들어 보이기도 하고, 역시 할 수 있다 해도 하려고 하는 사람이 별로 없을지도 모르겠는데……?! 아니, 그래도 할지 모르겠네…….

『멍!! (와 버렸어!)』

"출발하시나요? 아마 매섭게 추운 밤일 테니 추위 대책은 필수예요!"

"돌아왔답니다!"

"어라, 돈타하고 리아짱! 와 버렸구나, 치요짱이 땀을 잔뜩 흘려서 목욕하러 갔어. 그리고, 언니하고 로라짱이 술에 잔뜩 취해서 수납되었고……."

"어, 혹시 계속 마신 건가요? 혹시……. 너무 많이 마셨잖아요……."

『아우우우~ (술 냄새, 껄끄러워~).』

돈타하고 리아짱이 우리에게 와 버렸네. 이 두 사람이 언니들 술판에 대해 알고 있는 걸 보니 진짜로 꽤 오래전부터 계속 술을 마신 것 같은데……. 아무리 마신전을 세운 공적이 있어서 무료라고 해도 너무 많이 마셨잖아!

"어라? 아까 시원스럽게 먹고 마시던 미인 두 명은 잠들었나?"

"히익……."

"아, 쿡 씨! 안녕하세요. 잠들어 버려서 각자 침상으로 데리고 갔어요!"

"술이 많이 남아서 말이야, 덕분에 잘 되었지. 아직 많이 남아서 새로운 술을 둘 곳이 없으니 곤란하거든. 또 먹고 마시면서 떠들어줬으면 하는데."

이, 이 사람이 쿡 씨……?! 쿡이라고 해야 하나, 크툴루크툴루 같은 외모이신데요오오오오오오오………?! 레나짱이 '히익……'이라고 말한 다음에 움직이지 않게 되어버렸는데요……?! 행동불능 계열 상태 이상은 무효 아니었나요!!

"그럼, 이건 치울게? 다음에는 친구도 데리고 와서 모두 함께 먹고 마시며 떠들어주었으면 좋겠어~. 또 보자고~……."

"네, 네헤……."

"쿡 씨는 위장의 지배자라는 별명을 가지고 계신다고 해요!"

"예, 옛 지배자가 아니구나? 옛 지배자 쪽이 아니구나?"

"네? 아, 아마도? 저기, 위장의 지배자니까……, 현재 지배자 분이시네요!"

"……판글루 글루나파 크툴루 르뤼에 가나글 파탄."

"그 이상은 안 돼."

"불렀어어~?"

"아아, 아아아, 아아, 안 불렀, 어, 요!!! 죄송합니다아……!!!"

"히익……."

"조심하라고~?"

"조심할게요!!"

여, 역시, 저 쿡 씨, 분명히 크툴루크툴루하신 분이신데……?!

조, 조심해야겠어. 주의해야지, 말을 함부로 하지 않게끔……!!!

"바, 방금 그 영창은 뭔가요……?"

"리아쨩. 지금은 말이지. 몰라도 돼. 잊으렴……."

"네, 네에."

『멍……! (무서웠어……!)』

"……오늘 밤에 제대로 잘 수 있을지 걱정이야. 밤을 새울 가능성이 높은걸."

"저도 좀……!"

오늘은 자려고 하면 생각나서 제대로 잠을 못 잘지도 모르겠는데……? 운영자분, 어째서 갑자기 그쪽 요소를 넣으신 건가요……?! 미리 대비를 하지 못했을 때 갑자기 들이닥치는 게 제일 효과가 크거든요?!

『((((; ﾟДﾟ))))』

"으아아아아악?!"

『○ ｜￣｜＿』

으아아아아아아아!! 오니쨩, 갑자기 부들부들 떨면서 깜짝 놀라게 하지 마아아아아아아아아아아!! 놀라서 머리를 때려버렸잖아, 미안해! 머리가 날아가 버렸다고!!

"다녀왔습————, 허윽?!"

『Σ(´∀`;)』

"이, 노옴……!"

"아니, 그게 아니야! 치요쨩! 그건 내가 잘못한 거야! 오니쨩을 베지 말아줄래?! 미안해, 방금은 내가 잘못한 거니까!!"

치요쨩?! 돌아온 치요쨩에게 날아간 머리가 맞았어?! 어째서 이런 일들이 연달아 일어나는 거야! 이런 저런 일들이!! 미안해, 치요쨩~!! 오니쨩도 미안해~!!

"그, 그러시다면, 어쩔 수 없군요……."

『(*′∀`*)』

"아, 아무튼! 모두 모였으니 추위 대책을 세우고 나서 스텔라벨체로 가자!"

네……. 일단 진정이 되었으니……. 스텔라벨체로 이동하기 위해 길드 포탈을 열고……. 어라, 페르쨩?

"페르쨩, 어라……? 페르쨩……?"

"……흐아."

"페르페르, 크투……, 음, 으음! 쿡 씨를 보고 나서 계속 굳어 있었어."

"아……. 뭐, 생김새가 꽤 엄청난 사람이었으니까……."

그렇구나, 쿡 씨를 보고 나서 계속 굳어 있었구나……. 뭐, 그럴 수도 있겠지…….

그리고 슬픈 소식, 언니와 로라쨩이 자동 부활할 때까지 8시간 남았다. 꼭 강제 부활시키고 싶을 때는 NP를 전부 소비해서 반혼의 의식을 치러야 하지만, 되살아난 다음에 숨을 좀 돌리고 오랜만에 기분 좋게 마구 마신 거니까 오늘은 그냥 내버려둘까……. 그리고 둘 다 잠버릇이 안 좋을 것 같으니까. 그래도 매번 이러면 곤란하니 다음부터는 적당히 해줬으면 좋겠네.

"응, 길드 포탈 행선지, 스텔라벨체야?"

"맞아요……, 지금부터는 조용히 해주시길 부탁드릴게요."

『아우……!』

"바깥에 돌아다니고 있는 게 스텔라벨체의 주민들?"

"그렇죠……. 그런데 젊은 남자 언데드가 없어요. 아마 이용 가치가 있는 자들만 최소한 살려두고 있을지도……."

자, 제2회 스텔라벨체 잠입 대작전……. 이번에는 마음의 정리가 어느 정도 되었으니 상대방의 정보를 최대한 가지고 돌아가야지……. 뭘 하고 있는 건지, 이제부터 뭘 하려는 건지, 애초에 어디에 진을 치고 있는 건지, 최대한 모든 정보를 말이야.

"왕족의 책임은, 왕족이 지겠어요……."

『아후…… (우리도 있어)』

"감사합니다, 돈타 씨."

"나눠서 정찰하자. 우선 왕도 바깥쪽, 남동쪽에 있는 큰 구멍의 상황을 살펴보는 팀. 그리고 왕궁 내부로 침입해서 정보를 모으는 팀으로."

"이렇게 짧은 기간 사이에 뭐가 얼마나 바뀌어 버린 건지, 무슨 일이 일어나고 있는 건지 정보가 필요해요."

그러게, 큰 구멍의 상황도 알고 싶고, 왕궁 내부의 정보도 필요해. 하지만 많이 모여서 움직이면 눈에 띌 테니까, 나뉘는 게 좋을 것 같긴 한데…….

"린네, 어떻게 움직여?"

"가능하면 언데드 주민 NPC는 무시했으면 해요. 성 멜티스 교회 관련 NPC가 있으면 살처분, 암살이 가능한 곳에서 카슈파를 발견하면 곧바로 해치우고, 이렇게 하면 어떨까요?"

"응……. 만약에 그런 곳에 카슈파가 있으면 로라짱하고 언니도 깨워야 해? 길드 멤버도 모두 강제 소집할게."

"그럴게요……."

"오늘은 초승달, 게다가 날씨도 흐리니까 저는 하늘 위로 날아도 어두워서 발견되지 않을 거예요. 그리고 이 몸이 된 이후로 밤눈이 밝아졌거든요."

"리아짱은 왕궁 쪽으로 너무 가까이 접근하지 말고 그런 식으로 부탁해. 돈타, 레나짱, 페르짱, 치요짱은 큰 구멍 쪽으로. 오니짱은 인테리어 작전으로 어떻게든 왕궁 쪽으로 잠입할 수 있을까? 그 왜, 경매 중에 마치 공기 같았던 모습을 잘 발휘해서 말이야."

『Σ(´∀｀;)?!』

"할 수 있으면 해봐. 잠입이 성공하면 어비스 워커로 오니짱의 그림자로 날아가서 나도 내부의 상황을 살펴볼 테니까. 이러면 어떨까?

『(´･ω･)b』

"네, 그렇게 하죠."

"오케이~. 이의 없어~."

『멍 (알았어)』

"네, 알겠답니다."

"리아짱, 부디 혼자서 돌입하지 말고. 만약에 그러면 바로 수납한다?"

"네, 네……. 괜찮아요. 그러지는 않도록 할게요."

좋았어, 그럼 각자 행동을 시작하자. 초승달이 뜬 스텔라벨체의 밤, 보통은 어두워서 잘 보이지 않겠지만, 우리는 언데드 군단이라고! 어두운 곳에서도 꽤 잘 보이는 보정이————, 아마 걸려 있을 것, 같거든? 시야도 꽤 탁 트인 느낌이고? 그럼 왕도와 큰 구멍, 가능하면 왕궁 내부의 조사! 시작하자!!

　"좋아, 오니짱, 가자. 최대한 조용히 하고."

　『[어비스 워커]를 발동, 프리오닐의 그림자로 이동합니다.』

　자, 리아짱이 하늘 위로 날아오른 걸 신호로 삼아 행동 개시. 나는 오니짱의 그림자 속에서 정찰……하는데, 역시 어둡구나. 달빛이나 별빛도 없어. 초승달이 떴을 때 날씨가 흐리면 이렇게 어둡구나. 우리가 사는 도쿄는 밤에도 전기 덕분에 환하니까 아무리 하늘이 어두워도 상관이 없지만, 이렇게 촛불의 빛조차 없는 상태면 보통은 어둠 때문에 아무것도 안 보이는구나.

　『(리아짱, 뭔가 보여?)』

　『(보여요. 지상에 있는 돈타 씨 일행의 모습도 잘 보이고요……, 그런데 큰 구멍에는 멀리서 안 보이게끔 불가시 마술이 걸려 있는 것 같아요.)』

　『(최대한 주민 언데드가 적은 쪽 길로 유도해 줘).』

　『(알겠어요. 왕궁은 꽤 밝으니까 그쪽으로 날아갈 때는 조심할게요.)』

　『(절대로 무리하면 안 된다!)』

　『(네! 언니도, 조심하세요!)』

　우선 지금까지 얻은 정보는 '왕도 전체에 빛이 없고 어둡다', '왕궁만은 밝다', '돈타 일행을 보면 언데드가 반응한다', '오니짱만은 반응을 보이지 않는다' 정도겠구나. 아마 이 시점에서 카슈파는 왕궁에 있을 것 같은데, 아직 확정은 아니야. 선입견 때문에 예상하지 못한 함정에 빠지는 경우도 있으니까. 제대로 조사를 해두어야지.

『레나짱, 페르짱, 파티 채팅은 보이나요?』

『보여. 어디로 가면 돼?』

『보인답니다!』

『리아짱이 돈타나 치요짱에게 지시를 내릴 거예요 지시에 따라 함께 가 주세요. 언데드가 별로 없는 길일 테니까요.』

『알겠어. 이쪽에서는 리아짱이 전혀 보이지 않아.』

『저도 안 보이네요.』

『보이면 작전이 무너지니까요……. 카슈파가 알아채고 뭔가 행동을 앞당기거나 숨기라도 하면 곤란하고요.』

『왕도 가장자리 벽이 보이기 시작했어. 언데드가 된 멜티스 교회 신도가 있네.』

『해치워 주세요~.』

『응.』

이 나라에도 역시 성 멜티스 교회 NPC가 있었구나. 하지만, 언데드가 된 것을 보니 카슈파에게는 중요하거나 보호해야만 하는 대상이 아니고. 언데드가 되더라도 문제가 없기에 방치해 두었을 테니…….

성 멜티스 교회의 본거지는 루나리엣 왕국에 있을 테니까 그곳에 만에 하나 이 사태가 발각되더라도 문제가 되지 않는다고 생각하는 거겠지. 아니면 설마, 그런 생각까지는 못 한 건가? 설마 그럴 리가.

『프리오닐이 [실드 배시]를 발동, 스텔라벨체 왕국 병사·가단 (Lv.65)에게 데미지를 1441 입혔습니다. [스턴·레벨 4] 상태가 되었습니다.』

어라?! 오니짱이 교전하고 있는데?! 괜찮나?!

『프리오닐이 [풀파워 슬래시]를 터득하였습니다. [풀파워 슬래시]를 발동, 스텔라벨체 왕국 병사·가단에게 데미지를 290945 입혔습니다. [기절·레벨 3] 상태가 되었습니다.』

『프리오닐이 [처형]을 발동, 스텔라벨체 왕국 병사·가단의 목을 날렸습니다.』

『(오니짱, 괜찮아?!)』

『(˙ω˙)b』

뭐, 일단은 괜찮은 모양이다. 들키더라도 목격자를 없애면 스텔스 달성이니까……. 그건 그렇고, 풀파워 슬래시 같은 기술을 터득해 버렸구나, 오니짱! 강력한 공격 스킬은 아무리 많더라도 문제가 없으니까. 더 팍팍 익혀줘!

『오니짱이 교전을 벌였어. 일단은 이겼고 시체는 풀숲에 숨긴 것 같아.』

『다른 녀석에게, 들키진 않았어?』

『들키진, 않은 것 같아요. 딱히 움직임은 없는 모양이고요.』

『액티브 스텔스. 목격자를 없애면 스텔스 속행. 예전부터 상식이야.』

『그렇죠. 저도 그렇게 생각해요.』

『페르페르하고 치요치요가 교회 녀석들을 전부 베어버렸어. 강하네~.』

『강하죠……, 그쪽도 조심하세요.』

『오케이~. 참고로 페르페르는 대답을 할 여유가 없어.』

『알겠어요.』

돈타 일행이 큰 구멍에 더 먼저 도착할 줄 알았는데, 오니쨩이 먼저 잠입했네……. 일단 오니쨩을 언제든 수납해서 돌려 보낼 수 있게끔 준비를 해둬야지. 어라, 멈췄네? 혹시 분위기를 파악하고 대기하는 거야? 기특하네~ 오니쨩……!

『이쪽으로 올 때 큰 구멍은 못 봤어? 타러시에서 서쪽으로 나아가면 보일 위치였을 텐데.』

『직진했더니 모래늪 지역이 심해서요. 왕도 바로 동쪽을 피해 약간 남쪽으로 돌아서 남문으로 들어왔거든요.』

『그렇구나. 모래늪은 무섭지.』

『바깥으로 나간 뒤에도 발치는 조심하세요.』

『조심할게. 고마워.』

이제 돈타가 모래늪을 잊어버리고 뛰어들지만 않으면 되는데…….

『돈쨩, 흐르는 모래를 기억하고 있대. 치요치요도 기억하고 있으니까, 괜찮을 것 같아.』

『돈타, 똑똑해졌구나~…….』

『기특해. 그럴싸한 게 보이기 시작했어.』

『그럼 큰 구멍에 도착한 뒤에는 맡길게요. 왕궁 쪽에 다녀오겠습니다!』

『조심해~.』

큰 구멍 쪽은 레나쨩 일행이 무사히 도착할 것 같으니까 나는 오니쨩이 있는 왕궁 쪽에 집중해야지. 대상의 그림자 안에 들어가 있으면 텔레파시로 말할 필요도 없고, 텔레파시로 MP를 쓰지 않아도 되니까 직접 소리내어 지시해야겠어.

바깥 경치도 그림자 안에서 잘 보이네⋯⋯. 자, 오니짱은 왕궁의 통로 옆에 서서 인테리어인 척하고 있었구나. 프리오닐이 프리하게 오늘 가구인 척하고 있는 거지. 아아아아아아⋯⋯, 로라짱의 썰렁한 개그가 옮아 버렸네⋯⋯!! 이걸 다른 사람들이 들으면 '어, 썰렁해⋯⋯'라고 하겠지!!

『좋아, 그럼 신중하게 가자. 우선 알고 싶은 건 카슈파의 위치, 이 궁전의 전력, 가능하면 구조도 익히고 싶은데.』

『(˙ω˙)』

일단 여기는 궁전 정면으로 들어가서 바로 오른쪽으로 가면 나오는 통로인 것 같아. 좀 전에 쓰러뜨린 건 입구에 있던 경비병이었나? 그건 그렇고 정면돌파라니⋯⋯. 아~, 반격을 한 번도 안 당한 걸 보니 기습한 건가? 대담하네⋯⋯?

『m9(^Д^)』

그 삿대질하는 이모티콘, 왠지 짜증나는데?! 더 괜찮은 게 있었을 텐데, 일부러 그걸 선택하는 걸 보니 이 사람 정말, 뭔가 유쾌하다고 해야 하나, 까불대는 사람이야⋯⋯. 그래서, 그쪽에는 뭐가 있나요? 응? 이야기를 나누는 목소리가 들리네⋯⋯?

『(σ˙∀˙)σ』

이 방 말이지. 그럼 잠깐 귀를 기울여서 안에서 나는 목소리를 들어볼까.

"━━━━카슈파 오라버니는 이 나라를 어떻게 할 셈일까."

"어떻게 하다니, 보면 알잖아. 파괴, 파괴, 파괴, 파괴. 거스르는 자는 사형. 참견하면 사형. 마음에 안 들면 사형. 늙으면 사형. 모두 죽는 거야."

"난 죽고 싶지 않아……!"

"언젠가 우리의 힘이 필요하지 않게 되면 살해당할 거야. 게다가 오늘 의식이 실패한 것도 우리 탓이라 생각한다고. 만약에 다른 방법을 찾아낸다면 끝장이야."

"그 애가 도망치지 않았다면 이렇게 되지도 않았을 텐데!! 그게 있었다면 그거한테 죽게 할 수도 있었을지도 모르는데! 어리석은 동생!! 어리석은 디트리히 때문에!"

"그게 우리 대신 선택받았다면 우리가 필요 없게 되잖아. 그거를 이용하기 위한 인질로 이용당하다가 의식이 성공한 뒤에 모두 살해당하고 끝났을 거야. 답이 없었다고, 그때 카슈파가 그 큰 구멍의 재채굴 현장에 가는 걸 아무도 말리지 못했던 시점에서……, 그건 어렴풋이 느끼고 있었을 텐데, 보고도 못 본 척한 거겠지, 분명히 그럴 거야."

아, 이게 리아쨩의 두 언니구나. 핼쑥해진 모습을 보니 이런 식으로 계속 둘이서 서로 위로해주고 있는 건가? 왕족다운 위엄도 느껴지지 않고, 머리카락도 푸석푸석하고, 옷도 초라하고, 가엾다는 인상이긴 하지만~……. 방금 들은 이야기를 통해 알아버렸어. 이 녀석들, 리아쨩에게 책임을 전부 떠넘기고 자신들은 잘못이 없다고 생각하는 타입이구나. 게다가 리아쨩을 '그거'라고 부르다니, 용서 못해……!!

지금 당장 여기서 죽여줄까 싶기도 하지만, 이 녀석들이 죽었다는 사실이 알려지면 카슈파가 꾸미고 있는 계획을 더욱 앞당길지도 모르겠구나. 의식에 부족한 것이 있는 게 아닐까 하는 이야기를 하고 있는데, 무슨 의식을 치를 셈이지? 어비스 워커의 그림자에서 어떻게든 실내로 숨어들 순 없을까……. 오, 아슬아슬하게 들어갈 수 있을 것 같네!

음, 두 사람이 앉아 있는 곳에 있는 종이는……? 혹시 저기에 의식과 관련된 것들이 적혀 있나? 걸리적거린다고, 너희들, 어디론가 가버려! 어떻게든 바깥으로 주의를 돌릴 수는 없으려나~……. 커스 스피어를 바깥으로 쏴볼까?

『NP 1을 소비하였습니다.』

————쨍그랑!!!

"무슨 소리지……?"

"좀비들이 여기까지……?"

좋았어, 뭐가 뭔지는 잘 모르겠지만, 바깥에서 뭔가 깨졌다! 일어섰어, 바깥을 보네! 지금이야! 그림자 밖으로 나와서 메모지를 겟~!!

『[어비스 워커]를 해제, [혼의 서의 파편·A]를 입수하였습니다.』

『[어비스 워커]를 발동, 프리오닐의 그림자로 이동하였습니다.』

『좋아, 다음 장소로 가자.』

『Σ(´∀｀;)』

완벽하잖아. 내 은신 능력도 꽤 괜찮은데……! 잠입의 재능이 있는 건지도 모르겠어. 어디, 그럼 다음은 반대쪽으로————, 어이쿠, 누군가가 온다……!

『(--)』

좋아, 좋아, 오니짱, 나이스 대기. 그림자 안에서 본 느낌으로도 오니짱은 완전히 인테리어네요. 정말 주의를 기울여서 보지 않으면 '이런 게 있었나……' 정도로만 생각하고 지나치니까. 게다가

운이 좋게도 비슷한 갑옷 인테리어가 여기저기 있어서 다행이야!

"시리카, 메리아! 타러시에 유통되던 보석 목걸이를 손에 넣었다. 이번에야말로 진짜일 거야, 이걸로 성공시켜라!!"

"카슈파 오라버니, 아직, 마나가……."

"부족하면 목숨을 쥐어짜내! 아니면 지금 당장 그 목숨을 끝나게 해줄까?"

"히익……! 하, 할게요……!"

"지금 갈 테니까요……."

이 녀석이 카슈파구나!! 연보라색 머리카락, 보라색 눈동자, 음침해 보이는 로브, 뱀을 본떠 만든 지팡이를 오른손에 들었고, 왼손에는 뱀이 휘감긴 것 같은 멍 자국!! 이 녀석이야, 이곳을 이렇게 만든 원흉! 지금 바로 죽여버릴까?! 아니, 그래도 나라를 이렇게까지 엉망진창으로 만들 수 있는 힘을 지닌 녀석이고, 여기 있는 전력은 오니짱하고 나, 그리고 언니나 로라 짱 중 한 명을 소환할 수 있을 뿐이야. 리아짱을 부르면 올지도 모르겠지만, 시간이 걸려. 냉정해져라, 냉정하게 기회를 기다————, 아니, 기다릴 순 없어!! 눈앞을 지나간다, 이걸 먹어라!!

『NP 1을 소비하였습니다.』

『으응……? 콜록, 콜록……! 뭐야, 먼지가 심하잖아……! 젠장, 모래먼지가 왕궁 안까지 들어온 건가? 쳇……!』

『생명을 먹는 이무기·카슈파 (Lv.130)에게 좀비 파우더는 효과가 없었습니다. 이미 불사 속성, 또는 사령 계열 종족입니다.』

뭐? 불사 속성? 이 녀석, 불사 속성이야? 아니면 사령 계열 종족이란 말이지? 그리고 레벨이 130이나 돼? 호오……. 이거 가장 큰 정보를 얻어냈네요~……. 그런데 공격당한 것도 눈치채지 못하고 성큼성큼 걸어가 버리다니, 레벨에 맞지 않게 이것저것 부족한 느낌인가요~? 그리고, 의식은 2층에서 하는구나. 오케이~, 카슈파는 왕궁……, 큰 구멍에서 별다른 움직임이 없다면 이쪽으로 쳐들어오면 될 것 같네.

『좋아, 카슈파가 떠났어. 반대쪽도 보러 가자. 지금은 아무도 없을 테니까.』

『(ˋ ˙ ω ˙)b』

그럼 반대쪽도 체크하러 가야지. 이쪽에는 뭐가 있으려나~……, 음, 이쪽에도 인기척이 있네. 이야기를 나누는 목소리도 들려…….

『————을 가져다주기 위하여……. 세상에 정적을 가져다주기 위하여…….』

『우리의 멋진 묘지의 왕께 축복 있으라, 랍니다.』

『당신……, 더 이상 쓸데없는 살생은 하지 말라고 그렇게……!』

『제가 필요하다고 생각했으니, 필요한 살인인데요?』

살벌한 이야기……. 묘지의 왕은 카슈파 말인가? 에키드나 님하고 이무기가 봉인되어 있는 무덤을 헤집고 다니는 왕이니까 뭐, 어울리는 이름이네. 어라, 갑자기 조용해져 버렸어.

『돌아갈까? 딱히 얻을 수 있을 만한 정보는 없는 것 같고. 조금만 참아.』

『(ˋ ˙ ω ˙)b』

『프리오닐을 [시체 안치소·3]에 수납하였습니다.』

『[어비스 워커]의 잠복 대상을 변경, 오렐리아의 그림자로 이동합니다.』

스무스한 후퇴, 좋았어! 리아쨩은 근처에 있을 거라 생각했기에 바로 날아와 버렸지. 아무래도 바깥에 있을 돈타 같은 시종에게 가는 건 힘들 테고. 아, 편하게 나올 수 있어서 다행이야.

"아……. 이 느낌은, 있죠? 언니."

『어어어, 어째서 들킨 거죠……?!』

"아, 정말로 있었네! 슬슬 오지 않을까 해서 아까부터 중얼거리고 있었어요! 정말로 있었구나!"

크윽?! 리아쨩에게 당했어!! 이대로 빗자루 뒤에서 슬쩍 나타난 다음에 끌어안고 놀라게 해주려고 했는데?! 잘만 하면 스킨십을 하려고도 했는데……. 리아쨩은 피부가 탱탱하니까 무심코 만지고 싶어진단 말이지.

"이제 왕궁 내부는 괜찮으세요?"

『이쪽은 괜찮아. 잠깐만 기다려, 돈타네 팀에게 확인해 볼게.』

"네!"

『레나쨩, 그쪽은 어떤 상황인가요?』

『이미 거점으로 돌아왔어. 큰 구멍을 파고 있는 건 전부 좀비들이야.』

『알겠어요, 저희도 돌아갈게요.』

『오케이~.』

『[어비스 워커] 상태를 해제합니다.』

"영차, 리아쨩, 길드 포탈로 돌아갈까?"

"아, 모두 철수하는군요. 알겠어요!"

만지지 못한 건 아쉽지만, 함께 탈 수는 있었으니까 됐어! 어디,

그럼 길드 하우스로 돌아가서 정보를 공유해볼까? 이쪽은 유익한 정보를 잔뜩 손에 넣었다고! 입수한 정보를 공유하기 위해서 절찬리에 무단으로 빌려 쓰고 있는 길드 하우스에 도착. 자, 모두 무사하긴 하지만, 손에 넣은 정보가 너무나도 바람직하지 못한 것들뿐이라 분위기가 어둡네. 어이쿠, 잊어버릴 뻔 했구나!

『[시체 안치소·3]으로부터 [프리오닐]을 소환하였습니다.』

"임무 수행하느라 고생 많았어, 오니짱!"

『(*´∀`*)』

궁전 잠입의 MVP, 오니짱을 다시 소환하는 걸 깜빡할 뻔 했네. 위험했다, 위험했어!

"큰 구멍에 끌려간 주민들은 모두 죽은 자가 되어 있었습니다."

"언데드로 만들어서 쉴 새 없이 파게 하고 있어. 젊은 남자를 소체로 삼아서 언데드를 만든 것 같아."

『끄으응~……? (쉬지도 못하게 하는 건 너무 가엾어……, 배가 고파서 움직이지 못하게 되어 버릴 텐데……?)』

큰 구멍으로 끌려 간 젊은 남자들은 몸이 튼튼해서 그런지 원래 강력해서 그런지, 양쪽 다 해당되는 건지도 모르겠지만……, 왕도에서 방황하고 있는 자들, 움직임이 둔한 그 언데드들과는 달리 움직임이 꽤 빠르고 힘도 세 보이는 개체가 많았던 모양이다. 그럼에도 불구하고 큰 구멍의 채굴 진도는 잘 나가지 못하는 것 같았다.

"왕궁에 있는 경비병이나 상인은 모두 카슈파파 사람으로 구성되어 있는 것 같아요. 궁전 뒤쪽에 무장 사상 마차가 많이 세워져 있었고, 다각 군마도 있었어요. 거역하지 않고 이익을 가져다주는 사람에게는 사치스러운 생활을 하게 해준 것 같네요."

"구역질 나~, 쏘고 싶어~."

리아쨩이 알려준 정보는 내가 확인한 곳을 제외한 궁전의 상황. 지금 생각해보니 주민들이 학살당했는데도 경비병은 살아 있어서 이상하다 싶었는데, 자신에게 이익이 되는 녀석들은 살려두었던 거구나. 그리고 보니 타러시에서 호화로운 보석 장식품을 손에 넣은 것 같았으니까, 가끔 타러시를 오가는 녀석이 있는 것 같아. 자기는 왕궁에서 거들먹거리며 기다리기만 하면 된다는 건가? 정말 팔자도 좋으시네.

"나는 왕궁 내부로 잠입해서 시리카, 메리아라는 사람, 아마 리아쨩의 언니인 것 같은 사람들을 발견했어."

"어? 아직 살아 있었나요?"

"아직 살아 있더라. 이런 메모를 가지고 있었어."

"이건……. 혼의 서라는 걸 보니 역시 무언가를 부활시키려는 계획인가 보네요."

"이건 어떻게 손에 넣었어?"

"어비스 워커로 그림자를 타고 방에 침입해서 주의를 잘 돌린 다음에 샤샥."

"도둑……."

"완전히 도둑이네요."

"멋지게 해내셨군요!"

『아우우~…… (많이 뛰어다녀서 배고파……)』

"자, 돈타, 드래곤드래곤드래곤 버거가 있어."

『아우우우우~!』

"앗……."

"치요짱 몫도 있으니까……."

"와아……! 잘 먹겠습니다!"

혼의 서라면 내가 습득한 반혼의 의식이 적혀 있는 그거잖아? 역시 부활시키고 싶어 하는 무언가가 있다는 건가……, 틀림없이 에키드나 님이 물리친 이무기겠지.

그건 그렇고, 돈타는 많이 뛰어다녔으니까 배가 고프다는 건 이해가 돼. 엄청 이해가 된다고. 하지만 치요짱, 당신은 조금 전까지 통통한 치요짱이었잖아요? 더 드시게요……?

"그리고 말이에요, 카슈파가 인테리어로 변장한 오니짱를 눈치채지 못하길래 눈앞을 지나칠 때 공격했습니다."

"네?"

"어?"

『아우?』

"이럴 수가……?!"

"괜찮으셨나요? 언니?!"

『(*´ω`*)』

"상대방은 공격당했다는 사실조차 눈치채지 못하더라. 레벨은 130, 본체의 속성이 불사 속성이거나 종족이 사령 계열일 거야. 생명을 먹는 이무기·카슈파라고 이름이 뜨던데."

"생명을 먹는……. 주민들이 살아있는 시체가 된 건 역시 이무기의 힘 덕분인 것 같네요."

"그럴 거야. 일단 정보는 이 정도이려나?"

"알겠어요, 거리낌 없이 왕궁을 태울 수 있을 것 같네요."

"……응?"

"어?"

리아쨩, 방금 같은 흐름에서 어떻게 하면 '거리낌 없이 왕궁을 태울 수 있다'는 결론으로 이어지는 거야……?! 일단은 언니와 살아있는 사람이 꽤 많은 것 같은데?! 뭐, 카슈파파밖에 없는 것 같긴 하지만 말이지!

"태울 건데, 안 되나요?"

"안 되냐니, 아니, 으음……?! 리아쨩이 태우겠다고 하는 거니 괜찮으려나……."

"전부 태우고, 전부 산산조각 내버려요! 에키드나 님의 보물창고만 무사하다면 위쪽 층에는 볼일이 없으니까요!"

"그, 그렇구나……!"

리아쨩이 그러겠다고 하니, 그렇게 할까……! 공유할 정보는 대충 이 정도려나? 이것저것 신경 쓰이는 게 있긴 하지만, 일단 전부 태우고 전부 파괴하고 전부 쓰러뜨리자는 결론을 내버렸으니까. 당장 내일이라도 없애버릴까? 스텔라벨체 왕궁에 있는 녀석들을.

"내일, 해치울 거야?"

"오늘은 이미 0시가 다 됐네요~. 레나쨩, 슬슬 잘 시간이죠?"

"응……, 자고 싶은 것, 같아. 열심히, 코 잘래."

"아, 쿡 씨……."

"이름을 부르면 안 돼."

"죄송합니다……."

슬슬 레나쨩이 졸린데도 억지로 참는 시간대가 되었고, 나도 어제는 게임 속에서 잠들어버렸고…….

오늘은 내 침대에서 제대로 쉬어야지. 가상 공간 안에서 자는 것에 익숙해져 버리면 딥 다이버 증후군에 걸릴 가능성도 있는 것 같으니 조심해야겠어. 길드 하우스에는 돈타하고 치요짱이 다 먹은 다음에 돌아가————, 없어?! 어, 없어?!

"다 먹었어……?!"

"맛있게 먹었습니다……!"

『아후, 아후……(맛있었어, 맛있었어……)』

"말도 안 돼……?!"

"밥을 마시는 요괴. 위장이 어떻게 된 거야? 믿기질 않네."

"급하게 먹으면 몸에 안 좋아요."

『Σ(´ Ｖ ` ;)』

"그럼, 우선 길드 하우스로 돌아가자……."

믿기질 않네, 어떻게 해야 이걸 단숨에 소멸시킬 수 있는 거야? 정말 믿기지 않아……. 쿡 씨보다 치요짱하고 돈타의 뱃속이 더 무서운데……. 겁난다, 돌아가야지…….

『에러 : 누군가의 간섭으로 인해 길드 포탈을 전개할 수 없습니다.』

어, 간섭……? 길드 포탈을 전개하지 못할 수도 있는 거야……? 아, 혹시 누군가가 길드 포탈을 열어둔 동안에는 다른 길드 멤버가 동시에 사용하지 못하는————.

『정체불명이 [선혈의 장미]를 발동, 즉시! 돈타의 목이 날아가겠습니다! [시체 안치소·1]에 자동 수납되었습니다.』

『아하하하! 피어났네, 피어났어, 목이 날아간 뒤에 새빨간 장미가!』

건……, 가……, 돈……, 타……?

『슬금슬금 냄새나 맡고 다니는 꾀죄죄한 천민 주제에, 나를 장식하는 장미가 될 수 있다는 걸 영광으로 생각하며 죽도록 해!!』

적의 습격……?! 적의 습격, 적이다!! 잘도 돈타를……!!

"아이기스!!"

『페르세우스가 [마순 아이기스]를 발동, [페네트레이트·10] 상태가 되었습니다.』

"린네 공, 물러나 주십시오!!"

『네가 린네야?! 아하하하!! 아하하하하하하!! 우리 묘지의 왕께서 원하시는 먹잇감이 스스로 입속으로 뛰어들었네!! 너를 죽이고 그분께 바치는 공물로 삼아주마!!』

"하아앗!!"

『히메치요가 [일도단철]을 발동.』

『주제를 알라고, 인간 형태인 짐승 주제에!!』

『정체불명이 [블러디 버스터]를 발동, 공세! [일도단철]을 튕겨냈습니다! 히메치요가 데미지를 54440 입었습니다. 멀리 날아갔습니다.』

"으, 크윽……! 커헉……!!"

『히메치요가 벽에 부딪혀 건물이 붕괴합니다!』

『히메치요가 데미지를 34770 입고 사망하였습니다. [시체 안치소·4]에 자동 수납되었습니다.』

"치요짱?!"

파워가, 너무나도 달라……!! 그리고 이 목소리, 왕궁에서 마지막에 들었던 목소리와 똑같아……, 설마, 그때 침입했던 걸 들켰나?! 그럼, 우리를 그냥 내버려두고 있었다는 거야?! 어떻게든 이 상황을 헤쳐나갈 방법을 생각해야 해, 생각해야 해……!!

"린네, 도망쳐."

『도망치게 두진 않을 거랍니다!!』

『정체불명이 [장미의 감옥]을 발동, 주위에 장미 결계가 펼쳐졌습니다!』

"제가 상대해드리지요!! 타아앗!!"

『느려요, 느려, 느리답니다!! 그래선 멧돼지보다 못한 돼지잖아요!!』

『정체불명이 [선혈의 장미]를 발동, 즉사 효과를 무효화하였습니다. 페르세우스가 데미지를 무효화하였습니다. 페네트레이트 감소·5.』

선혈의 장미, 저 스킬이 돈타의 목을 일격에……! 너무 빨라서 제대로 보진 못했지만, 페르짱에게 충돌해서 멈춘 덕분에 이제야 상대방의 무기가 뭔지 볼 수 있게 되었어. 키보다 훨씬 큰 대검, 그걸 고속으로 내리쳐서 상대방을 일격에 해치우는 즉사 스킬이야!! 한 방만 맞았을 때는 페네트레이트가 단숨에 5나 깎였어. 아마 페네트레이트에 대한 파괴 스킬 같은 것도 가지고 있겠지……, 상성이 안 좋아!

"이게……!!"

『페르세우스가 [마세검·메테오르]를 발동, MISS……. 대상이 존재하지 않습니다.』

『돼지가 인간의 언어로 말하다니, 불쾌하답니다!! 죽으세요!!』

『정체불명이 [블러디 레인]을 발동, 크리티컬! 페르세우스가 데미지를 147750 입고 사망하였습니다.』

어쩌지, 어떻게 해야, 내가……, 내가 할 수 있는 건……! 반혼의 의식으로 치요쨩이나 돈타를……? 둘 다 일격에 당했어, 승산이 별로 없어……. 남은 건 나, 리아쨩, 오니쨩, 레나쨩뿐이야. 리아쨩은 검은 고양이 루나를 소환해두었으니까 일격에 죽지는 않아. 하지만 나와 레나쨩은 한 방에 죽을 거야……!! 오니쨩은 아마 상대방의 움직임을 따라잡지 못할 테고……!

『걸리적거린다고요! 쇳덩이!!』

『정체불명이 [블러디 레인]을 발동.』

왔다, 눈에 보이지도 않을 정도로 빠르게 대검을 내리치는 연속 공격……!! 표적이 된 건 오니쨩. 저걸 버텨내지 못하면 전선이 완전히 붕괴할 거야! 리아쨩도 그렇고 레나쨩도 상대방이 너무 빨라서 조준을 제대로 할 수가 없어……. 나도 저렇게 빠른 상대를 맞출 수 있을 것 같지는 않아!!

『패링! 프리오닐이 [멀티 카운터]를 발동, 정체불명에게 데미지를 9045 입혔습니다.』

튕겨냈어?! 저 연속 공격을, 정확하게?! 그뿐만이 아니라 방패로 쳐수 빈틈까지 만들었어!!

『크윽……?! 네, 놈……! 잘도 내 피부에, 생채기를……!!』

『…….』

『07XB785Y가 [스나이핑 샷]을 발동, 정체불명에게 데미지를 10477 입혔습니다.』

스쳤을 뿐이야. 하지만 상대방의 흐름을 완벽하게 무너뜨렸어!

"붙타 죽어라!! 절멸하라!! 절멸소이탄!"

『오렐리아가 [절멸소이탄]을 발동하였습니다.』

『망할, 꼬마들이⋯⋯!!』

저 빈틈, 철저하게 파고든다!! 괜찮아, 나라면⋯⋯, 할 수 있어!!

"뚫어라!!"

『[커스 스피어]를 발동, MISS⋯⋯. 대상이 존재하지 않습니다.』

『무능한 살덩어리 주제에!! 그런 쓰레기 마술은 안 맞는다고!!』

레나짱의 사선을 피하고 오니짱의 추격타를 맞지 않으면서 리아짱의 마술을 피하기 위한 곳으로 이동했다. 그곳을 커스 스피어로 막았다⋯⋯, 필연적으로 이 녀석은 내 쪽으로 접근한다. 마술사는 접근당하면 그걸로 끝, 그렇게 생각하겠지⋯⋯!!

『뒈져라!! 나를 장식할 장미가 되어라!!』

접근하지, 않아⋯⋯?! 설마, 원거리 공격?! 예측을 잘못했다. 접근할 줄 알고 얼굴에 주먹을 날려줄 생각이었는데, 거리를 벌렸어⋯⋯!! 이렇게 되면 내가 할 수 있는 행동은 한 가지뿐, 누가 먼저 명중시키거나 발동시키는 게 더 빠른지 승부야!!

"가로막아라, 본 실드!!"

『정체불명이 [블러디 샷]을 발동.』

『[본 실드]를 발동, [블러디 샷]을 무효화하였습니다. [본 실드]가 해제되었습니다.』

막았다, 그런데 어떻게 하지⋯⋯?! 다음에 써먹을 방법이 없어. 다음에 써먹을 방법은⋯⋯, 커스 스피어는 아무리 생각해도 맞출 수 있는 거리가 아니야. 접근하지 않는 상대방에게는 네거티브 오라나 좀비 파우더도 의미가 없어. 본 실드는 쿨타임이 시작되어 버려서 이제 쓸 수 없어. 이 상황을 타개할 수 있는 방법은, 다음

한 수는 어떻게 해야……!! 뭔가 방법이 없나?!

『―――――각성 스킬 [소울 브레이커]를 발동할 수 있습니다. 시종의 혼을 희생하여 희생시킨 시종의 힘에 따라 강력한 광범위 파괴 공격이 가능합니다. 돈타를 파괴함으로써 정체불명의 적을 물리칠 수가 있습니다. 돈타를 파괴하시겠습니까?』

뭐……? 이게, 뭐야……. 이런 게 내 각성 스킬이라고……? 요즘 사령폭발만 써대서 내게는 이런 게 어울리는 각성 스킬이라는 거야……? 까불지 마, 쉽게 써줄 것 같아?? 나는 이런 각성 스킬, 안 써!!

『각성 스킬 사용이 취소되었습니다. 언제든지 발동시킬 수 있습니다.』

"죽음의 잠으로부터 다시 한 번 깨어나라!! 돈타!!"

『NP를 전부 소비하여 [돈타]를 완전히 부활시켰습니다. [돈타]를 소환합니다.』

좀 전에는 마음이 약해져서, 돈타를 완전히 믿지 못해서 이 방법을 쓰지 못했을 뿐이야! 괜찮아, 돈타라면 분명히 어떻게든 해줄 거야! 이 멤버라면, 이 녀석을 물리칠 수 있어!

『좀 전에 목을 날린 짐승인가, 다시 목을 날려드리지요!!』

『크르르릉!! (이번에는 당하지 않아!)』

집중해, 저 녀석은 돈타의 목을 일격에 날리는 것만 생각하고 있을 테니. 이미 선혈의 장미는 한 번 봤어, 고속으로 접근해서 대검을 머리 위로 들고 마치 기요틴처럼 내려치는 일격필살. 파고드는 타이밍을 예측해서, 그 순간을……!!

"뚫어라!!"

『[커스 스피어]를 발동, MISS……. 대상이 존재하지 않습니다.』

『이 살덩어리 주제에에에!!』

무너뜨렸다!! 상대방의 타이밍에 공격하게 두지 않았어, 아직 닿지 않을 타이밍에 쓸데없이 점프했다고, 그렇다면!! 그곳이라면 돈타의 간격이야!!

『돈타가 [도플·마랑신탄]을 발동.』

『정체불명이 [선혈의 장미]를 발동.』

이 순간, 기시감이 드는데……. 레이지 씨와 모의전을 했을 때 돈타는…….

『돈타가 [마랑신탄]을 취소하였습니다.』

『돈타의 도플이 소멸하였습니다.』

『잡았다!!』

『크르르룽!! (이번에는, 내 차례야!!)』

도플만 앞서갔고, 상대방의 공격은 환영인 도플의 목을 쳤다. 본체인 돈타는 무사하고, 다음 공격을 준비하고 있는 건……, 돈타야!!

『돈타가 [마랑신탄]을 발동, 크리티컬! 정체불명이 데미지를 220890 입었습니다.』

『07XB785Y가 [스나이핑 샷]을 발동, 크리티컬! 정체불명이 데미지를 458590 입었습니다.』

『젠, 장……, 빌어먹으으으으으으으으으을!!』

"불타 죽어라!! 절멸하라!!! 절멸소이탄"

『오렐리아가 [절멸소이탄]을 발동하였습니다.』

이겼다……!! 이 일격, 틀림없이 맞을 거야!! 그러지 않아도 치

명상, 어떠냐!! 나에게 그런 최악의 각성 시스템을 추천한 모험자 지원 시스템, 봤냐!! 이게 시종을 믿은 내가 거머쥔 승리야!!

『그란디스!! 잡으세요!!』

『크윽!! 다음에는 죽인다, 반드시!! 반드시 죽인다!! 반드시!!』

『정체불명이 [그레이터 텔레포테이션]을 발동, 그란디스와 정체불명이 전이하였습니다.』

『MISS…… 공격할 대상이 존재하지 않습니다.』

도망……쳤어……? 놓, 쳤어……? 그 녀석 말고, 한 명 더 있었어……? 그리고, 마지막에……, 그란디스라고…….

『시스템 : 길드 포탈을 사용할 수 있게 되었습니다. 페르세우스의 페널티가 완화되었습니다.』

"린네, 길드 포탈, 쓸 수 있어. 철수!"

"……새 길드 하우스를 확보한 다음, 바로 철수하죠. 상대방도 곧바로는 돌아오지 못할 거예요. 냉정하게 새로운 거점을 확보해요. 다들 이동하자!"

"으, 응."

설마, 이렇게 빨리 들킬 줄이야……. 우리의 움직임을 적이 알게 된 건 큰 타격이었지만, 반대로 우리도 상대방의 움직임을 알 수 있었다. 그렇구나, 그래. 그란디스를 되살린 건 멜티스교 사람이 아니라 묘지의 왕을 숭배하는 녀석들이야. 그렇게 잔챙이 냄새가 나던 카슈파가 그란디스를 잘 다스릴 것 같진 않아. 다시 말해, 묘지의 왕은 카슈파가 아니야.

마지막 순간에 엄청난 정보를 얻어버렸네. 우리가 추적하고 있는 상대는 상상했던 것보다 강할지도 몰라……. 돌아가서 낮잠 씨나 바빌론 님에게 알려야겠어. 음, 낮잠 씨는 지금 뭐하고 있으려나……? 아직 바다의 동굴에서 레벨을 올리고 있으려나……. 아무튼 새로운 거점을 확보해야 해. 만약에 그란디스 일행이 쑥대밭으로 만들어 버린다면 답이 없지만.

"이 건물로 하죠. 작긴 하지만 꽤 튼튼할 것 같아요."

"응, 알겠어. 나는 안에 언데드가 있는지 보고 올게."

"알겠어요."

『아우……, 아우……? (리아짱, 괜찮아……?)』

"네, 저는……, 괜찮아요……."

『(´·ω·`)』

큰 건물은 적이 부술 우려가 있어. 작은 건물이라면 파괴에서 벗어날 가능성도 있으니 편의성이 떨어지더라도 이쪽이 더 낫겠지. 그리고 지하실도 있는 것 같으니까, 최악의 경우 지상이 초토화되더라도 지하실에서 다시 시작할 수 있겠지. 로레이의 길드 하우스도 마신전이 되기 전에는 지하실을 선택할 수 있었으니까.

"린네, 지하실에 뭔가 있어. 같이 가자."

"알겠어요. 돈타, 여기서 망을 봐줄래? 리아짱하고 오니짱은 나하고 같이 지하로 가자. 오니짱은 선두에 서 줬으면 좋겠어. 리아짱은 만에 하나를 대비해서 공격할 준비를 하고."

『(`·ω·´)b』

『아우…… (얼른 돌아와……)』

"알겠어요, 가요."

"그래, 믿고 있을게."

지하실에 언데드라, 싫은데……. 이제 와서 다른 건물로 바꾸자고 해봤자 이미 늦었고, 애초에 바꾼다 하더라도 그곳에 또 언데드가 있을지도 모르고, 그렇다면 이 지하실을 제압하는 게…….

아, 리아쨩에게 전부 태워달라고 하면 되는 거 아닐까?! 아니, 아니, 그런 짓을 했다가는 너무 눈에 띌 테고, 나처럼 화속성 무효인 언데드가 있다면 완전히 악수야. 역시 직접 내 눈으로 확인해야 이 사태를 어떻게든 할 수 있을 테고……, 있네. 있는, 데…….

"자나……?"

"응~……, 자는 것, 같아……?"

자고 있……는, 건가? 몸집이 작은 어린애처럼 보이는데, 혹시 바깥을 돌아다니는 언데드가 무서워서 지하실에 숨어 있었던 건가?

『/(^o^)\』

"아, 어……. 오니쨩의 혼은 횃불 대신 쓸 수도 있구나……."

"편의 기능, 대단해. 응……, 뿔……?"

"어? 아, 정말이네. 뿔이 돋아나 있어요. 스텔라벨체에는 뿔이 돋아난 애들이 평범한 거야?"

"아뇨, 본 적이 없는데요……."

어, 그럼 이 애는 뭔데? 좀 불안하지만, 자고 있으면 아무것도 못하니까…….

좋아, 마음을 굳게 먹고 깨우자! 직접 물어보는 게 제일이야!!

"저기, 저기, 일어날래~? 이봐~, 일어나라고~. 일어나라~."

『[애니메이트 데드]를 발동하여 대상 언데드를 부활시켰습니다.』

"어어……?!"

잠깐, 잠깐, 잠깐만 기다려?! 설마 자는 게 아니라 죽은 거였어?! 이 애, 죽었던 거야? 으아아아아?! 말도 안 돼, 기동 단어인 '일어나라'에 반응해 버렸는데!! 소리를 지를 뻔하다가 아슬아슬하게 참은 나, 기특해……. 정말로 아슬아슬하게 억눌렀어…….

『실험체 H-1084가 당신의 시종이 되었습니다. 이름을————, 이름은 [메르메이야]입니다.』

『경고 : 메르메이야가 [쇠약], [혼수], [마소 불안정] 상태, 매우 위험합니다.』

"주, 죽은 상태였어……. 깨워버렸는데, 위험한 상태래……."

"데리고, 가자. 길드 하우스를 등록하고, 지금 당장 낮잠하고 합류하자."

"네, 네……!"

큰일이야, 깨웠는데도 완전한 상태로 부활하지 않았어. 아무튼 마신전으로 데리고 가서 쇠약이나 마소 불안정 상태 같은 걸 해결해 줘야지. 거의 사고로 깨우기는 했지만 내 책임이니까, 제대로 돌봐 줘야지……. 얼른 돌아가자!!

『레이지가 엄청 튼튼한 상어 씨에게 데미지를 66881 입히고 격파하였습니다. 경험치 1 획득.』

"인자 튼튼이고 뭐고 없어져부럿는디. 스킬도 쓸 필요가 없고."

"음~, 그러게요~. 에리스짱도 쓰러뜨릴 수 있으니까요~."

"이제 경험치가 안 들어올 정도로 레벨 차이가 많이 나니까~. 완전히 약한 상대이니 어쩔 수 없지~."

"용서못해복도 이 스튜 냄비 뒤에 숨으면 바늘도 전부 막을 수 있으니까."

린네짱이 가르쳐준 정보를 토대로 바다의 동굴 던전의 깊은 곳까지 왔는데, 아~, 이제 정말 잔챙이들을 상대할 이유가 없구나. 전혀 의미가 없는 수준까지 와버렸어. 이렇게 레벨을 올리는 방법이 허용되는 건가~, 한 순간 그런 생각이 들긴 했지만, 린네짱이 한 말대로 허용되지 않는 거라면 애초에 경험치가 설정되어 있지도 않았겠지~.

"왔다, 낮잠."

"왔구나~, 살육 범고래~!"

오, 왔다, 왔어. 왔다고, 살육 범고래! 이제 다들 한 마리씩은 시체 안치소에 확보해 두었으니까 시체는 못 얻지만 말이지. 역시 쓰러뜨렸을 때 얻는 경험치와 보물 상자가 짭짤하다니까~! 최고야, 이 페널티 몬스터!! 이곳의 존재가 일반 플레이어들에게 알려진다 하더라도 이 몬스터의 출현 조건을 알지 못하거나 쓰러뜨리지 못한다면 올 가치가 별로 없잖아, 여기.

『큐아아아아아아아아아아아!!』

"그럼, 린네짱이 가르쳐준 이 녀석을, 린네짱이 알지 못하는 방법으로 재빨리 죽여 볼까요~."

"우리는 주위를 경계하지, 맡기마."

"참말로, 이 녀석 상대는 길마밖에 못한당께, 나는 못혀!"

"그럼, 시작하자~, 정열의 타란텔라!"

『에리스 마가렛이 [정열의 타란텔라]를 발동, [고양] 상태가 되었습니다.』

『핫게 (Lv.76)가 [고양] 상태가 되었습니다.』

『레이지 (Lv.72)가 [고양] 상태가 되었습니다.』

온 힘을 다해 뛰면 나오는 페널티 몬스터, 살육 범고래. 공격 방법은 단순하지만, 악마처럼 강하다. 터무니없이 빠른 속도로 접근해 온 다음, 그 거대한 몸집의 파괴력과 회전력이 만들어내는 타격과 참격의 복합 공격으로 플레이어를 갈기갈기 찢어버리는 흉악한 공격이 장기다. 맞으면 즉사할 수준의 데미지이지만, 그건 제대로 맞았을 때 이야기고.

"간다~……, 지금이야!"

『[황금 장벽 방패] 상태가 되었습니다. 3초 동안 모든 데미지를 1로 만들며, 레벨 5까지의 상태이상을 무효화합니다.』

『[스크류 어택]을 발동하였습니다.』

『큐아아아아아아아아아아!!』

『살육 범고래 (Lv.99)가 [스크류 어택]을 발동하였습니다.』

저번에는 그거, 트라우마급으로 무서웠지만 말이지!! 이 금빛 배리어를 손에 넣은 이상, 아무것도 아니라고!!

『상쇄!! 살육 범고래의 [스크류 어택]을 무효화하였습니다!』

『[황금 장벽 방패]가 해제되었습니다.』

『큐아아아아아아아?!』

"크으~! 좋았어! 이번에도, 잡았, 다아!"

『[블리딩 슬래시]를 발동, 살육 범고래가 데미지를 1 입었습니다. [위독한 출혈·레벨 6] 상태가 되었습니다. [초강력 독·레벨 1] 상태가 되었습니다.』

히힛……! 양쪽 다 데미시를 1씩만 입힐 수 있는 동격의 스킬이라면 발동시켜서 맞부딪혔을 때 상쇄가 된다고! 그때, 양쪽 다 뒤로 밀려나서 무방비해지지만, 덩치가 큰 이 녀석보다 내가 먼저 복귀하니까. 내가 선수를 칠 수 있단 말이지! 그리고 이게 성공했으니 이제 초강력 독을 바른 무기로 때리면 200밖에 안 되는 HP는 눈 깜짝할 새에 날아가고! 일반적인 독은 통하지 않지만, 위독한 출혈과 초강력 독은 통하니까 이게 작렬하면 끝이야.

『살육 범고래가 초강력 독으로 인해 사망하였습니다. 경험치 999999 획득.』

『레벨이 75로 상승하였습니다. 축하드립니다!』

『핫게의 레벨이 77로 상승하였습니다. 축하해 줍시다!』

『레이지의 레벨이 73으로 상승하였습니다. 축하해 줍시다!』

"우오오, 여전히 경험치가 대단하네! 짭짤해!"

"왠일로 핫게가 흥분했네~."

"너무 흥분해가꼬 머리에 쓴 오징어를 익히지 말어. 아, 레벨 60 까지 고생했던 게 바보 같아지는디."

"일단은 빨간 녀석도 나오는 것 같으니까, 조심해야지~. 그쪽은 즉사 빔을 쏘는 모양이니까."

"그게 뭐여?!"

"겁나는군. 낮은 확률로 나오나?"

"맞아~. 그럼, 음~, 7층까지 이제 4마리 남았나? 보물 상자 는……, 오오오!! 금이다! 처음이네~."

"좋다~! 에리스짱이 열고 싶어~."

"누가 열든 나온 시점에서 정해져 있잖아."

"그렇게 시시한 말을 하믄 못 쓰제! 내용물을 볼 때까지는 뭐가 나올지 모르니께, 그게 좋은 거여! 니는 아무것도 몰라!!"

"맞아~, 맞아~!"

"그래, 미안하다……."

아~, 이렇게 레벨을 올리는데 익숙해지면 평범한 레벨 업은 이 제 평생 하고 싶지 않아진다고~!! 게다가 보스라서 보물 상자도 나오고, 이번 사냥 첫 금 보물 상자고! 정말 최고야~!!

"으랴압~!!"

"오오, 검인가?"

"누군가가 쓸 수 있는 무기면 좋겄는디!"

"그러게~. 어디, 집어버려야지."

『[? 검]을 획득하였습니다.』

『[? 도끼]를 획득하였습니다.』

『[패자(覇者)의 증표]를 획득하였습니다.』

『[금화 주머니] 5개를 획득하였습니다.』

오? 패자의 증표는 처음 봤네. 왕의 증표는 꽤 나왔는데, 이건 몰라. 분명히 상위 스킬 습득용 아이템 같은 거겠지. 50레벨일 때 마정석만 요구하던데, 혹시 앞으로는 이게 필요한 건가? 아~, 네 명인데 하나만 나왔으니까 싸움 나겠어! 싸움 나겠다고!

"패자의 증표래. 상위 스킬 습득용 아이템일 것 같은데~."

"그건 모르겠군, 왕의 증표보다 상위 아이템인가? 왕의 증표라면 공식 경매에 1000만 즉시 구매 가능으로 올라와 있길래 바로 샀다고. 왕의 증표 쪽은 에리어 보스가 주는 것 같아. 나는 이미 썼고."

"어? 왕의 증표는 이미 썼어? 패자는 아직이구나~."

"어? 몇 레벨일 때 왕의 증표를 썼어?!"

"75. 쿡 씨의 제자가 되고 나서 얼마 후인가? 각성 스킬도 손에 넣었다고."

"흐에~……, 어? 나 말고는 모두 조건을 달성했잖아!"

"어머, 정말이네. 레이지, 얼른 75까지 레벨을 올려~."

"올려~."

"말도 안 되는 소리하지 말어! 나만 전직이 늦었응께 경험치를 두 배 이상 얻지 못하믄 힘들제!"

레이지 말고는 모두 왕의 증표를 쓸 수 있고, 핫게는 이미 썼구나?! 크윽~, 나도 쓰고 싶은데, 왕의 증표는 충분히 있지만, 나중에 패자의 증표도 쓰게 될 테니 적어도 3개는 더 모아야 하냐……? 어디 또 뛰어볼까? 이 층에는 한 마리 더 나올 테니까. 우선 황금 장벽 방패의 사용 횟수가 회복되었으니까, 뛰어볼까.

"그럼, 레벨을 얼른 올리기 위해서 뛸까~."

"그래. 어서 올려야지."

"그러고 보니까, 핫게, 레벨이 너무 늦게 오르는 거 아니야? 벌써 17마리나 잡았는데 레벨이 2밖에 안 올랐어~?"

"75부터 장난이 아니야, 진짜로 안 오른다고. 게다가 이것도 꽤 잘 오르는 편 아닐까?"

"린네짱은 81이지~?"

"뭐지? 숫자 차이는 6뿐인데, 절망적인 차이가 느껴져……."

"역시 이 사냥 방법의 발견자로군."

"흐에~, 정말 대단하구나!"

린네짱, 레벨이 81이지……. 분명히 각성 스킬도 가지고 있을 테고, 그 사령폭발이라는 폭파 스킬도 강하고, 린네짱, 너무 강해…….

"나, 나, 나왔는디?!"

"빨간색이야, 낮잠~!"

"오, 이런! 즉사 빔을 쏘는 녀석이라며."

『큐아아아아아아아아아아아아아!! 큐아아아아아아!!』

우와, 나왔네?! 울음소리가 경고음이라고 해야 하나, 사이렌 같은 녀석이네, 이거?! 우와, 입을 벌린 채로 이쪽으로 오고 있어, 뭔가 빛나고 있다고……. 혹시 저게 린네짱이 말했다 [크림슨 블래스터라는 스킬 아닐까?! 아니, 그래도, 내가 막아낼 수밖에 없잖아?!

"야, 야~, 그렇게 멀리서 울부짖는 걸 보니 겁먹은 거야~?!"

『[도발]을 발동하였습니다. 말살 범고래 (Lv.111)가 완전히 당신을 표적으로 삼았습니다!』

『말살 범고래 (Lv.111)가 [크림슨 블래스터]를 발사하였습니다.』

우와, 왔다, 쐈어! 3초 이내에 끝나야 해?! 부탁 좀 하자~??!

『[황금 장벽 방패] 상태가 되었습니다. 3초 동안 모든 데미지를 1로 만들며, 레벨 5까지의 상태이상을 무효화합니다.』

『말살 범고래로부터 합계 데미지를 50 입었습니다. 즉사 효과는 무효화되었습니다.』

"버텨냈다아!!"

"덤벼든다!"

『레이지가 [건곤일척] 상태가 되었습니다. 다음 일격이 강력해집니다.』

"스크류 어택 예비 동작은 똑같다!"

"타란텔라를 계속 써도 괜찮아?! 응? 괜찮은 거 맞지?!"

"그대로 계속 춤춰~!! 가자아!!"

버텼다, 그리고 역시 쿨타임이 있는지 덤벼드네! 하지만 저 예비동작은 핫게가 말한 것처럼 스크류 어택 때와 같은 모션이라고. 그렇다면 상쇄를 노릴 수 있을지도 몰라. 해볼까~!

『[황금 장벽 방패] 상태가 되었습니다. 3초 동안 모든 데미지를 1로 만들며, 레벨 5까지의 상태이상을 무효화합니다.』

『[스크류 어택]을 발동하였습니다.』

『큐아아아아아아!! 큐아아아아아아아!!』

『말살 범고래가 [스크류 어택]을 발동히였습니다.』

『상쇄! 말살 범고래의 [스크류 어택]을 무효화하였습니다!』

『[황금 장벽 방패]가 해제되었습니다.』

『큐아아아아아아아아!』

좋았어, 상쇄되었다! 아, 이런, 벌써 크림슨 블래스터를 쏠 수 있게 된 거야? 충전하고 있는 거 맞지? 그 반짝반짝 빛나는 모습?!

"입속이 약점이것제!! 빛나는 건 다 약점인 법이여!!"

『레이지가 [아돌일섬]을 발동, Weak! 말살 범고래에게 데미지를 664127 입히고 격파하였습니다. 경험치 6666666 획득.』

『주위에서 끔찍한 기척이 소멸하였습니다…….』

『레벨이 76으로 상승하였습니다. 축하드립니다!』

『핫게의 레벨이 78로 상승하였습니다. 축하해 줍시다!』

『레이지의 레벨이 75로 상승하였습니다. 축하해 줍시다!』

『에리스 마가렛의 레벨이 76으로 상승하였습니다. 축하해 줍시다!』

오? 오오? 레이지가 쓰러뜨려줬네! 우와, 경험치가 엄청난데?! 아니, 그래도 방금 그 녀석, 보통은 처음 싸웠을 때 전멸하겠어……. 약점 말고는 데미지가 1만 들어가니까, 알고 있지 않으면 살육 범고래하고 같은 타입이라 생각하겠지, 이거 너무하네…….

"우오~!! 75 찍었다고!"

"찍었네, 찍었어~……, 이 시체는 어떻게 할까?"

"낮잠, 아까 그 까만 거하고 교환하는 게 어때?"

"그려, 분명히 빨간 녀석 시체가 더 대단한 주물이 될 것잉께!"

"그럼, 내가 챙기도록 할까~."

『[시체 안치소]에 [말살 범고래 (Lv.111)]를 수납하였습니다.』

오~……. 좋은데, 최고야, 최고……. 예상했던 것보다 레벨도 많이 올랐고, 수입이 상상 이상으로 엄청나……. 게다가 보물 상자도, 보석이 달린 보물 상자!! 오~, 좋은데!

"그라믄 얼른 이거 열라고!"

"열~어~줘~♪"

"그래, 이건 낮잠이 열어야지."

"열어버린다~? 열어버린다아~??? 빰빠바밤~!!!"

자, 공개! 이 화려한 상자의 내용물은 뭘까?!

『[? 책(무지개)]를 획득하였습니다.』

『[? 책(무지개)]를 획득하였습니다.』

『[? 책(무지개)]를 획득하였습니다.』

『[? 책(무지개)]를 획득하였습니다.』

『[패자의 증거]를 4개 입수하였습니다.』

이게 뭐야아……. 아니, 책만 나온다는 이야기는 못 들었는 데…….

"책밖에 없는데……, 아, 패자의 증거가 4개 나왔으니 모두가 쓸 수 있지 않나?"

"오, 똑같이 나눌 수 있겠군. 좋았어, 왕의 증표도 있으니까."

"찬성~! 그런데 책이라~……. 마술 직업은 한 명도 없잖아~."

"스킬 습득서일 가능성도 있응께. 아직 포기하긴 이르제!"

"그러게~……, 그럼 더 이상은 장비를 다 들고 갈 수 있을지 걱 정되니까 바로 보스를 잡으러 갈까?"

"이왕이면 세 마리 정도는 더 잡고 싶긴 하지만, 전부 못 챙길 가능성이 있겠군……."

"음~, 에리스짱도 이제 더 못 챙겨요~."

"그라믄 내가 쓸데없고 무겁기만 한 장비를 버리지, 그라믄 들 수 있을 것잉께, 세 마리 더 잡자고!"

"그래도 괜찮겠어? 그럼 나중에 레이지에게 어느 정도 보상을 해줘야겠군."

"상관없어, 상관없어! 예전에 쓰던 무딘 칼하고 플레이트 계열 방어구여. 그걸 버리믄 되겠제."

"미안해, 레이지~. 부탁할게~."

"고마워, 레이지~!"

"오히려 가지고 온 것이 잘못이제! 뭐, 데미지를 입을지도 모르는 파티니께, 걱정이 되어가꼬."

"어쩔 수 없지~. 움직이기 편한 걸 우선시하는 천 장비나, 방어력을 우선시하는 플레이트 장비를 상황에 맞게 골라 쓰는 것도 중요하니까."

음~, 일단 나머지 범고래 세 마리도 사냥하고 나서 보스에게 갈까~……! 그건 그렇고, 다들 벌써 75가 넘었어, 정말 이 사냥은 최고야~. 린네짱에게 고맙다고 해야겠네!! 정보라는 건 정말 무기도 되고 재산도 되니까 최고야~……. 정보 공유는 중요하지……, 상쇄 시스템에 대해 나중에 가르쳐 줘야겠어……, 어라, 린네짱이 긴급이라는 제목으로 메시지를 보냈네. 이거 혹시, 또 큼직한 이벤트를 찾아버린 거 아닐까~??

((●

"아~, 사전 정보 없이 말살 범고래하고 싸우면 무조건 죽어. 그건 너무하다고~."

"그렇죠, 그건 너무하죠……."

길드로 돌아오니 낮잠 씨 일행이 바다의 동굴 던전에서 돌아와 있었다. 사냥이 딱 좋게 끝나기도 했던 모양이지만, 내가 긴급이라는 제목으로 메시지를 보내서 돌아온 건지도 몰라……. 참고로 지금은 0시가 지난 시각이지만 레나짱은 로그아웃하지 않고 꾸벅꾸벅 졸면서도 열심히 깨어 있다. 정말, 감사합니다…….

"그래서, 긴급이라니 무슨 일이 있었던 거야?"

"로레이의 멜티스 교회, 지하 영묘에는 흉악한 세 명의 유해가 안치되어 있었어요."

"그건 들어본 적이 있는 이야기로군."

"핫게, 아직 이야기하는 도중……, 으음……."

"졸리면 이불 덮고 자야한다?"

"정말, 중요한 이야기. 들어."

"그, 그래……. 뭐, 레나가 0시 이후에도 깨어 있는 걸 보니 그만큼 중대한 이야기겠지……."

낮잠 씨와 길드의 서브 마스터들이 전부 모였으니까 바로 본론에 대해 말해야지. 바빌론 님도 믿을 수 있는 동료들을 모아서 퀘스트를 진행하라고 했으니까, 이야기해야 해.

"두 사람은 마계 쪽에서 회수했어요. 토네이더하고 로렐라이, 그 두 사람이죠."

"응? 그렇게 말하는 걸 보니, 혹시……."

"다른 한 명은 행방불명이에요. 관이 개빙되어 있었던 걸 보니 이미 부활한 뒤였던 것 같아요."

"흉악하다고 했었지."

"네……. 그 이름은 잔혹영애 그란디스 바토리. 고르고라 왕국을 피로 물들이고 멸망시킨, 무시무시한 악녀예요……."

"이봐, 이봐, 그런 녀석이 풀려난 거냐고."

"그 그란디스하고…………, 좀 전에 전투를 벌였어요."

"뭐여?! 용케 무사히 돌아왔는디?!"

"무사하지 않았답니다……."

"페르짱하고 치요짱이 사망, 돈타가 한 번 죽었어요. 오니짱……, 이 갑옷 입은 사람 말인데요. 프리오닐이 기사회생의 카운터를 먹여서 겨우 물리치는데 성공한 거고요."

좀 전까지 방긋방긋 웃고 있던 낮잠 씨 일행의 얼굴에서 표정이 사라졌다. 단 한 명 상대로 괴멸 직전까지 타격을 입었다는 말에 동요하는 기색을 감추지 못한 것 같다.

"멜티스 쪽에 엄청난 전력이 가세했군……."

"아뇨, 저는 그게 멜티스의 전력이라 생각하지 않아요."

"계속 말해줘."

"그란디스는 저를 묘지의 왕이 원하는 먹잇감이라고 했어요. 공물로 삼아주겠다고요. 그란디스가 숭배하는 상대는 틀림없이 멜티스가 아니라 그 묘지의 왕이라는 인물이에요."

"묘지의 왕……? 리아짱의 고향을 지배하고 있는 카슈파를 말하는 건가?"

"저는 그것도 아닐 것 같아요. 제가 직접 본 느낌으로는 잔챙이 냄새가 나는 카슈파가 그란디스를 부하로 삼을 수 있을 것 같지는 않거든요."

"이야기가 복잡해지기 시작하는군……."

"멜티스교를 이용하고 있는 제3세력이 있다는 뜻이야?"

"맞아요, 낮잠 씨께서 말씀하신 것처럼 저는 제3세력이 있을 거라 예상하고 있어요."

내 추측으로는 멜티스교가 부패한 것도 그 제3세력이 남몰래 손을 썼기 때문이고……. 하지만 얼마나 강한 힘을 지니고 있고, 멜티스교를 얼마나 자기 것으로 삼았는지는 모른다. 그래도 그란디스를 부활시킨 건 분명히 멜티스교 사람이 아니다.

"그란디스에게는 협력자가 있었어요. 강력한 전이 마술, 그레이터 텔레포테이션을 쓸 수 있는 마술사에요. 모습은 전혀 보이지 않았지만, 그 마술사가 우리와 싸우던 상대를 그란디스라고 불렀고, 바빌론 님께 그란디스의 검술에 대해 알고 있는 정보를 확인해 보니……, 저희가 싸웠던 그란디스와 전투 스타일이 들어맞았어요."

"쓰러뜨리기 직전이었는데. 최악의 타이밍에 방해를 받았어."

"좋아, 이야기를 정리하자고. 방금 린네쨩이 한 이야기는 이런 거지————."

낮잠 씨가 내 이야기를 정리해 주었다.

우선, 우리가 로레이의 멜티스 교회에 쳐들어갔을 때는 이미 그란디스가 부활한 뒤였고, 협력자와 함께 전이 마술로 탈출한 뒤였다. 아치바르가 전이로 도망쳤다고 했던 인물은 아마 스텔라벨체에서 싸웠던 그란디스를 회수한 인물과 동일 인물인 것 같다.

그란디스는 고르고라 왕국을 멸망시킨 악녀이고, 멜티스교에는 껄끄러운 인물일 것이다. 하지만 그 유해는 정화되지 않은 채 멜티스 교회 지하 영묘에 안치되어 있었고, 현대에 되살아나버렸다. 그것을 멜티스교의 대주교 아치바르가 부활시켰는데, 껄끄러운 인물을 되살린 이유는 무엇일까?

아마 아치바르는 전이 마술을 사용할 수 있는 마술사에게 협박

당해서 어쩔 수 없이 부활시킨 것 아닐까? 노라노라가 타천사가 된 것도 마술사의 협력? 그렇다면 그 마술사는 누구일까.

"멜티스교를 멸망시키고 싶어 하는 배신자라 해도 움직임이 이상하네……."

"묘지의 왕은 린네쨩을 인식하고 있는 것뿐만이 아니고 공물로 원한다믄서? 그라믄 적이제! 아무리 발버둥 쳐봤자 이제 와서 아군이라고 할 수는 없응께."

"제3세력, 이라……. 있을 수 없는 일은 아니지."

"그러고 보니까……, 우리가 침입했다는 걸 눈치채기 전에 "세상에 정적을 가져다주기 위하여."라고 기도를 하고 있는 것 같았어요. "우리의 멋진 묘지의 왕께 축복 있으라."라고도 했고요."

"묘지의 왕, 인가요……. 도서실에 있던 책에도 그런 이름은 안 나왔는데요."

도서실의 책을 전부 읽은 게 아닌가 싶을 정도로 책을 많이 읽은 리아쨩도 묘지의 왕에 대해서는 아무것도 알지 못했다. 카슈파의 세력도, 멜티스교의 일원도 아니다. 하지만 멜티스교를 이용하며 세력을 강화하고 있는 자가 있다……

"당장 내일이라도 스텔라벨체로 쳐들어 가지 않으면 적을 놓치게 되어버릴 것 같아요."

"그런데 묘지의 왕은 어째서 린네쨩을 원하는 걸까?"

그게 중요하단 말이죠. 나에게 뭔가 특별한 게 있다면, 생각나는 건 한 가지뿐……

"제 클래스는 사령술사(네크로맨서)예요."

"뭐? 뭐어?!"

"테이머 계열인 것 같긴 했는데, 그렇구나……."

"어, 잠깐만, 네크로맨서라면, 시체를 조종하는 그거?"

"방금, 말이지, 나~. 모든 것을 이해한 것 같아~……."

"돈타도, 리아쨩도, 치요쨩도, 이 풀아머 기사도, 토네이더 선장도, 로렐라이쨩도, 모두 원래는 죽은 자였어요. 아마 토네이더 선장이나 로렐라이쨩을 가로채서 원한이 꽤 큰 것 같아요. 찍힌 이유는 그것 같네요."

"마, 말도 안 돼……. 그렇게 귀여운 돈쨩이……. 원래 시체였다니……?!"

"뭐, 지금도 귀여우니까 괜찮지 않을까? 아니, 언데드치고는 다들 자유분방하네……, 여기 있는 기사님 말고."

『(*´ω｀*)』

『아, 참고로 프리오닐의 몸속은 텅 비었어요.』

『/(^o^)\』

"머리가 빠지네?!"

"말도 안 돼……, 흐아~……."

"진짜로? 대단해, 쿨하군."

"흐에~……, 진짜로 네크로맨서구나아……?!"

아, 지금까지 비밀로 해와서 찝찝했던 마음이 전부 사라졌다. 뭐, 그래도 처음에 밝혔으면 큰일이 났을 테니까. 지금은 들키더라도 문제가 없을 만큼 전력을 갖췄고. 나와 시종들만으로 거의 풀 파티 상태거든. 뭐, 모두가 모인다면 그렇다는 말이지만.

그건 그렇고, 오니쨩, 머리를 빼기만 했는데도 반응이 정말 좋은데? 잘 됐네?!

"돈짱은 원래 그렇게 큰 시체였어?"

"그 아이는 타러시 근처에서 제일 먼저 시종으로 삼은 언데드예요. 원래도 좀 큰 울프였고, 희귀종이었어요."

"아~, 뭐여, 한때 소문이 돌았던 희귀 울프구만!"

"소문이 돌았군요……."

"아~! 혹시나 말인데, 이제야 알겠어. 이걸 어디서 얻었는지! 내 귀, 울프 희귀종에게 얻은 거지!"

"아마, 그랬을 거예요……!"

"우와, 내일부터 시간이 날 때마다 사냥하러 가고 싶은데……, 그래도 다른 사람들이 보면 울프에게 뭔가 있다는 걸 금방 들킬 거야……, 어쩌지……, 아, 스텔라벨체부터 가야 하는구나."

"그게 진화하면 돈짱이 되는구나!"

"몇 번을 진화하믄 그렇게 커지는 거여……."

"그래서, 다른 시종은? 이렇게 된 이상 전부 알고 싶은데!"

오, 핫게 씨가 흥분한 모습은 처음 본 것 같은데. 이 사람은 항상 팔짱을 긴 채 떡 버티고 서서 시원스럽게 웃는 마초맨 같은 인상이라 이런 반응을 보이니 왠지 신선한 기분이야……! 맞다, 왜 커밍아웃을 한 거냐면, 나를 노리는 이유에 대해, 그리고 리아짱 이야기를 해두고 싶었기 때문이거든. 언젠가는 들킬 테니 지금 이 멤버들이 모두 모였을 때 이야기하는 게 나을 것 같아서.

"타러시 남쪽 숲에 수수께끼의 백골 시체 서브 퀘스트가 있다는 거 아시나요?"

"알 수 없는 영상이 나오는 그 퀘스트 말이군요!"

"그래, 단서가 전혀 없어서 이해가 잘 안 되는 거 말이지."

"며칠 전부터 퀘스트가 발생되지 않는다는 이야기를 들었어~. 내 퀘스트란에서도 사라졌고~."

"아! 그 백골 시체를 일으켰어?!"

"그라믄 차례를 따져서, 그때 돈짱하고 같이 있었던 거, 리아짱이잖어!"

"맞아요. 리아짱은 스켈레톤부터 시작해서⋯⋯. 살을 붙이려고 진화시켰더니 좀비가 되었는데요, 그때 쓴 게 드래곤 고기라 불을 토해서 목이 타버렸고, 다시 진화시킨 게 그때 길드 하우스에 온 리아짱이죠!"

"흐에에에에~⋯⋯. 스켈레톤일 때 길드 하우스에 왔으믄 네크로맨서라는 걸 단번에 들켰것제."

"근처에 이단심문관도 어슬렁거리고 있었으니까~. 분명히 살해당했을 거야~."

"이단자 절대 용서 못해맨 같은 녀석들이 잔뜩 있으니까."

"그래서, 리아짱을 일으키고 퀘스트가 진행된 거제? 뭐가 어떻게 된 거여?"

"아, 그게 커밍아웃한 이유의 본론인데요⋯⋯."

"듣고 싶어, 듣고 싶어!"

"얼른 가르쳐 주라고!"

오오⋯⋯. 다들 엄청 다그치네⋯⋯! 낮짐 씨하고 에리스 씨, 어느새 살육 범고래 인형에서 내려와서 테이블 쪽으로 와 있어⋯⋯! 완전 흥미진진해 하시네요?!

"리아짱, 사실은 스텔라벨체 왕국의 공주님이었거든요."

"⋯⋯뭐어?!"

"진짜로?"

"지금까지 잔뜩 들이마셨던 게……. 공주님……?! 로리에다 공주, 그리고 마법소녀……?! 섭취할 수 있는 영양소가 너무 많아!"

"에리스, 입 좀 다물고 있어."

"으읍————."

"그, 그래서?"

아, 낮잠 씨가 에리스 씨 입을 막아버렸네……. 으, 응. 이대로는 폭주해서 이야기를 할 상황이 안 될 것 같으니까.

"우선, 스텔라벨체는 사막 나라인데요. 그곳을 건국한 초대 여왕이 에키드나라는 분이고, 아래층에 계신 마술 교관님이죠."

"아, 있었지……."

"있었지……."

"응, 있어."

"그거, 진짜로 본인이었구나~."

"그 에키드나 씨가 지니고 있었던 마녀의 힘을 계승한 게 당시 에키드나 씨의 막내딸이었고, 그 막내딸의 후예가 리아쨩인 것 같아요."

"아~. 그렇게 말도 안 되는 마술도 왠지 납득이 되는디."

"그렇군……."

"흐에~……."

지금까지 한 이야기는 '호오~, 그렇구나~' 정도밖에 안 되지만 말이지. 아마 지금부터 할 이야기를 들으면 다들 화가 날 거야~……..

"리아쨩은 어렸을 때 어머니를 잃었고, 형제자매들에게도 미움

받아서 왕궁 안에 지낼 곳이 없어져버렸다네요. 그래서 적어도 자신의 몸은 스스로 지킬 수 있게끔 마술을 공부했던 거예요."

"그렇게 착한 애를 형제자매들이 싫어하다니, 그 녀석들, 참말로 인간 맞어?"

"일단은 왕위 계승권을 지닌 여동생이잖아. 적이긴 마찬가지니 어쩔 수 없을지도 모르지. 그래도……."

"아, 나는 왠지 구역질나는 전개가 나올 예감이 드는데."

이 시점에서 형제자매들에게 어그로가 쏠리잖아. 이야기를 계속하면 더 화나겠지.

"그렇게 몇 년 동안 살다가 어느 날, 리아짱이 평소처럼 지내고 있자니 큰오빠인 카슈파가 예전 스텔라벨체에 막대한 피해를 입혔던 존재, 생명을 먹는 이무기라는 존재를 봉인해 둔 이무기의 눈동자라는 보석을 손에 넣은 모양이라, 그 뱀의 힘으로 리아짱을……."

"아, 참말로, 최악이네……."

"그런데 묘지의 왕이 카슈파와 함께 있는 걸 보니 카슈파가 힘을 되찾은 거 아니야?"

"아뇨, 좀 전에 잠입했을 때는 얼른 의식을 성공시키라며 화를 내고 있었어요."

"의식이라……, 이무기의 눈동자에서 힘을 끌어내는 의식 같은 건가 ……."

"그게 의식 내용일 것 같아요. 혼의 서의 파편, 아마 이무기 자체를 부활시키려 하는 거겠죠."

"벌써 어떤 의식인지도 알아냈구나……."

나, 왠지 '네, 완성된 게 이쪽에 있습니다~'라고 요리 프로그램

진행을 맡은 것 같은데……? 아무렇지도 않게 중요한 아이템을 꺼내 버린 것 같아……!

"좀 전에 왕궁에 숨어들어가서 훔쳐 왔어요."

"니, 참말로 손버릇이 안 좋네?!"

"스텔라벨체 왕도에 도착했다는 건 포탈을 쓸 수 있게 되어서 알고 있었는데, 왕궁 내부에도 들어갔나? 어떤 상태였어?"

"우선 스텔라벨체 왕도는 주민 NPC 모두가 카슈파에게 목숨을 빼앗기고 거의 모두가 언데드가 되었어요. 왕궁에서는 가까운 부하들과 일부 상인들이 살아서 사치스럽게 살고 있는 것 같아요. 그리고 리아쌍의 언니 두 명하고 카슈파, 그란디스 일행도 왕궁에 있었어요. 카슈파는 지금 의식을 성공시키는 데 여념이 없고요. 그리고 이무기가 나타났다는 큰 구멍 안쪽에 힘의 근원이 있을 거라 추측한 건지, 언데드로 만든 주민들에게 구멍을 파라고 시켰어요. 리아쌍은 내일 왕궁을 불바다로 만들 생각인 것 같으니, 내일 오후라도 멸망시키러 갈 생각이에요."

"나도 갈 거여! 분명히 재미있을 것잉께!"

"언니 두 명은 죽여버려도 되는 건가?"

"된다고 하네요. 아, 그래도 가능하면 주민 NPC들만은 죽이지 말아주셨으면 하는데요."

"웅, 알겠어~. 주민들은 장례를 치러줘야 하니까."

"그렇, 죠."

"나도 갈까. 역시 사냥은 재미있어. 내일 오후에는 쿡 씨를 돕는 걸 쉬도록 하지."

"푸핫!! 에리스쌍도, 갈게요오!"

"나도 갈 거야~. 길드 멤버 모두에게 알려둘게! 그럼 내일 일정은 오전에 바다의 동굴 던전에 가고~, 잠깐 숨 좀 돌리다가 스텔라벨체 섬멸전이다아!"

내일도 충실한 하루가 될 것 같네~……. 아, 그러고 보니 낮잠 씨 일행은 폐교회 이면 던전에 대해 모르는구나. 그것도 가르쳐 줘야지.

"그러고 보니 폐교회 이면 던전 말인데요."

"뭐?"

"앗, 스포일러인데, 괜찮으시겠어요……?"

"말해줘, 지금 당장."

"네, 네……."

우와, 압박감이 엄청나네……!! 말해주지 않으면 죽여버리겠다는 압박감……!! 던전 정보는 공유하자는 규칙이 있으니까요. 죄송합니다, 공유가 늦어서……!!

"1층에서 도겔을 쓰러뜨리면 봉인된 교회의 클리어 보수를 포기하고 이면 던전인 '금지된 성역'으로 갈 수 있거든요."

"거기에 이면 던전이 있었나……. 도겔이 도망치기 전이믄 천사하고 좀비는 완전히 무시해야것는데."

"지금 레벨이라면 무시하는 것도 쉽겠지."

"하긴~! 처음부터 버프를 잔뜩 설고 날려버리면 되잖아~."

"그래서, 금지된 성역의 내용!! 알고 싶어요!"

"금지된 성역의 적은 전부 인간과 기계, 천사를 융합시킨 기계 계열 몬스터로 구성되어 있어요. 제한시간이 20분이고, 처음에는 두 마리였나……, 총을 들고 있었죠. 그걸 쓰러뜨리면 총을 든 두 마리하고 검, 해머를 든 네 마리가 나오고, 마지막에는 총을 든 다섯 마리하고 팔이 네 개 달린 특수 변이체 한 마리가 끊임없이 공격해 와요."

"어떻게든 밀어붙이려 하면 밀어붙일 수 있으려나……?"

"제한시간 때문에 초조해져가꼬 판단을 실수할 것 같은디."

"참고로 레벨이 꽤 높고, 제일 낮은 적도 75였을 거예요. 마지막에는 레벨이 100을 넘었어요."

"흐엑~……, 아, 말살 범고래도 넘었지."

"넘었지~. 그래도 기계 계열이니까 HP가 많을 것 같네~."

그러고 보니 좀 전에 들었는데, 낮잠 씨 일행도 말살 범고래를 쓰러뜨린 모양이야! 보수는 무지개급이 네 개, 전부 [보스 카드 바인데]였다네! 모두가 일제히 열어봤더니 고블린 리더나 오크 리더, 고블린 킹 같은 것들이었대……. 전부 HP만 올라가는 꽝 보스 카드 느낌이라는데.

차모로 낮잠 씨만 몸용 [폭진하는 매머드 엠퍼러]라는 카드를 뽑은 모양이야. 효과는 놀랍게도 [상시 하이퍼 아머]와 넉백 무효화, 신들린 카드를 뽑아버렸다네. 이 사람 운, 정말 문제 있는 거 아니야? 대단하신데요.

"마지막 보스는 두 마리고, 사이보그가 된 도겔과 기계화하여 부활한 도겔의 연인이에요. 도겔의 연인 쪽이 [건 해저드]라는 흉악한 스킬을 가지고 있고, 쿨타임이 엄청 짧은 일제사격 스킬을 써요. 원거리 공격하고 직접 공격 속성이 있는 폭격을 섞어서 쓰니까 전부 막아내려면 내구도가 꽤 필요할 거예요. 도겔은 기본적으로 연인을 지원해주고, 일정 데미지까지 무효화하는 배리어를 치거나 그 배리어를 매우 크게 강화하거나, 샷건도 들고 있었네요. 이쪽은 공격만 통하면 HP가 그렇게까지 많진 않았으니까 해치우는 건 꽤 여유로웠어요."

"연인 쪽은 튼튼한가?"

"엄청 튼튼했어요. 레나짱이 온 힘을 다해 마구 쏴대서 겨우 잡았죠."

"그거 튼튼하겠네……. 버프를 최대로 걸고 각성 스킬까지 써야 어떻게든 잡을 수 있을 것 같은데……."

"그쪽은 레이지하고 핫게가 맡아야지~."

"그래, 솔직히 두 동강 식칼은 이제 필요가 없을지도 모르겠군……, 뭐, 타격이 안 통하는 상대용이려나."

"쓰러뜨린 상태에 따라 마지막 보수가 바뀌는 것 같아요. 저희는 도겔하고 연인을 부활시킨 다음에 처죽인다는 D엔딩으로 끝냈어요."

"뭘 어쩌면 그렇게 악당 같은 행동을 할 수 있는 거여?!"

"그래……. 일부러 언데드로 일으킨 다음에, 죽인 건가……."

"정말 심하네, 그거, 그렇게까지 밉살스러웠나~……."

"응……, 안 돼, 린네의 역린을 건드렸어."

그 녀석들, 나를 입에 담고 싶지도 않은 이름으로 불렀으니까. 살해당하는 게 당연해. 다음에 갈 때는 곧바로 날려버리고 끝내야지…….

"격파 조건으로 인해 보수가 바뀐단 말이지~. 재미있네, 이 게임……."

"그러면 내일 아침에는 그거 한 다음에 바다의 동굴 갈까?"

"좋아. 내일은 일을 안 하니까."

"에리스짱도 갈게요~. 7시?"

"7시라면 나도 이제 자야겠네. 졸려서 일어나질 못할 테니까……, 아, 린네짱은?"

"저는 돈타 일행을 데리고 가면 7인 파티라서……, 아, 그런데 언니와 로라짱은 안 갈지도 모르겠네요."

"그럼 페르세우스하고 같이 가는 느낌이야? 레나는 우리가 데리고 갈까?"

"레나짱하고 페르짱이 어느 쪽을 따라가고 싶은지에 달렸죠~."

"그러고 보니 돈짱 같은 시종들이 다른 파티에 들어갈 순 없어?"

어……, 돈타 같은 시종들의 대출. 시체 안치소에 들어가지 않을 가능성이 있으니까 좀 무서운데. 아, 그래도 장의사 NPC가 시체 안치소를 빌려주던가……? 거기에 넣어달라고 하면 어떻게든……. 되려나? 그래도 겁나네…….

"글쎄요, 시험해 본 적이 없어서……. 그리고 죽었을 때 제 시체 안치소에 들어가는데요, 다른 파티에서도 자동으로 수납될지 모르니까……."

"흐에~, 네크로맨서는 시체 안치소를 그렇게 쓰는구나. 장의사에게서 빌리는 한 개로는 힘들지 않아?"

"아, 저는 열 개 있어서요."

"열 개?!"

"어, 그럼, 주물 만들 때 카사 씨에게 가지고 갈 때도……."

"저기, 그것도 제가 할 수 있어서요……."

"어, 치사해."

"그거 좋겟네……. 그래도 나는 내가 직접 싸우는 게 더 좋으니께……."

"나하고도 안 맞겠군. 시종 관리 같은 건 못할 것 같아."

"나도~. 아니, 냉정하게 생각하면 유지비가 엄청 들잖아. 그리고 다크맨서도 촉매가 필요하니까 말이지, 네크로맨서는 촉매! 촉매! 시체 유지비! 레벨 업! 비용! 비용! 비용! 같은 느낌이 될 것 같지 않아? 보통은."

"아~, 그렇게 될 것 같네~……, 돈짱하고 치요짱, 잘 먹으니까."

"각 시종의 장비 갱신, 식비, 죽어버리면 부활에 쓸 촉매 비용, 그밖에도 여러모로 돈이 들 것 같군……."

"안 되것어. 나는 절대로 관리 못하니께! 부럽기는 했는디, 내 착각이었어, 그런 건 못한다고!"

"실제로 장비 갱신은 꽤 지체되고 있네요……. 제가 주물을 만들어서 어떻게든 하고 있어요."

"그 하이 리스크 하이 리턴 장비를, 온몸에?!"

"왠지 다른 게임을 하고 있는 것 같은 느낌이 엄청 드네……!"

"아~, 린네짱은 완전히 다른 게임을 하고 있어, 틀림없이……."

"진짜로 우리와 마찬가지로 멜티스 온라인을 하는 거 맞아?"

"바빌론 온라인을 하고 있어요……."

"에리스짱도 그거 하고 싶어요!!"

"나도 요즘은 그 제목이 훨씬 더 괜찮은 것 같네."

"그러게!"

"나도 멜티스 요소가 없다는 생각이 들더라고!"

그렇죠, 그렇죠, 이미 멜티스 온라인이 아니라 바빌론 온라인을 하고 있는 거죠! 역시나, 개명해야겠네요, 바빌론 온라인으로……!

"흐아암……? 평안하신가요~……, 여러분~……."

"어라, 페르짱, 설마, 잤어?!"

"흐에에……?"

"나도 깨어 있었는데, 페르페르만 잤다니, 치사해. 벌을 줄 필요가 있어."

"할머니, 벌은 싫답니다아……."

어머나, 프린세스 페르세우스짱이 로린세스 페르세우스짱으로 변신해 버렸네. 평소에 볼 수 없는 희귀한 페르세우스짱을 보니 마구 신이 난답니다?

"……아으! 여러분, 내일 교회에 가시지 않겠어요?!"

"있지, 방금 그 이야기를 하고 있었어. 두 파티로 나뉘어서 가루건데, 페르짱하고 레나짱, 둘 중 누가 내 파티에 들어와서 던전에 갈래? 아침 7시부터 갈 예정인데."

"가겠어요!! 선착순이랍니다! 레나 씨하고도, 같이 가고 싶지만요……."

"자던 사람이 선착순이라고 우기다니, 용감하네……."

"응, 정말 횡포야. 하지만 그렇게까지 가고 싶다면, 양보할게."

"그럼 레나는 우리 파티와 함께 가자고!"

"그러면 대충 정해졌네! 나는 이제 잘란다! 아, 친구 신청 보내도 된당가?!"

"아, 괜찮아요!"

『레이지로부터 친구 신청이 들어왔습니다.』

『낮잠 정말 좋아로부터 친구 신청이 들어왔습니다.』

으응?!

『에리스 마가렛으로부터 친구 신청이 들어왔습니다.』

『핫게로부터 친구 신청이 들어왔습니다.』

다들 이 기회에 편승하셨네요?! 좋았어, 전부 허가, 허가, 허가, 허가……! 와아, 와아아아아……! 현실보다 친구가 더 많아……!! 기쁘다!!

"자자자, 잘 부탁드립니다……!"

"나도 보내 버렸어~! 허가해 줘서 고마워~!"

"앗싸, 린네짱하고 친구가 되었어!"

"나도 슬쩍 보냈다고. 잘 부탁해! 허가해 줘서 고맙다!"

"친구가 늘어나서 기쁘네요!!"

"땡큐! 그라믄 나는 잘랑게, 내일 보자고!"

"고생했어~."

"그래, 또 보자."

"또 봐~."

"고생하셨습니다~."

"다들 편히 쉬어요~! 저도 충격이 크니 잘 거랍니다!! 여러분, 내일 뵈어요~!"

『레이지가 로그아웃하였습니다.』

『페르세우스가 로그아웃하였습니다.』

아, 페르짱도 나가버렸네. 그란디스에게 진 게 충격이긴 했지……. 그럼 나도 나갈까. 내일 7시니까……, 6시쯤 일어나면 되려나? 언니하고 로라짱도 그때쯤이면 부활했을 테니까……, 아마도.

"저도 나갈게요. 내일 봬요."

"그래, 우리도 잘 거야."

"에리스쨩도~, 또 봐~."

"이야기를 잔뜩 해서 즐거웠어~. 또 보자~, 나도 오늘은 나가서 자야지⋯⋯."

"아, 낮잠 씨! 보호한 애를 위해 길드 룸 하나를 빌려주셔서 감사합니다."

"아니~, 괜찮아~. 그런데 이제 괜찮아?"

"네. 마신전의 교관님들께서 증상을 봐 주셔서 지금은 약을 먹고 안정을 취하고 있어요. 한순간 깨어났을 때 이제 안심해도 된다고 했더니 그대로 조용히 잠들어 버렸네요."

"그렇구나, 그렇구나, 아~, 시종이 점점 늘어나네~⋯⋯, 그럼, 잘 자~."

"네, 안녕히 주무세요."

좋아, 할 일은 다 했으니 오늘은 로그아웃해야지⋯⋯. 오르락내리락하는 게 심한 하루였어, 왠지 엄청 피곤하네. 내일 아침에 늦잠을 자지 않게끔 조심해야지.

『로그아웃 처리 중입니다⋯⋯, 간섭————, 또 봐, 맛이 간 여자~! 마이 홈도, 그란디스 일행의 정보도 기뻐♡ 고마워~♡』

끄억!! 좋은 꿈을 꿀 수 있겠어!! 기분 좋게 잘 수 있을 것 같아!! 아니, 잘 수 있을까?!

"(이렇게 큰 실수, 메기도 님께 뭐라고 보고를 드려야…….)"

오르비스는 초조했다. 메기도가 예전부터 눈독을 들였던 린네라는 모험자가 스텔라벨체 왕궁 안까지 침입했기 때문이다.

발견한 것은 얼마 전. 하지만 언제부터 침입한 건지, 정보가 얼마나 많이 새어나간 건지, 그리고 어디로 도망쳐 버린 것인지, 전혀 알 수가 없다.

"빌어먹을……!! 그 여자, 그 여자만 해치웠다면……!!"

그란디스가 침입을 눈치채고 쫓아간 것도, 게다가 패배해 버린 것도, 오르비스는 예상하지 못했다. 오르비스가 예전에 린네를 목격했을 때보다 훨씬 강력해져 있었고, 로레이 서쪽 절벽 아래 동굴에서 발견한 요호까지 시종으로 거느리고 있었던 것은 뜻밖이었다. 게다가 그 요호보다도 마랑이 강해진 상태였고, 린네가 순식간에 시종을 부활시킬 수 있다는 것도, 전부 예상하지 못했고 상정하지 못했기에 거의 공황 상태에 빠지기 직전이었다.

"메기도 님, 오르비스입니다……."

"그란디스도 함께 있구나? 들어오도록 하거라."

"실례합니다!!"

문 너머에서 메기도가 낸 목소리는 오르비스가 상상했던 것과는 달리 매우 평온하고 부드러웠다. 안도감과 함께 치솟는 불안감. 혹시 너무나도 어리석은 행동을 한 나는 이제 필요가 없다면서 버림받지 않을까, 그런 불안감이 오르비스의 가슴속에서 솟구쳤다. 그런 마음을 억누르고는 메기도가 있는 방을 향해 나아갔다.

"이번 일은……."

"됐다, 고개를 숙이지 마라. 이건 내 실수다."

"결코 그렇지는……!!"

"린네와 다른 모험자들이 이렇게 빠르게 침입할 줄은 예상하지 못했다. 하지만 그럴 가능성을 조금이라도 고려해서 대책을 세워 두었어야만 했다. 그리고 그란디스, 네가 린네 일행을 이기지 못했던 것도 내가 힘을 충분히 주지 못했기 때문이다. 그란디스에게 좀 더 힘을 주었다면 린네 일행을 물리칠 수 있었을 테고, 네가 대처하느라 급급해서 실수를 저지를 일도 없었을 것이다. 너희에게는 잘못이 없다."

메기도는 오르비스의 실패가 자신 탓이라고 말했다. 그러자 오르비스도 당황했고, 그란디스 또한 당황했다. 자신들의 역부족을 질책 당할 각오를 하고 있었는데, 질책은커녕 아무런 잘못도 없다고 하니 당연할 것이다. 그란디스도 좀전까지 드러내던 분노는 어디론가 사라져 버린 채 오르비스와 서로 마주보며 메기도가 말을 하기를 기다리고 있었다.

"린네 일행에게 패배한 것은 분하기 짝이 없는 일이다. 반드시 만회해야 할 굴욕적인 패배이긴 하다만, 그 원한을 풀 시기는 지금이 아니다. 냉정해지거라……. 이미 저지른 잘못을 후회하더라도 과거를 바꿀 수는 없다. 이것은 카난에서 우리가 배운 것이다.

그렇지? 오르비스여."

"그렇, 습니다. 우리의 왕이시여⋯⋯."

메기도가 이렇게까지 냉정할 수 있는 것은 과거에 저지른 중대한 잘못에서 교훈을 얻었기 때문이었다. 과거에 메기도는 한 번 죽었고, 고향인 카난 성왕국을 잃었고, 오르비스를 제외한 부하들을 잃었고, 과거의 영광을 전부 잃어버렸다. 한때의 감정, 한때의 분노로 인해 모든 것을 잃었던 것이다.

"우리의 목적은 세계에 정적을 가져다주는 것. 린네를 죽이고 그 힘을 우리의 것으로 삼는 것이 아니다. 그렇기에 린네는 반드시 없애야만 하지만, 그것은 최우선 사항이 아니다. 게다가 그쪽도 침입한 것을 들켰으니 이제 할 일이 정해진 것이나 다름없지. 내 예상컨대 린네 일행은 동료들을 데리고 당장 내일이라도 이곳에 쳐들어 올 것이다."

"일단 태세를 바로잡고 다시 준비를 갖추고 나서 쳐들어올 가능성은⋯⋯."

"없다. 우리의 힘에 대해 어느 정도 알게 되었다. 그란디스와 너를 몇 명으로 상대할 수 있다는 사실도 알게 되었다. 최대 전력에 대해서도 짐작하게 되었다. 나라면 틀림없이 내일, 상대방이 굳게 방어하기 전에 공격해서 없앨 것이다. 그러지 않으면 침입했을 때보다 전력이 더욱 강해질 것이 명백하니. 그러니 내일일 것이다."

"역시 우리 묘지의 왕, 제가 숭배하는 메기도님이셔요!!"

메기도의 냉정한 분석은 정확했다. 린네는 이미 동료들과 연락을 주고받으며 당장 내일이라도 스텔라벨체에 습격을 가할 계획을 세우고 있었다. 하지만 메기도가 분석한 이유가 아니라 내일은 일요일이니까 낮에 모두 함께 놀러가자~ 같은 생각이었지만, 그 런 사실은 아무도 알지 못했다.

"그러니, 이곳을—————."

"메기도!! 메기도, 침입자가 나타났다는 게 사실인가?!"

"쳇……."

"으음, 좀 전에 그란디스가 교전을 벌였다. 사실이다."

향후 행동에 대해 오르비스와 그란디스에게 말하려던 순간, 타 이밍이 안 좋은 남자가 메기도의 방으로 성큼성큼 들어왔다. 현재 스텔라벨체의 국왕, 카슈파다. 그란디스가 무심코 혀를 찬 것은 그녀가 싫어하는 타입인 남자가 바로 그 카슈파이기 때문이다. 그 런 남자가 최악의 타이밍에 나타났으니 참지 못하고 혀를 찬 것도 어쩔 수 없는 일이었다.

"어떻게 눈치챘지?!"

"그란디스는 피 냄새에 민감하다. 정문의 병사가 피를 뿜으며 죽었기에 눈치챌 수 있었다."

"그랬군! 그래서, 몇 명이지? 물리쳤나?! 아니, 이겼으니 여기에 있는 건가……. 그래, 냉정하게 생각해보니 그렇군……."

카슈파는 너무 초조해진 나머지 멋대로 착각하고 있었다. 그란 디스가 침입자를 물리쳤다 믿고는 이제 아무런 문제가 없을 거라 생각하기로 한 것이다.

"그렇다, 물리쳤고말고. 아무런 문제도 없이, 완벽하게."

"그, 그랬군……! 다행이야, 나에게는 아직 시간이 필요하다고."

메기도는 카슈파의 약해진 마음을 놓치지 않았다. 인심장악술 은 식은 죽 먹기, 게다가 이런 삼류 잔챙이처럼 마음이 약한 왕은 슬쩍 달콤한 말을 해주면 금방 넘어간다.

"하지만, 그 녀석들은 아마 척후일 거다."

"처, 척후……? 척후라는 게, 뭐지?"

"우리의 동향을 캐내기 위해 보낸 졸개, 다시 말해 쓰다 버리는 소모품이란 뜻이지."

그건 새빨간 거짓말이었다. 린네는 아마 최대 전력일 것이고, 그 전력이 침입했지만 쓰러뜨리지 못하고 양쪽 다 퇴각하게 되었다는 것이 사실이지만, 메기도는 일부러 거짓말을 하기로 했다. 당연히 자신에게 유리한 흐름으로 이끌어 나가게끔 하기 위해서였다.

"그, 그럼, 우리의 동향에 대해서는 알려지지 않았고, 아무런 문제도 없다는 뜻인가!"

"우리가 물리친 건 척후 중 일부일지도 모른다. 별동대가 있었을 가능성은 부정할 수 없지."

"그럴 수가, 그럼 어떻게 할 건데?!"

"애초에 왕궁의 경비와 방위는 그대의 역할, 그런데도 우연히 침입자를 발견하고 물리친 우리를 질책하는 건 잘못이지. 그렇지 않은가?"

"그아, 그렇지만……!"

카슈파는 난처한 지적을 당했다. 오르비스 일행은 허둥대는 그의 모습을 마치 쓰레기를 보는 듯한 눈초리로 보고 있었다. 그리고 메기도는 자신에게만 형편 좋은 이야기를 계속 늘어놓았다.

"이건 중대한 계약 위반이다. 우리는 불사자의 노동력을 제공하고 그대의 계획에 협력한다. 그대는 그 대신 우리의 안전을 확보하기 위해 스텔라벨체를 지킨다. 그 계약이 좀 전에 깨진 거겠군?"

"그렇, 지만, 그래도!!"

"만약에 다른 척후가 있었을 경우, 누군지는 모르겠지만 조만 간 이곳으로 쳐들어올 거다. 이곳은 안전하지 못하게 될 테고, 그 대가 한 약속을 지키지 못하게 되겠지. 우리에게 있어서는 불리한 조건만 생긴 이 나라에 머무를 필요가 없어졌다는 뜻이다."

"지금까지 누구 덕분에 안전할 수 있었다고 생각하느냐!!"

"그렇게 말하기에는 기간이 좀 짧군. 오히려 우리 신께 받은 힘, 그것을 사용하는 법을 가르쳐주어 잠도 자지 않고 일하는 불사의 노동자를 만드는 지혜를 선사한 내가 더 은혜를 베푼 것 같다만."

"크, 으, 으으윽……!!"

아무런 대답도 하지 못하게 된 카슈파는 입을 다물 수밖에 없었 다. 사면초가, 절체절명, 그렇게 생각하게 만드는 것이 메기도의 목적이었다. 약해진 마음과 최악의 상황, 만약에 이것들을 전부 해결할 수 있는 마법 같은 일이 일어난다면 사람은 어떻게 될까?

"그렇게까지 말하니, 알겠다. 내가 만들어낸 상위 언데드, 사령 기사를 이곳에 남기지."

"사령기사?! 여기 있는 그녀와 싸워도 거의 대등한, 그 사령기사 말인가?!"

"그래, 그것도 여덟 마리. 이 정도 전력이라면 그대도 안심할 수 있겠지?"

"대단해……. 멋지군, 고맙다! 고맙다고, 메기도 공!"

척후를 물리쳤다는 그란디스, 그녀와 필적할 정도로 강한 사령 기사를 여덟 마리나 준다니 좀 전까지 느꼈던 불안감 따위는 거짓말처럼 사라졌다.

　사령기사는 왕궁 기사들의 유해를 여럿 소비해서 탄생시키는 언데드이며, 메기도가 보기에는 간단히 만들어낼 수 있는 싸구려 병기나 마찬가지다. 그 사실을 알지 못하는 카슈파는 뛸 듯이 기뻐하며 메기도에게 연신 감사의 말을 쏟아냈다. 하지만 오르비스는 그 대화의 흐름을 이해하지 못하고 있었다. 지금부터 대체 어떻게 하려는 것인지 전혀 알 수가 없었던 것이다.

　"(메기도 님, 어떻게 하실 생각이신지요……?)"

　"(이건 린네 일행의 진짜 힘을 알아보기 위해 필요한 일이다. 그리고 이 사령기사들은 카슈파가 만들어낸 기사들이었다고 하지. 무슨 의미인지, 알겠나?)"

　"……!!"

　카슈파가 만들어낸 기사들이었다고 한다. 메기도가 텔레파시로 전한 말을 듣고 오르비스는 모든 것을 이해했다. 지금까지 몇 번이나 썼던 방법대로 하겠다는 것을.

　들뜬 카슈파는 오르비스의 낌새를 전혀 눈치채지 못하고 있었다. 메기도와 사령기사에만 정신이 팔려서 그녀가 전이하여 뒤쪽으로 다가섰다는 것을 눈치채지 못한 것이다.

　"으, 이앗?! 뭐야, 무슨————."

　"사악함에 물든 그대의 부정함을, 나의 성스러운 마음으로 정화하리라. 퓨리피케이션."

　『(그란디스여, 입을 다물고 있거라. 지금 이곳을 떠난다.)』

　"(네, 네……! 왕께서 분부하신대로……?)"

　정화 마술, 퓨리피케이션. 원래는 상태이상을 정화하는 목적으로 사용하는 마술이지만, 오르비스가 다루는 퓨리피케이션의 효과는 그뿐만이 아니다. 머리에 직접 이 마술을 걸어 오르비스에게 '불리'하다고 판단되는 기억이 정화되는 것이다.

"(짜증나게도 우리의 왕이신 메기도 님의 이름을 마구 불러댄 이 남자의 머릿속에서 우리의 기억을 정화하였습니다)."

카슈파는 그 순간, 메기도에 대한 기억, 오르비스와 그란디스에 대한 기억을 전부 잃어버렸다. 무슨 일이 일어난 것인지 모르는 그는 멍하니 서 있을 뿐, 지금 자신이 어떤 상태인지 전혀 알지 못하고 있다.

"오오, 카슈파 왕이시여!! 드디어 사령기사의 소환에 성공하셨군요!! 아, 그것도 여덟 마리나!! 이것은 사상 최초의 위업, 정말 훌륭한 힘이십니다!!"

"어……? 어, 어어……?"

하지만, 사령기사에 대한 기억은 사라지지 않았다. 침입자를 손쉽게 제거할 수 있는 능력, 눈앞에 있는 이 대검을 들고 있는 여자와 싸워도 밀리지 않을 정도로 강하고, 왕궁에 남은 어떤 병사보다 강하다. 그런 기사를 여덟 명이나, 그것도 자신이 소환했다고 눈앞에 있는 남자가 말한 것이다.

"왕이시여, 혹시 소환의 반동으로 피곤하신 것 아닙니까? 저희가 마련한 대량의 촉매를 사용한 일제 소환, 아무리 왕이시라 하셔도 피로가 쌓이신 모양입니다. 하지만 이제 침입자에 대비한 준비는 완벽하군요! 아, 정말 훌륭한 것을 보여주셨습니다!!"

"그, 그래……. 그래, 그렇지……. 나는, 사령기사를, 소환한 건가……?"

"너무 규모가 큰 대마술로 인해 기억의 일부가 흐려진 모양이군요……. 정말 피곤하신 것 같습니다. 오늘은 방에서 쉬시는 게 어떨지요?"

"그렇게, 하지……. 너희는, 그러니까……."

"저처럼 초라한 상인의 이름 따위는! 혹시 기억하고 계신다면 부디 앞으로도 제타 상회를 애용하여 주십시오……! 또 조만간 만나 뵐 수 있기를 진심으로 기원하겠습니다! 자, 카슈파 왕께서는 쉬신다고 하신다. 돌아가자꾸나, 알다, 벨다."

"네, 제타 님."

"분부를 따르겠습니다, 제타 님……, 후후훗……."

"(너희들, 이 카슈파라는 남자의 명령에 절대복종하도록. 단, 우리에게 해를 끼칠 만한 명령은 무시해라. 그리고 나의 명령이 최우선이다. 이해했다면 가라)."

기억이 흐려진 것은 사령기사를 여덟 마리나 소환한 것으로 인한 반동 때문일 터. 눈앞에 있는 수상쩍은 남녀는 제타 상회 사람들이고, 그들은 사령기사를 소환하기 위해 촉매를 가져다 준 모양이다. 그리고 소환은 성공하여 사령기사가 여덟 마리나 나를 따르고 있다. 이상한 건 아무것도 없다.

카슈파가 멍하니 있는 동안에 메기도는 다음 행동에 나섰다. 오르비스가 데리고 온 연구자, 세료가를 회수해야만 했기 때문이다.

"……세료가, 있지?"

"오오, 우리의 왕이시여! 이 스텔스 장치를 간파하시다니.."

"빈말은 됐다. 이곳에서 하던 실험은 중지, 실험체는 전부 사령기사로 바꾼다. 증거는 일절 남기지 마라. 곧바로 이곳을 떠날 것이다. 이해했다면 행동으로 옮겨라."

세료가가 진행하던 연구, 그것은 '인체에 다른 종족, 특히 몬스터의 힘을 심어 더욱 강력한 병기를 만들어내는 것'이다. 이른바 '키메라 바이러스'의 인체 실험, 그 실험은 카슈파에게도 허가를 받지 않고 비밀리에 진행되고 있었다.

그 실험체가 남아 있기라도 하면 나중에 문제가 생길 가능성이 크다. 그렇기에 증거를 일절 남기지 않고 스텔라벨체를 떠날 필요가 있는데…….

"……한 마리, 도망쳤습니다."

"뭐라고?"

"메기도 님, 죄송합니다. 저희가 침입자가 있다는 걸 눈치채고 자리를 떴을 때, 실험체 중 한 마리가 세료가의 빈틈을 노리고 탈주를……."

"매우 쇠약해진 상태였던 실험체입니다. 온 힘을 다해 뛰면 10분도 지나지 않아 죽을 겁니다. 그리고 마소도 불안정합니다. 아무리 그 린네라는 계집애가 엄청난 부활 능력을 지니고 있다 하더라도 사망한 뒤 5분만 지나면 시체가 흔적도 없이 산산조각날 겁니다……, 키히히힛……. 걱정하실 필요는 없습니다. 게다가 이렇게 언데드로 가득 찬 왕궁 밖을 쇠약한 실험체가 무사히 빠져나갈 수는……."

침입자가 있다는 걸 눈치챈 그란디스가 뛰쳐나갔고, 경보를 듣고 놀란 세료가의 빈틈을 노려 실험체 한 마리가 도망친 것이다. 원래 출구는 오르비스와 그란디스가 있는 방으로 이어져 있었기에 아무리 애를 써도 도주는 불가능했다. 그러나 그란디스가 패배

할 가능성이 크다고 느낀 오르비스도 방에서 뛰쳐나갔기에 감시자가 없는 순간이 있었던 것이다.

실험체는 그 틈을 타 왕궁 밖으로 뛰쳐나가 도망쳤다. 하지만 매우 쇠약해진 상태였기에 세료가의 예상으로는 전력질주를 할 경우 몇 분 만에 움직이지 못하게 되고 사망하면 5분 정도 만에 육체가 산산조각나버리게 될 것이었다. 문제가 전혀 없다고는 했지만, 메기도의 머릿속에는 다른 생각이 떠올랐다.

"……사망하기 전에, 또는 사망하고 나서 5분 이내에 린네가 그 실험체와 접촉해서 마소를 안정시키고 시종으로 끌어들일 확률은? 어떠냐, 그 쇠약해진 실험체에게 가능하겠나?"

"불가능하지요. 저는, 불가능하다 생각합니다."

"생각한다고? 확실하게 그럴 거라 단언할 수 있나?"

"메기도 님……. 사람은 재채기를 할 때 드물게 심장이 멎는 경우가 있다고 합니다."

"그런 수준의 걱정을 하고 있다고 말하고 싶은 건가?"

"그렇습니다. 그런 수준의 걱정이지요."

그 실험체가 만약에 린네와 접촉하고……, 그뿐만이 아니라 시종으로 들어가서 불안정한 마소도 안정된다는 것은 매우 낮은 확률, 엄청나게 낮은 확률, 천문학적인 수치일지도 모른다. 하지만 그 확률은 0이 아니다. 그러나 '0에 가까운 확률을 걱정하다니, 왜 이렇게 그릇이 작은 분이실까.'라고 은근슬쩍 돌려말하는 것을 듣자 메기도는 대꾸할 수가 없었다.

"알겠다……. 앞으로는 두 번 다시 그런 일이 없게끔 재발을 방지할 필요가 있겠군. 하지만 최후의 방어선을 오르비스가 맡는 현행 체제는 변경한다. 오르비스에게 부담이 너무 집중되어 있군."

"만에 하나를 대비해서 사령기사보다 강한 언데드를 만드시는 건 어떨까요?"

"그거라면 안성맞춤인 것이 있지. 내가 두 번째 목숨을 얻고 나서 가장 처음에 만들어낸 사령기사, 이 녀석은 격이 다르다. 그란디스와 동격인 사령기사는 바로 그 녀석이지. 다른 녀석들은 상대도 되지 못해."

"그 기사라면 틀림없겠지요. 그럼, 우선 저는 실험실을 정리하러……."

메기도가 카슈파에게 했던 거짓말이 하나 더 있다. 남겨둔 사령기사가 그란디스와 필적하는 힘을 지니고 있다는 말은 거짓말이다. 생김새는 똑같지만, 분명히 다른 자들보다 역량이 뛰어난 사령기사가 한 마리 존재하는 것이다. 그것은 타러시 숲에서 제일먼저 만들어낸 사령기사였고, 다른 사령기사들보다 훨씬 강하다. 카슈파가 기억하고 있는 사령기사의 힘은 이 개체의 힘이며, 그는 완전히 속아서 거짓된 안심감을 느끼고 있지만, 이제 그 진실을 알 방법은 없다.

"세료가가 처분을 마치는 대로 이 나라를 떠난다. 오르비스여, 사상선을 탈 준비를 해두어라. 그란디스는 린네가 다시 대담하게 침입할 가능성을 고려하며 감시하거라. 쥐새끼 한 마리도 들이지 마라."

"네!"

"분부 받들겠어요, 우리의 왕이시여."

이미 상대방은 내일을 대비하여 잠들었다는 사실을 알지 못한 채 보이지 않는 상대의 그림자를 계속 경계한다. 이런 상태를 계속 유지해야만 한다는 것은 비밀리에 움직이고 있는 메기도 일행에게 족쇄일 뿐이기에 스텔라벨체에 머무를 이점이 전부 사라져버렸다.

모래 위를 고속으로 주행할 수 있는 사상선을 이렇게 늦은 밤에 타고 출발하는 것은 원래 매우 위험한 행동이다. 하지만 메기도 일행은 언데드 특유의 능력으로 어둠 속을 내다볼 수 있는 힘이 있고, 사상선을 끌고 가는 육각 군마도 언데드가 된 상태이기에 밤에도 문제없이 계속 달릴 수 있다.

"메기도 님, 사상선을 타고 어디로 가실 생각이신지요……?"

"우리의 고향이다. 스텔라벨체의 백성들을 이용해 만들어낸 새로운 죽음의 군단, 그리고 세료가가 만들어낸 실험체들을 이끌고 이번에야말로 우리의 카난을 되찾을 것이다."

"드디어……! 곧바로, 준비하겠습니다."

"세계에 정적을 가져다주기 위하여."

"세계에 정적을 가져다주기 위하여!"

행선지는 성왕국 카난이 있었던 곳, 강한 원념으로 인해 언데드가 된 병사들과 국민들, 떠돌이의 시체, 몬스터들의 시체가 넘쳐나는 부정한 땅. 과거에 거만함과 방심 때문에 다른 나라에게 멸망당한 메기도 일행의 고향.

『히히히…….』

"응……?"

갑자기 메기도의 귀에 불쾌한 웃음소리 같기도 하고 속삭이는 목소리와 비슷하기도 한 소리가 들렸다. 소리의 정체를 확인하기 위해 주위를 둘러보았지만 아무도 없었고, 착각한 건가 생각하며 그곳을 떠났다.

하지만 그것은 착각이 아니었다. 불쾌한 웃음소리의 정체는 메기도 일행의 모든 것을 보고 있었다. 조용히, 소리 없이, 사악한 눈동자가 어둠 속에서 보고 있었다.

『그래, 그래, 드디어 내일인가? 자, 오거라. 여기로 오거라. 나에게 먹히기 위해서, 나를 채워줘 위해서, 자신의 몸을 바치기 위해서. 수백 년 동안 맛보았던 굴욕, 드디어 해소할 때가 왔다……, 히히히…….』

불길한 그 목소리는 어둠 속으로 사라져 갔다. 수백 년 동안 쌓였던 증오와 함께, 조바심 나는 내일을, 꿈에서까지 그리던 순간을 떠올리며.

사막의 나라 스텔라벨체. 먼 옛날부터 욕망과 모략이 휘몰아치던 이 땅의 악연은 드디어 내일 종언을 맞이하려 하고 있다. 마지막에 웃는 것은 마에 속한 자들일까, 아니면 뱀일까……. 주사위의 눈은 하늘의 여신도, 땅의 여신도, 그 누구도 알지 못한다…….

"으…… 으……?"

낯선 천장이었다. 하지만 틀림없이, 최악의 천장은 아니었다.

『아우? 멍!! (어라, 일어났어? 주인, 일어났어!!)』

한순간, 이해가 되지 않았다. 커다랗다고 하기에는 너무 큰 개가 힘차게 짖나 싶더니 말을 하기 시작했다. 기어코 머리를 다쳐 버린 건가 불안해졌지만, 주위의 반응을 보니 아무래도 평범한 일인 모양이었다. 놀란 사람은 아무도 없고, 마치 당연하게 받아들이고 있다.

"오~, 오~, 깨어났구나. 다행이야, 다행. 있지, 말은 알아들어?"

"알……, 아, 들, 어……, 요……."

더욱 놀란 것은 목소리가 전혀 나오지 않았다는 것. 열심히 말을 하려 해도 입이 마음대로 움직이지 않고 말이 더듬더듬 나올 뿐. 불안한 생각으로 머릿속이 가득차서 공황 상태가 될 뻔했지만, 말을 걸어준 여자가 머리를 쓰다듬어 주고…….

"괜찮아, 무리해서 말하려 하지 마."

신기하게도 겨우 그것만으로도 차분해졌다. 누군가가 머리를 쓰다듬어 준 게 얼마만일까. 아버지와 어머니는 어렸을 때 메이야를 버렸다. 역시 걸리적거린다면서, 겨우 그런 이유만으로.

고아원에는 그런 아이들만 살고 있었다. 부모의 사랑을 모르고, 제대로 된 생활을 해본 적이 없는 밑바닥들의 소굴. 하지만 원장님만은 메이야를 버리지 않고 일을 주고, 잘 곳을 주고, 밥을 주었다. 일을 잘 해냈을 때는 칭찬해 주었고, 나쁜 짓을 하면 혼내주었다. 그럴 때마다 메이야의 머리를 쓰다듬어 주었다. 그 손도, 이렇게 따스한 손이었다……

"아직 몸 상태가 안 좋은 것 같네, 천천히 나아도 되니까."

어째서 이 사람은 메이야에게 잘해주는 걸까. 메이야를 이용하려 하는 나쁜 사람의 눈초리도 아니고, 오히려 원장님처럼 자상한 눈길이다. 하지만 왠지 메이야와 비슷하게 슬픈 눈이다. 부모의 사랑을 모르지만 그럼에도 불구하고 사랑을 알려고 괴로워하는 눈길.

"배는 고프지 않아? 몸이 약해진 애도 먹을 수 있는 걸 말이지, 만들어달라고 했는데."

메이야가 대답하기도 전에 배가 먼저 소리를 내버렸다. 너무나도 부끄러워서 이불을 뒤집어쓰려 했지만 몸이 제대로 움직이지 않았다. 몸 전체가 지금 당장 찢어져 버릴 것처럼 아프다. 하지만 이 사람이 머리를 쓰다듬어주면 따스해서 기분이 좋아진다.

"입, 벌릴 수 있어? 좀 뜨거운가? 리아쨩! 이 정도면 괜찮을 것 같아?"

"어, 어째서 저한테 물어보시는 거죠?"

"아니, 리아쨩은 뜨거운 거 잘 못 먹잖아……."

"아, 알고 계셨나요?! 들키지 않은 줄 알았는데!!"

"그래서, 어때? 괜찮을 것 같아?"

"어~······. 으음~, 사람 체온 정도니까 괜찮을 것 같아요."

"좋았어, 자! 앙~ 해, 앙~."

"아, 아······."

입으로 가져다 댄 그 정체를 알 수 없는 찐득찐득한 음식을 한 입 먹은 순간, 메이야의 안에서 무언가가 망가진 것 같은 느낌이 들었다. 갑자기 감정을 제어할 수 없게 되었고, 참고 있던 것이 전부 나와버리고, 가득 찬 물병의 바닥이 뚫린 듯한 감각.

"어······, 아······, 아······."

"아~, 언니가 울렸어~!"

"어? 이건 아니라고! 아니야! 아, 미안해, 더 먹고 싶지!"

그 이후로는 정신없이 계속 먹었다. 맛있고, 따스하고, 괴롭고 슬프고 애절하고, 기뻤다. 이렇게 큰 소리로 운 게 언제 이후로 처음일까. 계속 참아왔던 것들이 후두둑 무너져서 다른 사람에게 폐가 될 거라는 생각도 하지 못한 채 계속 울었다.

냉정해질 수 있었던 것은 가져다 준 음식을 전부 먹어치웠을 때였다. 힘껏 울고 배가 부르자 그제야 진정할 수가 있었다. 그리고, 그 순간 눈치챘다······, 이렇게 잘해주는데, 메이야는 이 사람의 이름조차 모른다. 고맙다는 말도 안 했다.

"감, 사······, 합······, 니······."

"괜찮아, 괜찮아, 메르메이야짱이 얼른 기운을 차려주면 돼!"

전율. 어째서, 메이야의 이름을 알고 있는 거야······? 좀 전까지 고마운 마음만으로 가득했는데, 갑자기 공포가 밀려왔다. 이름을 알고 있다는 건, 그 녀석들의······, 동료······? 그렇다면 방금 그건, 메이야를 처분하기 전에 준······, 최후의 만찬······?

"언니, 메짱은 아직 이름을 가르쳐주지 않았으니까 갑자기 이름을 부르면 깜짝 놀랄 걸요? 미안해요, 조심성이 없는 언니라."

"아, 그랬지! 미안, 미안! 나는 말이지, 린네야. 사령술사지! 죽어버린 사람을 되살려주고 생전의 원한을 풀게 해준다고!! 그렇게 정의로운 사람은 아니지만…… . 뭐, 우연히 만난 애들고 함께 세계를 모험하러 돌아다니고 있어."

사령, 술사……? 죽어버린 사람을 되살려……? 그럼, 그런 사람이 돌봐주고 있는, 메이야는……, 그날, 도망친 그날, 죽었…… 나……?

"받아들이기 힘든 현실일지도 몰라. 하지만 말이지, 당신은 자그마한 건물 지하에서 죽어버렸어…… . 그리고 우연히 우리가 발견해서 되살린 다음에 여기로 옮긴 거야."

"저, 기…… . 하지만, 메이야는, 그래도…… ."

"괜찮아! 나를 보라고! 사실 나도 몇 번 죽은 적이 있지만, 멀쩡하잖아! 죽는 건 끝이 아니야, 그리고 비관적으로 생각할 필요도 없어! 죽은 뒤에도 다시 시작할 수 있다면 그건 끝이 아니라고! 죽고 나서도 앞으로 나아가려 하는 마음! 혼이 있다면 그건 진짜 죽음이 아니야. 메르메이야짱은 돌아왔어, 혼이 여기 있다고. 이제 앞으로 나아가려 하는 의지만 있으면 돼!"

죽고 나서도, 앞으로 나아가려 하는 혼…… . 그게 사실이라면, 이 사람은 괴물일 것 같다. 사람은 보통, 죽음이 두려워서 멈춰 서는 법이라고, 원장님이 말했다. 그것을 두려워하지 않고 앞으로 계속 나아가고, 이렇게나 따스하고, 이렇게나 빛나고 있어…… .

"메르메이야짱도."

"메짱이라고 부르면 되지 않아요? 안 그래요? 메짱!"

"어, 아……, 네, 네……."

"그, 그럼, 메짱! 메짱도 죽음을 두려워하지 않고 무언가에 맞선 결과, 그곳에 도달했던 거 아니야? 그게 바로 앞으로 나아가려 하는 의지야!"

메이야에게도, 이 사람하고 똑같은 혼이……? 그래, 맞아……!! 고아원 사람들은……!!

"고아, 원, 다들……."

"내가 반드시 구해낼게. 지금은, 참아……, 미안해."

린네라고 자기소개를 한 사령술사의 눈빛은 거짓말을 하지 않는 사람, 강한 사람의 눈빛이었다. 지금까지 몇 번이나 속고, 몇 번이나 쓴맛을 봤기에 알 수 있다. 이 사람은 거짓말을 하지 않는다. 그 세료가나 오르비스와는 다르다. 메이야를 속이려 하지 않는다……, 세료가……? 오르, 비스……?

"세, 료가……, 오르, 비스……."

"그건 친구 이름이야?"

"아, 니에, 요……. 메이야, 를, 모두를, 지독한 꼴로, 만든……! 콜록콜록!"

"진정해, 착하다, 착해……, 그래, 그 녀석들, 이름이란 말이지."

"네, 에……."

그래, 그 녀석들이!! 그 녀석들이 메이야를, 모두를, 괴로워……!!

"그란디스라는 이름은 들어본 적 있어?"

"네……, 네……!! 같이, 있었……!!"

"좋아, 알겠어……."

"그란디스, 는!! 피가, 맛있을 것 같다고 하면서, 메이야의 친구를, 모두, 모두……!!"

"…………용서 못하겠네."

그 녀석들을 용서할 수 없어!! 용서할 수 없어, 그 녀석들이 숭배하는 왕도, 묘지의 왕도!!

"묘지의, 왕……!! 용서 못해, 용서 안 해……!!"

"묘지의 왕의 이름은, 알아? 누구에게 들었어?"

"모르, 겠어요……. 하지만, 국왕이, 아니에요……!! 더, 사악한……, 콜록, 콜록!!"

"고마워, 고마워……! 푹, 푹 쉬어…….."

"아, 뇨……!! 메이야도, 싸울, 게요……!!"

이 사람들은 틀림없이 묘지의 왕을, 그 녀석들을 노리고 있다. 이 사람들을 따라가면 틀림없이 그 녀석들과 만날 수 있다!! 누군가를 죽인 적은 한 번도 없지만, 반드시 이 손으로!! 반드시 복수를……, 그 녀석들의 숨통을!! 혼을, 이 세상에서 말소시켜 주겠어!!

"메짱."

"……!!"

"어설픈 각오로 싸우겠다는 말을 한 게 아니라는 걸, 나에게 증명할 수 있어?"

————무섭다. 좀 전까지 그렇게 사색했던 사람하고 똑같은 눈빛이야……? 하지만, 그래도!! 메이야도, 싸울게요……! 반드시, 반드시, 아무리 괴로운 싸움이 되더라도, 반드시!!

"할, 게요……. 아무리, 괴로운, 싸움이 된다 하더라도……!"

"그 각오가 거짓말이 아니라는 걸 이제부터 증명해 줘야겠어.

좋아, 리아짱! 플랜 B, 스파르타 코스야!! 아이템 회수용 가방, 그리고 헬스 포션을 잔뜩 가져와!"

"네~!! 메짱, 언니는 머릿속 나사가 좀 빠진 사람이니까, 각오해 두세요! 돈타 씨~, 짐 옮기는 것 좀 도와주세요~!!"

『아우웅~!! (좋아~!!)』

아, 저기, 가방하고, 포션……, 말인가요……? 그게, 무슨……?

"우선 그 몸, 내부도 그렇고 외부도 만신창이지만, 레벨을 올리면 육체가 따라잡을 거라고 예상한 사람이 많았거든. 그러니까 우선 나와 모의전을 해줘야겠어. 아, 마술사라고 얕보진 마? 어느 정도는 맞붙을 수 있을 테니까."

"사, 살살 부탁드려요……."

"전장에서도 상대에게 그런 말을 할 거야?"

"히익……?! 아, 안 해요! 잘, 부탁드립니다……!!"

리아짱이라 불리는 여자애는, 린네 씨가……, 아니, 린네 님의 머릿속 나사가 빠졌다고 했습니다. 그 이유를 알게 되기까지 시간이 그리 오래 걸리진 않았습니다.

"……헤윽……."

"활은 안 되겠구나, 장검도, 창도, 도끼도 감이 딱 안 와. 자그마한 몸집을 살리려면 단검 쪽이 낫지 않을까? 벌써 레벨이 22구나. 시종도 모의전으로 경험치를 얻을 수 있긴 한데, 슬슬 한계이려나?"

"다, 단검, 부, 부탁드립니……."

"자, 헬스 포션이에요! 메짱, 힘내세요!"

아파서 떨어져 나갈 것 같던 팔다리는 말 그대로 떨어져 나갔고, 숨통이 끊어질 때마다 부활을 반복하고, 그렇게 반복하다 보니 아픔이나 죽음에 대한 공포가 희미해지기 시작했습니다. 모의전 후반부터는 계속 움직이면 겨우 피할 수 있게 되었고, 단검을 쓰기 시작한 뒤로는 전투 기술이 향상되는 게 확실하게 느껴지게 되었습니다. 겨우 린네 님의 볼에 단검이 스쳤을 때는 무심코 승리 포즈를 취해버렸을 정도입니다. 참고로 그런 다음, 발치에서 솟구친 창에 꿰뚫려서 심장이 멈췄습니다.

"모의전 중에 단검을 사용한 공격보다 모래를 쥐어서 던지는 식으로 재치 있는 방해 계열 동작이 능숙하던데. 낮잠 씨……, 아~, 우리 길드 마스터인데 말이지? 그 사람에게 물어봤더니 연금술사인 아르스 씨에게 제자로 들어가서 독이나 약을 조합하는 기술을 배워보는 게 어떠냐고 해서."

"독이나, 약……, 말인가요……?"

"그래. 상태이상형 어새신, 이런 걸 하는 사람은 아무도 없지만……, 괜찮을 것 같아! 좋아, 밑져야 본전이니 가보자~!!"

"어어, 어어어어……?!"

모의전을 마친 다음, 쉴 틈도 없이 간 곳은 연금술사인 아르스 씨……, 아니, 아르스 스승님이 있는 곳이었죠. 스승님이 있는 곳에서는 독으로 마비되는 감각이나 몸의 조직이 망가져서 죽는 감각을 몇 번 맛보았지만, 린네 님이 팔다리를 찢어버리는 게 더 아팠기에 버틸 수 있었어요.

독의 맛이나 냄새도 다양했고, 거의 다 맛본 다음에 '어떤 독이 제일 무섭냐'고 묻기에 솔직하게 '물인 줄 알고 마셨더니 견디기 힘든 고통을 느끼며 죽는 독'이라고 대답했더니 왠지 모르겠지만 매우 마음에 들어 했습니다. 그 결과, 우선은 초보도 만들기 쉬운 독이라고 해서 몇 가지 독초를 조합해서 만드는 즉효성 맹독 포션을 만드는 법을 배웠어요.

『아, 그 애는 재능이 있어. 분명히 엄청난 약을 만들 수 있게 될 거야! 또 와~!』

"네, 네, 스승님. 또 올게요……."

"마음에 들어서 다행이네! 좋아, 그럼……, 식당으로 갈까."

그리고 드디어, 아, 이제야 휴식이구나, 그렇게 생각하며 안심한 것도 잠시. 제 눈앞에 보인 건 전혀 현실 같지 않은 광경이었습니다.

"으, 음……, 음? 린네 공!! 그 분이, 어젯밤에……."

"맞아, 메르메이야쨩이라고 해. 메쨩, 이 사람은 히메치요쨩. 치요쨩이라고 불러줘. 어제 진 게 정말 분했는지 마구 먹어대고 운동을 반복하면서 전성기의 육체를 되돌리려 하고 있거든. 이제 네 세트 째야?"

"네!! 팔굽혀 펴기, 복근, 흉근, 하반신 단련을 천 번!! 이번이 네 번째입니다!!"

돈타 군 씨 정도는 되지 않을까 할 만큼 많은 고기, 고기, 고기. 그게 히메치요 씨의 뱃속으로 사라져 가고 있어요. 너무나도 신기한 광경이었죠. 먹는 속도가 전혀 느려지지 않았고, 오히려 빨라졌어요. 정말 믿기지 광경이었다니까요. 저도 언젠가 저 트레이닝을 하게 되는 날이 올까요? 죄송하지만, 고기의 산기슭에도 도달하지 못할 것 같은데요.

"치요쨩, 그거 다 먹으면 바다의 동굴에 가고 싶은데."

"바다의 동굴 말씀이십니까? 단련, 하실 겁니까?"

"맞아, 메짱의 실전 데뷔도 할 거지만. 세상에는 기상천외한 세계가 있다는 걸 모두에게도 보여주고 싶거든. 꽤 자극적일 거야."

"분부 받들겠습니다! 그럼 메이야 공, 앞으로도 함께 열심히 하시지요!"

"네, 네……?!"

단련이라면 기꺼이, 밥은……, 같은 양은 힘들 것 같아요. 죄송합니다…….

히메치요 씨와 합류한 다음, 일단 메이야가 잠들어 있던 방이 있는 2층으로 돌아왔어요. 거기에는 돈타 군 씨는 물론이고 아침에는 만나지 못했던 사람들도 모여 있었습니다.

"좋았어~, 다들 모였나~?! 돈타~! 리아짱~!"

『아우~! (있어요~!)』

"네에~!"

"치요짱, 오니짱!"

"여기에!"

『(*´∀`*)ノ』

와, 전신 갑옷을 입은 기사분도 계시네요. 그런데 대답을 안 하시던데……. 주인인 린네 님께 그런 무례한 짓을 저질러도 되는 걸까요…….

"언니하고 로라짱은……, 네, 숙취라서 안 간다고……."

"알아서 다녀와……, 나는 못 간다고……."

"나도오오, 못 가아아아……."

이 두 사람은 다른 것 같아요. 투쟁심이 느껴지지 않아……? 제2의 인생에 목표가 없는 것 같기도 하고, 생전에 미련이 없는 것 같기도 하고……. 그런 느낌이 들어요.

"그리고, 메짱! 그리고 페르세우스쨩!! 일찍 일어나서 기특해!!"

"네!"

"좋은 아침이랍니다아……. 아무래도 어제 진 게 분해서 열심히 일어났답니다~……."

그리고 페르세우스 씨……, 어떤 나라의 공주님일까요? 린네 님과 어떤 사이인지 정말 신경 쓰여요……! 매우 친한 것 같고, 졸린 것 같으면서도 기품이 있어요. 왕족이나 귀족 특유의 오라라고 해야 할까요. 등을 쭉 펴고 있고, 아름답게 생기셨네요.

"이상, 일곱 명! 자, 힘차게 가보자~!!"

바다의 동굴에서 단련, 어떤 걸 하게 되는지는 모르겠지만, 린네 님께서는 기상천외한 세계라고 하셨어요. 아마 린네 님과 벌였던 모의전이나 아르스 스승님의 독약 시험보다 가혹한 세계……. 그때 했던 말, 메이야도 싸우겠다는 말이 거짓말이 아니라는 증명……! 반드시 린네 님의 기대에 부응하겠어요!! 자, 바다의 동굴로!!

『————큐아아아아아아아아아아!!』

"뭔가요! 이거! 뭔가요! 이거! 뭔가요! 이거! 어떻게 해야 하는 건데요오오오오?!"

죄송합니다, 린네 님, 메이야는 기대에 부응할 수 있을지 불안해요.

그란디스
바토리

오르비스

별명

황혼의 성녀

주인

묘지의 왕 메기도

직업

황혼의 성녀 Lv.80

전투 경향

지원·회복

주요 스킬

그레이터 텔레포테이션
퓨리피케이션
다크니스 에너지
섀도우 바인드

스테이터스

HP : 약 900K (90만)

MP : 약 500K (50만)

STR : 50·평가 F+

AGI : 20·평가 F

TEC : 499·평가 D-

VIT : 310·평가 E+

MAG : 660·평가 C

MND : 551·평가 C-

메기도

별명
묘지의 왕

사육주
사신 헬미나

직업
묘지의 왕 Lv.????

전투 경향
올라운더·불사 마술

주요 스킬
애니메이트 커프스
인디그레이션
불명
불명

스테이터스
HP : ????

MP : ????

STR : ????·평가 불가

AGI : ????·평가 불가

TEC : ????·평가 불가

VIT : ????·평가 불가

MAG : ????·평가 불가

MND : ????·평가 불가

천때 3권을 읽어주서서 감사합니다! 이 자리를 빌려 이 작품을 사랑해주시는 독자 여러분, 그리고 이 작품의 일러스트를 담당해주신 가와코 선생님, 3권의 간행을 지탱해주신 담당 편집자님과 출판사 분들께 거듭 감사의 말씀을 올립니다.

자, 이번 후기 코너에는 저 혼자만 있는 게 아닙니다. 특별한 게스트를 모셨습니다! 그럼 등장해 주시죠, 특별 게스트인 오렐리아 짱입니다! 나오세요……, 나오세요~?

어라, 없네? 말도 안 돼, 좀 전까지 있었는데……? 어, 이 메모는 뭐지……? 케이크를 준비해두지 않아서 돌아간다고? 아, 저기 있네! 잠깐만 기다려, 지금 당장 사 올 테니까 기다려!

그렇게 몇 십 분이나 기다릴 순 없고, 핫게 씨가 만들어 주는 케이크가 분명히 더 맛있을 테니 돌아간다고? 그리고 책이 별로 없어서 심심해……?! 너무 그러지 말고, 적어도 한 마디! 뭐든 상관없으니까!

어, 그럼 한 마디만?! 진짜로?! 아, 잠깐만……? 그거, 절멸소이 탄 영창 아니야……?!

『오렐리아짱에게 불타버린 작가, (절망적으로 행복해 보이는 표정으로) 여기에 잠들다.』

―――――다음 회, 작가전생! 4권을 내고 싶으니 최선을 다한다! 기대해 주시길! 나머지 분량은 오렐리아쨩이 소각해버려서 사라졌습니다. 다음에도 잘 부탁드립니다!

다 음 권 예 고

아무래도 다음에는
큼직한 이벤트가
생길 것 같은
예감이 든답니다!
제 감이 맞다면
2025년 4월에
나올 4권,
틀림없이 거기서
무슨 일이
벌어질 거예요!!

─다음 회, 스텔라벨체 레이드!
기대해 주세요!

만화화, 시동.

코믹 어스 스타에서 연재 결정!

가이드 담당 천사를 때려눕혔더니
사령술사가 되었습니다
~비밀 이벤트를 가장 빠르게 발견한 결과, 세계가 종언을 맞이한다네요~

가이드 담당 천사를 때려눕혔더니 **3**
사령술사가 되었습니다
~비밀 이벤트를 가장 빠르게 발견한 결과, 세계가 종언을 맞이한다네요~

초판 1쇄 인쇄 2026년 3월 10일
초판 1쇄 발행 2026년 3월 15일

저자 : 엘리제
번역 : 천선필

펴낸이 : 이동섭
편집 : 이민규
디자인 : 조세연
영업 · 마케팅 : 조정훈
기획편집 : 송정환
e-BOOK : 홍인표, 김은혜, 정희철, 김미연, 황진영, 장화진
라이츠 : 서찬웅
관리 : 이윤미

㈜에이케이커뮤니케이션즈
등록 1996년 7월 9일(제302-1996-00026호)
주소 : 08513 서울특별시 금천구 디지털로 178, B동 1805호
TEL : 02-702-7963~5 FAX : 0303-3440-2024
http://www.amusementkorea.co.kr

ISBN 979-11-274-9964-8 04830
ISBN 979-11-274-9110-9 04830 (세트)

GUIDE YAKU NO TENSHI WO NAGURI TAOSHITARA, SHIREIJUTSUSHI NI NARIMASHITA ~URA
EVENT WO SAISOKU DE HIKIATETA KEKKA, SEKAI GA SHUUEN WO MUKAERU SOUDESU~
by Elise Vol.3
©Elise / gawako
All rights reserved.
Original Japanese edition published in 2024 by Earth Star Entertainment
Korean translation rights arranged with Earth Star Entertainment
through Digital Catapult Inc., Tokyo.